長塚節「鍼の如く」

旅する病歌人の滑稽と鄙ぶり

山形洋一

未知谷
Publisher Michitani

まえがき

短歌連作「鍼の如く」二三一首は、長塚節が一九一五（大正四）年二月八日に結核で亡くなる前に残した、最後の仕事となりました。

中身は主として歌日記で、一九一四年四〜五月、東京の病院で恋に敗れて帰郷するところから始まり、六〜七月、療養のために渡った九州博多で暑さと蚊に苦しみ、八〜九月、病を押して日向へ旅をするが、台風に遭い、一〇〜一二月、博多の「いぶせき宿」の一室で孤独に耐えるところで終わります。こうまとめるといかにも悲劇的に聞こえますが、歌は感傷に溺れず「冴え・気品」に貫かれ、そのストイックさが多くの読者を魅了してきました。しかし本書では「冴え・気品」以外の諸要素にも目を向けたいと思います。

長塚節はしばしば「アララギ派歌人」と呼ばれてきましたが、正しくは正岡子規からじかに教えをうけた「根岸派」の歌人で、若手「アララギ派」の近代短歌運動には批判的でした。「鍼の如く」と言う題も、斎藤茂吉の「鉄槌の如き」歌風への対抗、という意味を含んでいました。『アララギ』編集部の斎藤茂吉や島木赤彦は、指導者・伊藤左千夫を亡くしたばかりで、その盟友だった節の批判を歓迎し、節に作歌を促し、結果として「鍼の如く」はアララギ派の興隆を後押ししました。

節の死後「鍼の如く」を含む短歌八一九首が斎藤茂吉選『長塚節歌集』（岩波文庫、一九三三）に収められ、土屋文明をリーダーとするアララギ派幹部らによって合評され（一九三四〜四〇）、その議事録は斎藤茂吉編『長塚節研究』上下巻（一九四四、一般に『合評』と略称。ただし茂吉は合評に参加せず、書き下ろしで貢献）に再録されました。今日わたしたちが長塚節の作品を手軽に鑑賞できるのは、ひとえにアララギ派による研究・普及のおかげですが、それは同時に、節の歌をアララギ流にしか味わえない不自由を生みました。節が一心に磨いてきたいくつかの技が、無造作に切り捨てられたのです。

切り捨てられたものの一つに、連作の構造美があります。「鍼の如く」は全体で一つの連作と呼ばれていますが、中にはいくつもの小連作があり、節は小連作ごとに音のながれやイメージの積み重ねを工夫しています。しかし合評では、アララギ派会員に手本となる歌を示す目的から、連作をバラし、秀歌とその他に選別しました。本書ではそうして弾《はじ》かれた歌も含めて、連作としての美しさ、面白さを鑑賞することにします。

音韻（音と音の響きあい）もまた、『合評』では黙殺されました。『合評』に先立って尾山篤二郎著『鑑賞　長塚節歌集』（一九三四）で「さしすせそ歌」などと揶揄されたことが、評者らのプライドを傷つけたのかもしれません。ストイックなはずの「写生道」の始祖がじつは駄洒落好きだった、などとは考えたくもなかったのでしょう。しかしそれは結社アララギのおもわくにすぎず、節の好みは別にありました。本書では先入観を捨て、すなおに音のひびきあいを楽しむことにします。

アララギ派の生真面目さは、病中吟の隠し味であるユーモアをも排除しました。そこには戦争遂行のために笑いを圧し殺した時代の空気も、一役買っていたのでしょう。しかし正岡子規の「理想的愛子《まなご》」（伊藤左千夫のことば）とまで呼ばれた長塚節が、師とほぼ同じ歳で病に倒れんとするとき、子規晩年の壮絶なユーモアを意識しなかったと考える方が不自然です。むろん子規のユーモアは天下一品。誰にも真似できませんが、節は節なりに、苦しむ自分を客体化し、我が目には今年かぎりかもしれぬ季節を深々と呼吸し、おのずから湧き出る笑いを歌に込めました。

本書の意図は、アララギ派の神棚から「冴えの歌人・写生道の祖」の偶像を降ろし、根岸派最後の歌人・長塚節として気ままに闊歩させることにあります。

本書は一歌集の注解書なので、頭から順に読まなくてもかまいません。気軽にページを繰り、面白そうな歌をつまみ食いしてみてください。そうして心惹かれる歌に出会ったら、ぜひ暗誦《あんしょう》を試みていただきたいのです。やってみると間違えたり、すぐに忘れたり、思うに任せませんが、辛抱強く繰り返すうちに、節らしい言葉づかいや、音韻、連作の面白さなどが少しずつ腑に落ちてくるでしょう。それが特異な観察眼を持ち、技巧にすぐれた長塚節の歌と付き合う、もっとも確かな方法だと思うのです。

凡例

・本書の主目的は長塚節の短歌の普及です。底本には、現在市販されている斎藤茂吉選『長塚節歌集』岩波文庫を用います。したがって『長塚節全集　第三巻　歌集』春陽堂を底本とした旧著『節の歳時記』『長塚節「羇旅雑詠」』などと、引用歌の表記が異なることがあります。

・校異は、読み方や解釈に関わるもののみ示し、漢字・仮名づかい・反復記号などの違いは無視しました。

・「全集」はとくに断らない限り『長塚節全集』（春陽堂、一九七六～八）を指します。

・「鍼の如く」は「其《その》一」（初出「其の一」）から「其五」まで五回に分けて発表され、各回はさらに「一」「二」と番号付きの「部」に分けられています。本書では読者への案内のために、番号の後に「画賛の歌など」のように各部の内容を略記しました。

・全二三一首に通し番号をつけ、アラビア数字で括弧内に示しました。

・振り仮名は原則として底本に従いますが、詞書や書簡文などの中で現代人に読みにくい語にも振り仮名をつけました。

・引用歌は著者の判断で分かち書きをしました。歌を鑑賞・暗誦するための目安で、文法的な「句切れ」とは必ずしも一致しません。

・万葉集（巻・歌番号）、長塚節全集（巻・頁）などを数字で略記します。

・「鑑賞」ではまず著者の意見を示し、改行して過去の代表的な意見を示します。

・英訳を参考としてつけました。短歌が持つ意味の曖昧さ、多義性などについて考える契機になれば幸いです。

・「下女・看護婦・付添い婦」などは当時の用語としてそのまま用いました。

長塚節「鍼の如く」　目次

用語集（五十音順）

音韻　同じ音、もしくは互いに似ていると感じられる音が間隔をあけて繰り返されること。本書では特に「頭韻」に注目する。

軽い初句　初句のうち、歌の頭を軽くするために意図的に曖昧な内容が選ばれたと思われるもの。

行　五十音図の縦の並び。ア行＝アイウエオ、カ行＝カキクケコ、など。

句　音節数「五七五七七」を標準とする、短歌の中の音の固まり。順に第一句（初句）、第二句、第三句、第四句、第五句（結句）と呼ぶ。

句切れ　短歌の五つの句「五七五七七」の節目のいずれかにできる構文上の切れ目。

句頭　短歌の五つの句それぞれの最初の音節。

頭韻　短歌の五つの句のうち二つ以上の句頭に同じ行の音が用いられること。本書ではポーカーの手にたとえ、1P（ワンペア）、2P（ツーペア）、3C（スリーカード）、4C（フォーカード）、FH（フルハウス）と略記する。

童心歌　主として「鍼の如く」「其二」の「三」と「四」に録された歌で、幼少時代の楽しさを回顧する内容のもの。二句切れの歌が多い。

母音進行　歌から子音を外し、母音だけを示したもの。カタカナ表記を用いる。

長塚節《たかし》「鍼《はり》の如《ごと》く」

旅する病歌人の滑稽《こっけい》と鄙《ひな》ぶり

正岡子規集より

神の我に歌をよめとぞのたまひし　病ひに死なじ　歌に死ぬとも

（一八九八「病中」）

佐保神《さほがみ》の別れかなしも　来ん春にふたたび逢はんわれならなくに

（一九〇一「しひて筆を取りて」）

節《たかし》いふ。かづらはふ雑木林を開いて濃き紫の葡萄圃《ぶだうほ》となさむか。

（一九〇二年九月一二日、「病牀六尺」百二十三）

足あり、仁王の如し。足あり、他人の足の如し。足あり、大盤石《だいばんじやく》の如し。僅《わず》かに指頭《しとう》を以てこの脚頭《きやくとう》を触るれば天地震動、草木號泣、女媧氏《じよか》未《いま》だこの足を斷じ去つて、五色の石を作らず。

（一九〇二年九月一四日、「病牀六尺」百二十五）

鍼の如く　其《その》一　1914・6・1発表「アララギ」7-5

「鍼の如く」は「其《その》一」から「其五」までの五回に分けて、月刊誌『アララギ』に発表されました。「其一」が掲載されたのは、大正三年六月一日発行の『アララギ』7巻5号で、計四七首が「一」から「六」の六部に分けて発表されました。各部の内容は以下の通りです。

一　画賛の歌など三首
二　旅の歌拾遺五首
三　田園生活雑詠一四首。童心歌を含む。詞書なし
四　「三」の続き九首
五　黒田てる子との愛の歌九首。日付と詞書がついた日記体
六　病中雑詠。惜春《せきしゅん》の歌七首。「五」と同じ頃に詠われたと思われるが、日付なし

では順に見てゆくことにしましょう。見出しに括弧で示した三桁の数字は、一三一首の通し番号です。

一　画賛の歌など（001〜003）三首

秋海棠《しうかいだう》の畫《え》に

（001）白埴《しらはに》の瓶《かめ》こそよけれ　霧ながら朝はつめたき水くみにけり

訳（詞書）シュウカイドウの絵への画賛。

（001）（平福百穂が描いてくれたようなシュウカイドウの花を生けるには、）白磁の花瓶がふさわしかろう。朝早く霧の中で汲んできた冷たい水を入れて。（そんなイメージがこの絵にはぴったりだ）

藤沢周平：崖下の赤土がむき出しになっているようなところ、台地だか丘だかわかりませんが、上の斜面は雑木林に覆われている、そういう小高い場所の麓にある小さな泉。といっても、水はごぼごぼ湧いているわけではなく、溢れる水が静かにわきに落ちるような泉ですな。そこに霧が立ちこめているのです。霧は雑木林の傾斜にも、泉の上にも澱んでいて、少しずつ動いているのです。夜はやっと明けたばかりで水の上はまだ少し暗くて……（二〇一〇『白き瓶　小説　長塚節』「歌人の死　五」文春文庫五〇六頁）。

Kawamura 英訳（1986）

How fitting is a white glazed pot　白埴の瓶こそよけれ
With which I draw cold water　冷たき水汲みにけり

平福百穂画「秋海棠」

On a morning veiled with mist!　朝は、霧ながら

語釈　シュウカイドウ（秋海棠）は中国山東省以南からマレー半島に自生する多年草で、日本には江戸時代初期にもたらされて帰化しました（松田、一九八八）。バラ科のカイドウに似た薄桃色の花を秋に咲かせるので、この名があります。百穂の絵はほぼ正方形の画面の左下にシュウカイドウの葉が一五枚ほどこんもりと繁り、中でも濃く描かれた五枚の葉が、画面右下にかけて構図を引き締めています。画賛は右の余白に二行に分けて変体仮名で書かれており、漢字楷書（万葉仮名）になおすと次のようになります：

白者尓乃　瓶古楚与个礼　霧奈加良
朝者川免太幾　水久美尓个利　　節

「霧ながら」について従来、①「霧の中で」、②「霧がらみ・霧と水を一緒に汲む」の二説がありますが、本林説「①は嫌味がなく歌柄にふさわしい」（一九七二）が妥当と思われます。藤沢周平訳も **Kawamura** 英訳も同じ解釈です。②説の中には、「汲んだ水があまりに冷たいのでまわりの水蒸気が霧になった」というのもありますが、その状況では瓶の表面に露がつくだけで、霧は発生しません。「鍼の如く」には「ながら」を含む歌があと三首あり、(197)「雨ながらみむ」と(203)「籠ながらこぼれ居にけり」は①の例、(226)「車ながらに濡れてゆく」は②の例です。

音韻と句切れ　AB・BCD。B＝瓶《かめ》＋霧、カ行1P、形容詞係り結びによる二句切れ。二五句「カメ・クミ」、二三五句「ケレ・キリ・ケリ」の繰り返しが調子を良くしています。母音進行「イアーイ

オ　アエオーーエー　イーアーー　ーーーウエアイ　ーウーイーエイ」について、岡井隆：この歌は母音の構成からみると、イ母音が九箇、ア母音が十箇で、聞《ママ》（開の誤りか）かれた明るいア母音と、鋭く澄んだイ母音とが、調べを主導している。しかも、アーイの連結、イーアの連続が多い。こう言う音韻構成の歌は、概して調子がなめらかに、又、歯切れよく進むのである、また、第二句のコソヨのオ母音三つ、第三句のおわりから第四句の頭へかけてア母音が六つ続くなども、歌の響きを明快にしている。（略）多くの読者が、この単純な内容の歌に、類《たぐい》まれな快美を味わっているのは、このためである（二〇〇〇）。

鑑賞　この歌はできた当時、節の自信作で、斎藤茂吉の回想によれば、見舞いに来た茂吉らにこの歌を示し、「今のアララギの諸君の歌とはだいぶ違ふが、僕の歌に対する考はこんなものだ」と言い、それがきっかけで作歌に気乗りがしたと言われています（『アララギ二十五年回顧』一九三三、五五頁）。「冴え・気品」の実例として愛唱され、藤沢周平による長塚節伝『白き瓶』の題にも援用されました。（001）に関する批評や感想は数え切れませんが、いくつか代表的なものを紹介します。

斎藤茂吉：これは長塚節が秋海棠の画に賛した歌である。長塚節は飽くまでも自然に同化した人であったから、かういふ歌になると実に旨いのである。（中略）この歌は実地に天然に観入《くわんにふ》して、それを突き詰めて行つておのづから此処《ここ》まで至つたといふことを云はうと欲したのであつた。この作者の調べは左千夫のに較べて、清純で細い。そこから一種いふべからざる気持ちが出来てゐる。実地を追うて、写生に徹するとおのづからこの域に到達するのである。それゆゑこの歌は極めて象徴的である。ここで象徴的といふのは、芭蕉の、『この秋は何で年よる雲に鳥』の象徴的だと云ふやうな意味で、それから去来の、『手の上に悲しく消ゆる蛍かな』の象徴的であるといふ意味で、節の歌が象徴的だといふのである。天然に観入すれば、そこは幾多の自己の象徴たるものがある。そこを僕は云はうとしたのである。（一九二五「短歌道一家言」。「観入」は茂吉の造語で、「自我を没して対象を正しく観る」というほどの意味）。

『合評』茂吉：『白埴の瓶』といふのは東洋美術の眞髄をも聯《れん》想せしめるが、なほ仏蘭西《フランス》印象派の畫《え》などをも聯想せしめるのである（一九四四）。佐藤佐太郎：直線的に単調でない抑揚のうちに節のいふ「冴え」も「氣品」もある（一九五九）。山本太郎：脳裏を一つの歌が、金属性の冴えた音をたてて過ぎていった（一九七三）。

藤沢周平：（節は久保より江に）言った。「見たままじゃありませんね。むしろ想像の、と言っていいくらいですが、その想像というものは以前に見て心に残っていたものがもとになっていたりして複雑です」（略）画讃の白埴の歌はこの時期に出来たのだが、節はこの歌が、長い間心のなかで歌の形をとるのを待っていて、出来たときはその待っていたものがようやく心の深部から出て来て日の目を見たような気がしたのである（二〇二〇『白き瓶　小説　長塚節』「歌人の死　五」文春文庫新装版、五〇五頁）。

健康だった八年前の連作「羇旅雑詠《きりょざつえい》」では「ひややけき」が多く用いられましたが、ここでは「つめたき」と、より肉感的です。「つめたき」を詠んだ歌は「鍼の如く」でほかに三首あり、それぞれ恋・病・芸術を象徴する物に「手」を「触れ・当て」ています。（001）は看板として有名ですが、これだけで「鍼の如く」の魅力がわかったと早合点せず、次の三首にも目を向けて下さい。

（034）いささかも濁れる水をかへさせて　冷たからむと　手も触れて見し　（本書四九頁）

（163）手を當《あ》てて心もとなき腋草《わきくさ》に　冷《つめ》たき汗はにじみ居にけり　（同、一五〇頁）

（214）手を當てて鐘はたふとき冷たさに　爪叩《つまたた》き聽く　其《そ》のかそけきを　（同、一九七頁）

りんだうの畫《え》に

（002）曳《ひ》き入れて栗毛《くりげ》繋《つな》げどわかぬまで　櫟林《くぬぎばやし》はいろづきにけり

訳

（002）（詞書）リンドウの絵に添える画賛

栗毛の馬の手綱をひいてきて一本の木に繋いだとしても、見分けがつかなくなるほど、クヌギ林は全体に紅葉して、赤みがかった茶色一色に染められている。

Kawamura 英訳（1986）

Such is the color of the kunugi oak grove
That a bay horse tethered therein
Disappears from view.

櫟林は色づきにけり
曳き入れて栗毛繋げど
わかぬまで

Alan Farr, Kawamura 英訳（1999）

The bay horse driven
And tethered in the oak woods
Mingles amid the leaves
Then vanishes in the colors

曳き入れて栗毛
繋げど　櫟林は
わかぬまで
色づきにけり

語釈　「りんだう・竜胆」、リンドウの花は青・紫・代赭が組み合わさって秋の日に映えますが、一面赤褐色のクヌギ林の中では意外に目立ちません。伊藤左千夫の小説『野菊の墓』（一九〇六）では、政夫が民子を野菊にたとえ、民子が政夫をリンドウにたとえて、互いの幼い愛を告白します。「栗毛」は馬の毛の色、ここではその色の農耕馬。「わかぬ」は「分く」の否定形。

音韻と句切れ　ＡＢＣ・ＢＤ、Ｂ＝栗毛＋櫟林、カ行1P、三句切れ。一五句「イレ・イロ」、二四句「クリゲつなゲ・クぬギ」の響きあいにも注目。

鑑賞　民謡風の着眼。節は二年前の一九一二年一一月二日、伊予国（愛媛県）温泉郡今出の村上半太郎に、「此地《この》（国生）は今麦蒔《まき》の最中にて、数日の後に櫟林は栗毛馬を繋いでも一見目につかぬ様に相成可申《あいなりまうすべく》候」と書き送っています（全集7・536）。

『合評』茂吉：色彩の濃い、極めて印象的な歌である。言葉も自由自在で寸毫も無駄のない點《てん》はどうしても大家の風格であつた（一九四四、上四七頁）。

リンドウ（著者による水彩画）

夜半ふとおどろきめざめて

（003）無花果《いちじく》に干《ほ》したる足袋《たび》や忘れけむと　心もとなき雨　あわただし

訳　（詞書）夜中、雨の音に驚いて目が覚めた。

（003）昼間イチジクの木の枝に干しておいた足袋が、忘れられて濡れているのではなかろうか、と心もとなく思わせる雨が、慌ただしく降っている。

語釈　「無花果」、岩波文庫本に「いちじゅく」と仮名が振られ、「イーウーイ」の母音進行は魅力的ですが、初出にはなく、現代風に「いちじく」と読むことにします。「心もとなき雨」は、「雨が心もとない」のではなく、「心もとなく思わせる雨」の意。（163）「心もとなき脇草」参照。「あわただし」は「慌てる」の派生語で、「落ち着きのない様子で雨が降る」の意。

音韻と句切れ　ＡＢＣＤＡ。Ａ＝無花果＋雨、ア行1Ｐ、切れ目なし。第三句末「と」に続く第四句「心もとなき」が連体形であるため、第五句「雨」に続きます。母音イーーウイ　オイアウアイア　アウエーウオ　オーーーーアイ　アエアーーーーイ。初句イ段、四句オ段、結句ア段がそれぞれ優勢。

鑑賞　昼間ののどかな光景と、慌ただしい夜雨《よさめ》の音の、奇妙な組み合わせ。

『合評』茂吉：これ等は全體として東洋的材料であるが、寧《むし》ろ俳句の方から發達して來た傾向をおもはしめる。岡麓：この歌などは正岡先生の観《み》方感じ方によく通じたもので、作者をしのぶに深いものがある（一九四四）。加藤楸邨：むしろ子規の俳句で培われた感受性と通じたものと言ってよい（一九六九）。岡井隆：今までは画に向かって詩心を磨《と》いでいたのであるが、一転して、作者は夜半、なにかにおどろいて眼がさめたのである。この、接続の仕方には、昼の世界から夜の世界への転移がかくされている。そして、画の中の世界から、画の外へ、現実へとひきもどされていく読者。（略）こうした詞《ことば》書きと歌との、散文と韻文との、相互に引き合い、相互に反発しあう微妙な関係についても、節は、古典や正岡子規から学んだものを自分流に消化しているのである。大作「鍼の如く」は、散文と韻文の交響をよそにしては語ることができない所以《ゆえん》がここにある（二〇〇〇、一二七頁）。
節はこのあと未発表の歌をまとめて発表します。

二　旅の歌拾遺《しゅうい》（004〜008）五首

上州入山《いりやま》の山中にて

（004）唐黍《たうきび》の花の梢《こずゑ》に　ひとつづつ蜻蛉《あきつ》をとめて　夕《ゆふ》さりにけり

訳（詞書）上州（群馬県）入山の山中で、
（004）トウモロコシが雄花のてっぺんに一匹ずつトンボを止まらせている、（さっきまでずっと飛び続けていたのに）夕方になったのだなあ。

語釈「入山」は群馬県吾妻郡中之条町の大字《おおあざ》、〒377-1771。一九〇八（明治四一）年八月一九日付け寺田憲宛て書簡に、「小生は明日出立暫時《ざんじ》旅行可致《いたすべく》、目ざす処は上野《かうづけ》草津の温泉より、更に奥なる入山と申す所より案内者を頼み、旅客の嘗《かつ》て越えしことなき峻嶺を越えて、信州秋山の渓谷に入るに有之《これあり》候首尾よく目的を達し候上は何物をか得可申《えまうすべく》候」（全集6・245）とあります。この旅では九月一一日、榛名山の榛原の平で濃霧を体験し、一五日帰宅。二〇日ごろまでに短歌連作「濃霧の歌」の初稿を得ています。「唐黍《とうきび》」はトウモロコシを指し、「黍・蜀黍」キビ・モロコシと区別されます。「花の梢」はトウモロコシの雄花でしょう。詳しくは拙著『節の歳時記』一四二頁参照。「蜻蛉」、本林が言うように赤トンボでしょう。

音韻と句切れ　AB・BC・D。B＝花＋一つ、ハ行1P、二四句切れ。

鑑賞　焼畑の寂しい夕景色に赤トンボが整列して、一瞬の賑わいを見せました。『合評』では紙塑人形の作家でもある鹿児島壽蔵が「うぶうぶしくて、例へば童子の眼に映るかのやう」（一一三頁）と評しています。「一つずつ」の句にトンボを数える童子を見たのでしょうか。

歸路

(005) うなかぶし獨《ひとり》し來《く》れば　まなかひに我《わ》が足袋《たび》白き　冬の月かも

(006) たもとほり　榛《はり》が林に見し月を　そびらに負《お》ひてかへり來《く》　われは

訳　（詞書）（夜の）帰り道。

(005) 頭を垂れて一人で足元ばかり見て歩いていると、自分の足袋の白さが目の前にせまってくる。それほど冴えた冬の月であることよ。

(006) わざわざ回り道して（葉の落ち尽した）ハンノキの林で月を眺めたあと、家にまっすぐ向かって歩き出すと、月の光を背負う格好になった。

語釈　(005)「うなかぶす・項傾す」は「うなじを傾ける」の意。「まなかひ・眼間・目交ひ」は両目の間。転じて目の前・まのあたり。山上憶良の長歌「瓜はめば……まなかひにもとなかかりて」（万葉集五・八〇二）。（006）「たもとほり」の「た」は接頭辞、万葉集〇春霞　井の上《へ》ゆ直《ただ》に道はあれど　君に逢はむとたもとほり来《く》も（七・一二五六）。「もとほる・徘徊る」は①同じところを行ったり来たりする、迷う。②回り道をする。歌曲「平城山」の歌詞「もとほり来つつ堪えがたかりき」（北見志保子作詞）のように、ここでも①と②を同時に含むのでしょう。「榛の林」、短篇「芋掘り」6章：冬も寒が來て田甫《たんぼ》の榛の木には　春の用意に蕾《つぼみ》がふら〱と垂れ始めた（一九〇八、全集2・33）とあるように、単なる枯枝の風情でなく、動きが含まれています。

「そびら・背平」は「背中、うしろ」の意。『古事記』によれば、神武天皇の弟・五瀬《いつせ》の命《みこと》が東征の途中で負傷し、日の神の子である自分が太陽に向かって攻めてきたのが間違いだったと悟り、「今よは行き廻《めぐ》りて、日を背《そびら》に負ひて撃たむ」とひとまず南に向かいます。（006）の草稿（二）には「明治四十一年一月三十日小貝川のほとりに人をおとつ《づ》れて」と詞書がついていました（大戸、一九七九、三六三頁）。小貝川は節の生家の東方。西に戻る「そびら」に月光を負う形ですが、月齢26・2では月の出が遅すぎて疑問が残ります。

「そびら」の用例は（231）のほか、「鍼の如く」発表の三ヶ月前、平福百穂「鴨」八首の中に、〇あひ椅《よ》りて鴨はも眠る　片脚をそびらに負ひて皆立ちながら（一九一四・三・一、『アララギ』7・3）があります。これは二月に茂吉が百穂宅を訪ね、庭で飼われていたシチメンチョウを短歌で写生するのを見て、百穂がカモを短歌写生した結果で、茂吉「七面鳥」十八首と並んで掲載されました。平福百穂歌集『寒竹』（一九二七）あとがきによると、「鴨」の歌稿は「斎藤君から長塚君に送って削正を乞うた」そうで、節好みの「そびら」は「削正」の結果でしょう。節は「アララギ」7・4所載「千樫に与ふ」で、「七面鳥」第一四首「十方に眞《まっ》ぴるまなれ　七面の鳥はじけんばかり膨《ふく》れけるかも」を「実によく彼《か》の倨傲《きょごう》にして尊大な七面鳥を道破して居る」と褒めていて（全集4・118）、「鴨」削正を刺激に（006）など「鍼の如く」の草稿も添削しはじめたと思われます。

　茂吉は「七面鳥」第一七首「天なるや廻轉光も入りかかり七面鳥はつひにつるまず」の続報として、三月一二日付けハガキで節に「七面鳥つひにつるめり　うつしみの我が前にゐて　つひにつるめり」を送っています（下図）。あの手この手で節を短歌の世界に引き戻そうという茂吉の熱意が、これらの逸話から伝わってきます。

節宛て茂吉ハガキ 1914.3.12 付け
(『斎藤茂吉全集』第五十二巻、220 頁)

「われは」で止める形式は、額田王による「秋山われは」（万葉集一・一六）が原型。節の先行歌に、〇ひややけき流れの水に足《あ》うら浸《ひ》で　石に枕ぐ旅びと　われは（一九〇五、「羇旅雑咏」）があります。

音韻と句法　（005）AB・CD・B。B＝一人＋冬、ハ行1P、二四句切れ。（006）ABC・DE。頭韻なし、三句切れ。一二句「ホリ・ハリ」。二首揃って二・三句頭がハ行・マ行です。

鑑賞　夜道を一人で歩き、夜中でも構わず渡し守を起こして「おっかねえ知らず」と呼ばれていた健脚青年の自意識を、荘重な古語で飾った二首。試みに「うなかぶし・たもとほり・そびらに」を「うなだれて・さまよいつ・背中に」で置き換えると、とたんにつまらなくなります。（005）では冬の月光に催眠術をかけられたように、白足袋が目の前に迫って見えたのでしょう。

「合評」（下一二四頁）で高田浪吉が「白き冬の月」の感じ方に「俳句趣味」を指摘（一九四四）。加藤楸邨：こうした日常茶飯事の中から新鮮な驚きを発見する心の動きが、俳句というものを育ててきている（一九六九、脚注）。本林：前の歌（005）と合わせてどこか沈鬱なものがある（一九七二、頭注）。

博多所見

（007）しめやかに雨過ぎしかば　市《いち》の灯《ひ》はみながら涼し　枇《び》杷《は》うづたかし

訳　（詞書）博多をざっと見た印象。

（007）静かな雨が通り過ぎた後、宵の市場は店々の灯がきらきらと輝いて涼しげで、ビワの実がうずたかく盛り上げられている。

語釈　「所見」は、一九一二年五月下旬に博多を初めて訪れた時の印象。福島の門間春雄宛て一九一三年六月一三日付け、桜桃の礼状に、果物類の乏しい時期でありがたいと述べ、「これが博多の市場ならば、長崎茂《も》木《ぎ》の枇杷、雨後の店頭ともし灯のもとに堆《うずたか》きところなど、見る目にも美しく候へ共、東京には安《あ》房《わ》の國より枇杷も参り候へども、形小さくみすぼらしく相見え申候」とあります。一九一四年六月一六日付け博多から斎藤茂吉宛て葉書に、「店には枇杷が山のようですが、一昨年程うまく感じません」とあり、最初の印象がよほど強烈だったようです。一九一二年の「病床日記」を見ると、六月一八日、二〇日と一〇銭ずつ、二二日には一九銭分の枇杷を買っています。いったん気に入ると無茶食いする癖は、（078）の詞書にも見られます。「しめやか」、出典は『源氏物語』「帚木」の「つれづれと降り暮らしてしめやかなる宵の雨」。清水（一九八四）によれば、（061）も含めて雨に関わる節の常套語です。「みながら」はすべて。古今集〇紫のひともとゆゑに　武蔵野の草はみながら　あはれとぞ見る（一七・八六七）。「市の灯」はガス燈だったと、福岡生まれの鹿児島寿蔵が『合評』で回想しています。

音韻と句切れ　AB・BC・D。B＝雨＋市《いち》、ア行1P、二四句切れ。四五句とも形容詞終止形で止める珍しい形。二句でも切れますが、四句切れの強さにはかないません。四五句母音進行「イアーーウーイ　イアウーアーイ」と、前後をイ段で挟み、中にア段・ウ段の連続を置いています。

鑑賞　枇杷は初めから積まれていたはずですが、雨が過ぎ、灯がともって、今さらのようにその存在に気づきました。

加藤楸邨：「市の灯はみながら涼し」だけでは俳句でも詠み古された情趣だが、その眼目を与えるように「枇杷うづたかし」と結んだところ実に印象鮮やかで、こういう風に、一眼目を強調する心の動きには、俳句的なものが感ぜられる（一九六九）。清水：重畳《ちょうじょう》の句法が、調べに快いはずみをつけて、歯切れがよい。一寸《ちょっと》新鮮な感じの句法である（一九八四）。

肥後に入る

（008）球摩《くま》川の浅瀬をのぼる藁船《わらぶね》は燭奴《つけぎ》の如き帆をみなあげて

訳　（詞書）肥後の国（熊本県）に入った。

（008）藁を積んで球磨川の浅瀬を次々と遡る船は、どれもこれもつけぎのような帆を上げて、後から後から続いてくる。

語釈 「球磨川」、中流域は最上川、富士川と並ぶ「日本三大急流」の一つで、急流下りの観光船が人気を集めていましたが、「浅瀬」はそれより下流の緩やかな部分で、堆積岩から解け出た微細な粘土粒子で水が緑色に見えます。一九一二年四月二五日、節は福岡を発ち、熊本泊。翌二六日、肥薩線で人吉を経て鹿児島にむかう途中の車窓風景と思われます。「藁舟」は八代地域の水田から、紙の原料となる稲藁を製紙工場に運んでいた船のこと。「つけぎ」は、火打石で起こした火を粗朶《そだ》や薪に移すための道具で、ヒノキなどの薄い板に硫黄を塗ったもの。『土』14章では香煎（こうせん・麦焦がし）をすくうスプーンがわりに用いています。「燭奴の如き」帆とは、布製でなく筵か何かだったのでしょうか。子規◯春風の利根のわたりに舟待てば雲雀《ひばり》鳴くなり筵帆《むしろほ》の上に（一八九八）。

音韻と句切れ ＡＢＣ・ＤＥ。頭韻なし、三句切れ。結句末を動詞連用形＋助詞「て」で留める民謡調。

鑑賞 結句「帆をみなあげて」で、藁舟の列が続々と上って行く様子が想像されます。

本林：結句に、軽やかな旅情がある。

三 **四季雑詠と童心歌**（009〜022）一四首

「三」の一四首も未発表の歌稿から拾われたようで、季節は四季におよびます。主題は故郷の身近な風景や日常の楽しみで、子供の野遊びを思わせる「童心歌」が目につきます。

（009）山吹《やまぶき》は折ればやさしき枝毎《えだごと》に　裂《さ》きてもをかし　草などの如《ごと》

訳　ヤマブキの枝は簡単に折れ、残った皮も優しげで縦に裂けて面白い。まるで草のように。

語釈　「やさし」は、「易し」と「優し」の二つにかかると解しました。「をかし」も「趣きがある・面白い・興趣がある」と多義的です。

音韻と句切れ　ＡＢＢＣ・Ｄ。Ｂ＝折れば＋枝ごと、ア行１Ｐ、四句切れ。「枝ごとに」が前後にかかります。「合評」では二句で切れるかどうか意見が分かれていますが、切らない方が自然でしょう。

鑑賞　折ったり裂いたり、遊びに熱中する子供の心を回想した「童心歌」。

楸邨：（007）などに比べて渾熟していないので長さが感じられる（一九六九）。北住敏夫：この種の「やさしき」「をかし」きものに対する心の動きには少女的な感じがある（一九七四、一五二頁）。

（010）西瓜《すいくわわ》割れば赤きがうれし　ゆがまへず二つに割れば　矜《ほこ》らくもうれし

訳　スイカを割ったときに果肉が赤いと、これは甘そうだと嬉しくなる。包丁の先の割れ目が曲がらずにまっすぐ二等分できると、自慢をしたくなるほど嬉しい。

語釈　「ゆがまへず」＝「ゆがむ」の未然形＋反復・継続の助動詞「ふ」の未然形＋否定の助動詞「ず」。

音韻と句法　ＡＢ・ＣＤＤ。Ｄ＝二つ＋矜らく、ハ行１Ｐ、二句切れ。二五句末で「うれし」を反復。

鑑賞 母の仕事を手伝う少年を思わせる「童心歌」。二五句反復の調子良さは（023）でも見られます。古語の大仰《おおぎょう》さがユーモラスで、「ゆがまへず・ほこらくも」を「ゆがまずに・ほこらしく」で置き換えると、魅力が半減します。

『合評』岡麓：作者がすつきりとうき上がつて出てゐる（一九四四）。

（011）菜豆《いんげん》はにほひかそけく　膝《ひざ》にして白きが落つも　莢《さや》をしむけば

訳 インゲンのかすかに（青臭い）匂いがして、莢を剥いていると膝の上に白い豆がこぼれ落ちた。

語釈 「かそけし・幽けし」は「かそか」から派生した形容詞。音や色などがかすかに認められること。万葉集の大伴家持◯わが屋戸《やど》のいささ群竹《むらたけ》ふく風の音のかそけきこの夕《ゆふべ》かも（一九・四二九一）、（214）参照。四句末「も」は詠嘆の助詞。意外な発見を四五句倒置で印象付けています。先行歌◯はりの木の花さきしかば　土ごもり蛙は鳴くも　あたたかき日は（一九〇四「榛の木の花」）。

音韻と句切れ ＡＢＣＤ・Ｄ、Ｄ＝白き＋莢、サ行1Ｐ、四句切れ。初四句の句頭をイ段で揃えています。四五句倒置で、五句は状況説明。1Ｐのうち押韻句が続く例は比較的少なく、ＡＢＣＤＤは全部で一二首。うち二首が（010）（011）と並んでいるのは単なる偶然でしょうか？

鑑賞 幼児語のような甘さがあり、白くて匂う豆にも未熟さが感じられるところから、調理の手伝いを回想する「童心歌」と解しました。

本林（一九七二）は、殻《から》打ちの後の未熟なインゲンを剥く農事歌と解しています。

（012）そこらくに藜《あかざ》をつみて茹《ゆ》でしかば　咽喉《のど》こそばゆく　春はいにけり

訳　アカザの葉をどっさり摘んで茹でて食べたら、のどがいがらっぽくなった。このいがらっぽさには覚えがある。そうだ、春が去ってゆく季節の記憶だ。

語釈　「そこらく」は不特定の量を示す「そこばく（若干）」と同じ、転じて「多く・たくさん」。多・少いずれをとるか、本林も保留しています。「あかざ」はヒユ科の野草。接助詞「ば」は已然形に付いて順接の確定条件を示します。「こそばゆし」の方言「こそっぱい」が、『土』では多用されています（拙著『「土」の言霊』八六〜八八頁参照）。節が喉頭結核を患ったことは、一九一二年二月一日発行『アララギ』5・2の「病中雑詠」で読者には周知されていました。

音韻と句切れ　ABC・DE。頭韻なし、三句切れ。

鑑賞　残りすくない春を惜しむ惜春《せきしゅん》の歌。①春が終われば②アカザのアクが強くなり、③たまたま食ったら、④喉がいがらっぽくなった、というのが事実関係ですが、③④の結果から②①に気づかされたというロジックの逆転に、面白さがあります。参照「柿食えば　鐘がなるなり　法隆寺」（子規）。

『合評』岡麓：「咽喉こそばゆく」は作者当時のありのままである。病氣のためなのであるが、それ迄考へずとも受取れるよい歌である（一九四四）。本林：すぎ去った春の名ごりを、そこはかとなく感じている（略）秀歌の一つ（一九七二）。

（013）おしなべて白膠木《ぬるで》の木《こ》の實鹽《みしほ》ふけば　土は凍《こほ》りて　霜ふりにけり

訳　あちこちに生えているヌルデの木が一斉に実の表面に塩をふくとき、地面も凍り、霜で覆われるようになった。

語釈　「おしなべて」は「一斉に、一帯に」。万葉集雄略天皇〇（略）そらみつ　大和の国は　おしなべて　我こそ居れ　しきなべて　我こそいませ（略）（一・一）。（219）の第三句にも用いられています。「白膠木・ヌルデ」はウルシ科の低木。『土』21章「そういう村落《むら》を包んで其処《そこ》にも雑木林が一帯に赭《あか》くなっている。他に先立って際どく燃えるようになった白膠木《ぬるで》の木の葉が黒い土と遠く相映《あい》じている」（一九一〇）。「一帯に」は「おしなべて」と同じ。「ば」は因果関係ではなく、樹上と地表の季節変化が同時に起こったことを指します。「塩」、〇くれなゐに染《し》みしぬるでの鹽《しほ》の實の鹽ふけり見ゆ　霜のふれれば（一九〇一、「日々の歌」）の左注に「ぬるでの實は味辛し　故に方言鹽の實といふ」とあります。

音韻と句切れ　ABC・DC。C＝塩＋霜、サ行1P、三句切れ。三五句「フけば・フり」。

鑑賞　ヌルデの塩の実は、子供のおやつ、大人には初霜予報のサイン。複数の変化を見くらべて季節を細かく読むことは、農業者として当然ですが、一句一季語を原則とする俳句では、そのセンスが活かせません。節が俳句にも惹かれつつ歌人でありつづけた理由の一つがそこにあると思われます。

『合評』茂吉：私がまだ作歌をはじめて間もないころ、この白膠木の實のことを歌に咏みこんで、この歌の作者から褒められたことがあった。

（014）枳椇《けんぽなし》　さびしき枝の葉は落ちて　骨ばかりなる冬の霜かも

訳　ケンポナシの寂しく枯れた枝から、最後までしがみついていた葉も落ちて、骨だけのように見えるころ、地面には冬の霜が降りている。

語釈　「ケンポナシ・玄圃梨」、短篇「太十と其犬」第1章：渋い枳椇《けんぽなし》の實《み》は霜の降る度に甘くなつて、聡《すべ》て四十雀《しじふから》のやうな果敢《はか》ない足に踏まれても落ちるやうになる。幼いものは竹藪へつけこんでは落ち葉に交《まじ》つて居る不恰好《ぶかつこう》な實を拾つては噛むのである。（略）果物のうちで不恰好なものといつたら凡《おほよ》そ其《その》骨のやうな枳椇の如きものはあるまい（一九一〇、全集2・226～27）。文中「実・果物」とあるのは、正しくは「肉質に太くなった花序の枝」で、ナシに似た甘みがあります。

音韻と句切れ　ABC・CC。C＝葉＋骨＋冬、ハ行3C、三句切れ。「冬の」は前後にかかります。ケンポナシが骨ばかりになる冬、その冬にふさわしい霜。

鑑賞　（013）に続く霜と植物。（013）の塩味に対する、（014）の甘み。ケンポナシは晩年の（220）にも登場します。「骨

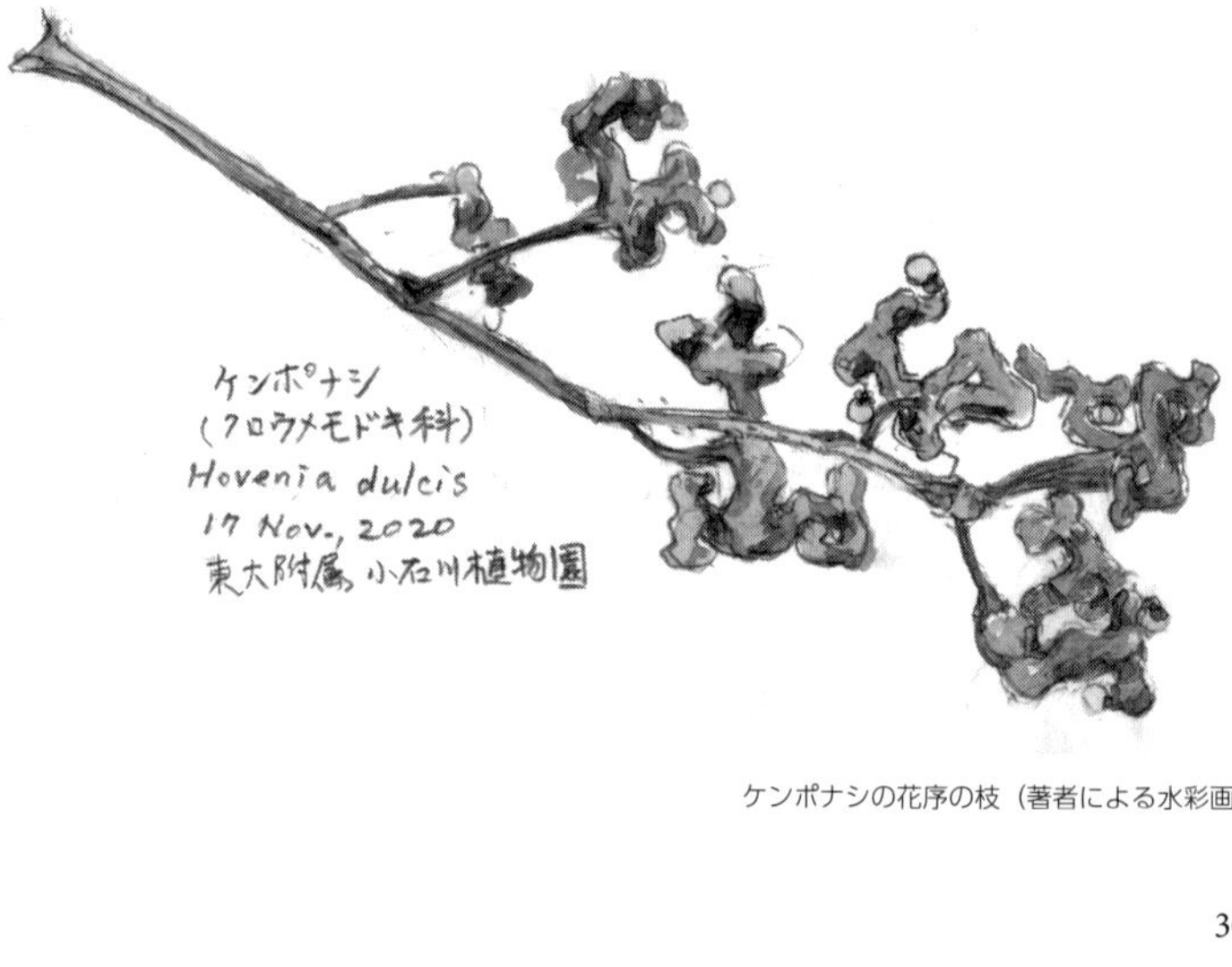

ケンポナシの花序の枝（著者による水彩画）

ばかり」は枯れ枝に花序の枝を加えた形状を指すのでしょう。

（015）楢《なら》の木の嫩葉《わかば》は白し　やはらかに單衣《ひとへ》の肌《はだ》に　日は透《とほ》りけり

訳　コナラの木の若葉は白い。初夏の白い日の光が、衣更えしたばかりの白い単衣の着物をやわらかく透《す》け通り、（まだ日焼けしていない）肌を白く照らしている。

語釈　「楢の木」にはコナラ、ミズナラなどがありますが、節の故郷の雑木林で多いのはコナラ。「若葉は白し」、『土』6章「周囲の林は漸《ようや》くその本性のままに勝手に白っぽいのや赤っぽいのや、黄色っぽいのや種々に茂って、」。「単衣《ひとえ》」は、裏地付きの冬用の「袷《あわせ》」に対する、裏地なしの夏用の和服で、白が基調。

音韻と句切れ　AB・CDD。D＝単衣（＋肌）＋日、ハ行1P、二句切れ。形容詞終止形による二句切れには（010）（016）（023）もありますが、それらに比べて断絶感が小さいのは、「やはらかに」が前後につながるせいでしょう。

鑑賞　若葉、単衣、日の光とすべてが白っぽく清々《すがすが》しい初夏の光景。横山大観画「若葉」に触発され、（001）とほぼ同時期に詠われたようです。大観「若葉」は百穂「鴨」（（006）参照）と同じ東京大正博覧会に出品された軸装の絹本着色画で、現在、西宮市大谷記念美術館蔵。縦長画面の左奥から右手前にかけて、杉（濃緑）、広葉樹（黄緑）、松（緑）が衝立のように重なり、画面左下のリスが山中であることを示しています。近藤啓太郎：自然に対する素直な感情の発露があり、画面は緻密に構成されながら萎縮した

横山大観「若葉」（当時の絵葉書）

ところがなく、明るく輝く色彩もまたすがすがしい。「若葉」は大観が豪壮な反面に持つ繊細さを遺憾なく発揮した、すぐれた作品といえるのである（一九七六『大観伝』二二八頁）。黄色の広葉樹はカシワかミズナラのようですが、節はこれを見て、郷里の雑木林に多いコナラの白い新葉を思いだしました。

こゝへ來てからふと出來た歌一首お目にかけます、今日は風があつて埃が霧の様に立つて居ます、暮春の趣きが十分であります、私は土の黒い郷里の水田をかこんだ楢の林の若葉が好きでたまりません。

ならの樹のわか葉は白しやはらかにひとへの肌に日はとほりけり

もうすぐ夏が來ます、單衣にかはつた時程女の美しくなることはありません、

（1914・5・1、久保より江宛て、横山大観「若葉」の絵はがき、全集7・634）

（略）私も此病院へ來てからふと少しばかり歌が出來ました、然しながら私のは全く今の人々のと

は違つて居ます、秋海棠の畫賛の歌が只一首あります、（略）
（同日、久保より江宛て、ロべにの絵はがき、全集7・635）

のちに「鍼の如く　其三」と同じ『アララギ』7・7に掲載した批評「一つ二つ」で、節は次のように書いていています。「同君（茂吉）は『赤光』であれ程女の歌を澤山《たくさん》に作つて居ながら、單衣に替へた女の美しさに注目して居ないのです、然しそれがない替り表面の何物も見ないで女の本體に直入する處に同君の生命は存在して居ます（一九一四、全集4・136）。

手紙の日付に従って（015）を位置付けるなら、「五」歌日記の（032）と（033）の間、もしくは「六」病中吟が適当ですが、節はそうせず、純粋な叙景歌として「三」にもぐりこませました。

（016）芝栗《しばぐり》の青きはあまし　かにかくに一つ二つは口もてぞむく

訳　雑木林に生える（野生化した）小さなクリの実は、熟しきったものより青いうちの方が甘い。（爪を立てたり）あれこれ試しつつ、一つ二つは歯を当てて口で剥いたりもしてみる。

語釈　「芝栗・柴栗」はやせ地などに生えた小型のクリ。「かにかくに」は「あれこれの方法で」。石川啄木〇かにかくに渋民村は恋しかり　思い出の山　思い出の川（一九一〇）が有名です。

音韻と句切れ　AB・CDC。C＝かにかくに＋口もて、カ行1P、二句切れ（形容詞終止形）。「かにかくに」は二句切れのあとの軽い三句（二二五頁参照）。

鑑賞　栗の熟し具合を見てさまざまに食い方を工夫する「童心歌」。

『合評』茂吉：かういふ行為は無邪氣で可憐であるが、作者の場合は病中吟だけあつて、なほ更に感が深い。土屋文明：田園の生活の優美な一面をよく捉へて居る。「かにかくに」とか「口もてぞむく」とか、そこに作者の主観を十分に打込みつつ嫌味に堕ちず、淡々と仕上げて居る所は作者の獨壇場の觀がある（一九四四）。

（017）松が枝《え》にるりが竊《ひそか》に來て鳴くと　庭しめやかに春雨《はるさめ》はふり

訳　松の枝にルリが来てひそかに鳴いていると、庭ではしめやかに春雨が降っている。

語釈　「るり」にはスズメ目ヒタキ科のオオルリ *Cyanoptila cyanomelana* とツグミ科のコルリ *Luscinia cyane* があり、ともに瑠璃色の夏鳥。「瑠璃」は貴石のラピスラズリを意味するサンスクリット語が元で、エキゾチックな響きがあります。「と」は「時」ぐらいの意。「しめやか」、（007）参照。

音韻と句切れ　ABC・DE。頭韻なし、三句切れ。句頭がラ行で始まる珍しい歌。

鑑賞　熱帯の鳥が訪ねてきた喜びを詠ったもの。末尾を連用形にしたことについて、合評で議論がありますが、「ルリ」にあわせて「フリ」にしたのでしょう。

本林（一九七二）は「ひそかに・しめやかに」の照応に注目しています。

（018）草臥《くたびれ》を母とかたれば　肩に乗る子猫もおもき　春の宵かも

訳　今日はくたびれましたねえ、などと母と話しあっていると、肩に乗ってきた子猫すら重く感じられ、起き上がるのが億劫になる、そんな春の宵の気だるさよ。

語釈　二句末「ば」は、そこに子猫がやって来た、という意味でしょうが、因果関係があるような無いような曖昧さが、暮春の物憂い気分を伝えます。

音韻と句切れ　AB・AA・B、A＝くたびれ＋肩＋子猫、B＝母＋春、カ行ハ行FH。二四句切れ。初三句「クタ・カタ・カタ」に子猫の足の重みが感じられ、肉感的です。第四句母音「オエオーーーイ」のオ段連続にも重みが感じられます。

鑑賞　カ行のくたびれと、ハ行の安らぎが絡み合う見事なFH（フルハウス）。子規が「晩春」の秀句として挙げた蕪村「行く春や重たき琵琶のだき心」（一八九四「俳諧一口話」）を思い出させます。秋の叙景を得意とした節ですが、春のものうさを詠った秀歌も多く、しばしば母が登場します。

雨はやがて雪にかはりたれば寒さ身にしむに母と相對して火鉢に手を翳《かざ》す

桑の根の炭はいぶせし　火を吹くと皮がはねつる　吹かなくてあらむ

訳　雨がやがて雪に変わり、寒さが身にしみるので、母と火鉢の両側から手をかざした。（歌）桑の根で焼いた炭は質が悪く、火を起こそうと息を吹きかけると、樹皮がパチパチ弾ぜるので、吹かずに我慢をしなくてはならない。（だがそうしていると火が衰えるので、つい吹いてしまう）（一九一二「病中雑詠」其二）。

『合評』廣野三郎・高田浪吉：俳句的な趣《おもむき》と味はひ。鹿児島壽蔵：一首の効果はやや女性的に傾いた（一九四四）。

(019) 移し植うと　折れたる枝《えだ》の銭菊《ぜにぎく》は　挿《さ》すにこちたし　棄《す》てまくも惜し

訳　移植をするうちに、銭菊の枝がいくつか折れてしまった。細かすぎて挿し木にするのも面倒だが、さりとて捨ててしまうのも惜しい。はて、どうしたものか。

語釈　「銭菊」は千輪咲きの小菊で重弁のものが多い（「合評」土屋）。「挿す」、移植のついでなので挿し木でしょう。本林は花瓶にさすとしていますが、それなら一二輪を選んであとは捨てればよく、残りの多さを気にする四五句と繋がりません。「こちたし・言痛し」は「言《こと》痛し」。元は「人の言葉やうわさが多くてうるさい」の意。転じて、言葉にかぎらず様子や状態がはなはだしいこと。ここでは「邪魔くさいほど多い」。(173) 参照。

音韻と句切れ　AABC・C。A＝移し植う＋折れたる、C＝挿す＋捨てまく、ア行サ行2P、三四句切れ。結句「惜し」の二字に力がこもっています。二文字で終る動詞はたくさんありますが、形容詞では (181)「憂《う》し」のほか、「良し・悪《あ》し・怪《け》し・奇《く》し・酸《す》し」ぐらいでしょう。

鑑賞　(007) と同じ、四五句形容詞終止形留め。(007) の唐突感はなく、小枝の処理に困った節の姿に親しみが湧きますが、「帯に短し襷に長し」を連想させる俗っぽさに難があります。

(020) 藁《わら》の火に胡麻《ごま》を熬《い》るに似て　小雀《こがらめ》の騒ぐ聲《こゑ》遠く　霧《きり》晴れむとす

訳　藁の弱火でゴマの実を炒るときのピチパチ爆《は》ぜる音、それとよく似た声で騒いでいたコガラの群が遠ざかり、霧も晴れようとしている。

語釈 「小雀」の先行歌○小雀《こがらめ》の榎《え》の木に騒ぐ朝まだき　木綿《ゆふ》波雲《なみぐも》に見ゆる山の秀《ほ》。**訳** コガラがエノキに群がって騒ぐ夜明け前、薄く棚引く雲の上に山頂が見えている（一九〇五「羇旅雑咏」）。

音韻と句切れ ＡＢ・ＣＤ・Ｃ、Ｃ＝小雀＋霧、カ行１Ｐ、二四句切れ。

鑑賞 「遠く」は初めから遠かったのではなく、少し前まで濃い霧に紛れてすぐ近くで騒いでいたのでしょう。農村の自然と農事・家事を組み合わせるのは、節の得意技です。○煤火《すすび》たきすしたるなせどゆらゆらに揺りおもしろき榛《はり》の木の花。**訳** 火を焚いた煤で汚れたような地味な色だが、風にゆらゆら揺れる様子の面白いハンノキの花よ。○はりの木の皮もて作る染汁《そめじる》に浸《ひ》できと見ゆる榛の木の花。**訳** ハンノキの皮を煮て作る染め汁にひたして染めたような紫褐色のハンノキの花よ（一九〇四「榛《はり》の木の歌」）。

（021）　洗《あら》ひ米《ごめ》かわきて白きさ筵《むしろ》に　ひそかに棕櫚《しゅろ》の花　こぼれ居り

訳 洗って筵の上に干した米の上に、そっとシュロの花が散り、純白の上に細かな黄色い点が散らばっている。

語釈 「洗い米」は臼《うす》で碾《ひ》いて粉にするためのもの（「合評」鹿児島）。シュロの花は巨大な数の子のように見えますが、バラけて土に落ちるとこまかくて目立ちません。たまたま白い洗い米の上に落ちたので、目に留まりました。

音韻と句切れ ＡＢＣ・ＤＤ。Ｄ＝ひそかに＋花、ハ行１Ｐ、三句切れ。二三四句「シロ・さむシロ・

シュロ」の韻。

鑑賞　足元の微細な「こぼれ」ものから頭上の変化を察知するのは、常に季節と空模様を気にする農民の習性でしょう。自然と家事を組み合わせた点で、(020)と共通。

『合評』廣野三郎：家人は田畑に出て、ひつそり閑《かん》として居る家のさまなども思はせられる。土屋：恐らく富裕な作者の家庭に於ける實感であらうが、さう云ふ感じが聲調の上にも響いている（一九四四）。

(022)　楢《なら》の木の枯木《かれき》のなかに　幹《みき》白き辛夷《こぶし》はなさき　空蒼《あを》く潤《ひろ》し

訳　コナラの灰色の枯れ木の中に、白っぽいコブシの幹が見え、その幹よりさらに白いコブシの花が咲いている。奥には空が青く広がっている。

語釈　「楢」は(015)と同じコナラ。「枯木」は葉を落とした木で、生きています。「幹白き」、コブシの幹はコナラにくらべて白っぽい。それにまさる花の白さが言外に含まれています。

音韻と句法　AB・CB・D。B＝枯木＋辛夷、カ行1P、二四句切れ。「なラのキ・カレキ・みキしロキ・はなさキ」カ行キ音の脚韻。結句もイ段で留め、清々しい印象があります。

鑑賞　『土』28章、春の雪の翌日、「凡ての樹木は勢づいていた。村落《むら》の処々にまだ少し舌を出し掛けたような白い辛夷《こぶし》が、俄《にわか》にぽっと開いて　蒼《あお》い空にほかほかと泛《うか》んで竹の梢《こずえ》を抜け出していた」。

『合評』文明：「多岐に亙《わた》り過ぎたやうにも思はれるが、忠實なる寫實のなほ混亂して居ないのは作者の力量であらう。結句に工夫をめぐらして居るところも同感出來る（一九四四）。

四　「三」のつづき（023〜031）九首

「三」と同じ傾向の歌が続きます。（025）（029）の歌稿が書簡にあり、（027）（028）（030）のモチーフは『土』（一九一〇）などの散文に見られ、長年温めてきた歌稿をまとめて発表したようです。

（023）落栗《おちぐり》は一つもうれし　思《おも》はぬにあまたもあれば　尚更《なほさら》にうれし
（024）秋の日は枝々《えだえだ》洩《も》りて　牛草《うしくさ》のまばらまばらは　土のへに射《さ》す

訳　（023）木から落ちたクリの実を一つ拾えただけでも嬉しい。そのうえ思いがけずたくさん拾えたときは、なおさら嬉しい。
（024）秋の日光は雑木林の枝の隙間から漏れて、まるでウシクサの群のように、土の上にまばらにさしている。

語釈　「牛草・ウシクサ」はイネ科の一年草。現在では湿地にしか見られぬ準絶滅危惧種ですが、『牧野日本植物図鑑』（一九四〇）には「山野に群れを成して生ず」とあり、広く分布していたようです。助詞「へ」は「上」とも「辺」とも読めますが、ここでは「上」と解しました。（202）参照。

音韻と句切れ　（023）AB・AAC。A＝落ち栗＋思わぬに＋あまた、ア行3C、二句切れ。「うれし」

の二五句反復は（010）と同じ。（024）ＡＡ・ＡＢ・Ｃ。Ａ＝秋＋枝々＋牛草、ア行３Ｃ、二四句切れ。

鑑賞 秋の雑木林の落葉《らくよう》や黄葉《こうよう》による開放感を、ア行３Ｃで軽やかに詠った逍遥歌《しょうようか》二首一連。

『合評』鹿児島寿蔵：（023）うひうひしい。

（025）柿《かき》の樹《き》に梯子《はしご》掛《か》けたれば　藪越《やぶご》しに　隣の庭の柚子《ゆず》　黄《き》ばみ見ゆ

訳 カキの木にはしごを掛けて登ってみたら、隣の家との境の藪ごしに、隣家の庭のユズの実が黄ばんでいるのが見えた。
語釈 本林頭注では「藪」は竹藪。「見ゆ」の「ゆ」は自発・受身・可能の助動詞。「黄ばみ」と連用形にしたのは、柚子が「黄ばんで」見えているの意。「動詞連用形＋見ゆ」については（172）参照。
音韻と句切れ ＡＢ・ＣＤＣ。Ｃ＝藪越し＋柚子、ヤ行１Ｐ、二句切れ。一二句「カキ・～カケ」の隠れ頭韻。
鑑賞 （025）第二句字余りに、はしごを登る節のいたずら心が伺えます。赤彦宛書簡 1907.10.28 ○柿の木に柿くひ居れば藪つづき隣の藪の柚子黄み見ゆ、○稲を扱《こ》くをちの庭人驚かむ　とどかばそこに柿投げてみむ。蝶夢「ものゆかし　北の家影の　柚子黄ばみ」。
『合評』土屋：複雑な構造であるのを破綻を見せない（略）作者の用意周到。（略）不器用な者が真似ては危険であらう（一九四四）。

（026）雀《すずめ》鳴くあしたの霜の白きうへに　静かに落つる山茶花《さざんくわ》の花

訳　スズメが鳴く朝、白く霜が降りた上に、山茶花の花びらがしずかに落ちている。

語釈　「落つ」はふつう花弁と雄しべの基部が合着するツバキに用いられ、典型的な離弁のサザンカは「散る」と表現されますが、ここでは花弁が風に吹かれず真下にたまる様子を「落つ」としたのでしょう。（203）（206）（207）では「こぼる」、（209）では「散る」と詠まれています。

音韻と句切れ　ＡＢＡ・ＡＡ。Ａ＝雀＋白き＋しづかに＋山茶花、サ行４Ｃ、三句切れ。第二句中ほどの「シも」もサ行。一四五句「スズ・シズ・サザ」、四五句「しずカニ・さざんカノ」の脚韻。「鍼の如く」に４Ｃの歌は三首しかなく、残りは（137）朝顔（ア行）と、（153）きりぎりす（カ行）です。

鑑賞　晴れわたって風のない放射冷却の朝。サ行４Ｃの静謐。

『合評』土屋：「雀鳴く」「静かに」の句は無ければ無い方が一層感銘を深くするのではないかと私も思う。

（027）藁《わら》掛けし梢《こずゑ》に照《て》れる柚子《ゆず》の實《み》の　かたへは青く　冬さりにけり

訳　霜よけの藁を掛けたユズの木の梢近くの実が日に照っている。その片方は黄色く熟しているが、もう片方はまだ青く、いかにも冬らしい景色になってきた。

語釈　「かたへ」は「片方」、「さり」は「去り」ではなく、強調の副助詞「し」＋動詞「あり」の連語。

音韻と句切れ　ＡＢＣＢ・Ｄ。Ｂ＝梢＋かたへ、カ行１Ｐ、四句切れ。

鑑賞　『土』22章「念仏が畢《おわ》るまでには段々と遠い近い木立の輪郭がくっきりとして　青い蜜柑《みかん》の皮が日に当った部分から少しずつ彩《いろど》られて行くように　東の空が薄く黄色に染って段々にそれが濃く成って、そうして寒冷《ひややか》なうちにもほっかりと暖味《あたたかみ》を持ったように明るく成った」。

『合評』土屋文明：現在のアララギの多くの作者は不器用であるから、自然こういふ纖細なところは出ないのであろう。（略）不器用なものが強ひて眞似するにも當らないやふに思ふ（山形注：『合評』の主目的が後進指導にあったことがわかります）。本林：「かたへは青く」はいかにもていねいな見方で冬に入ろうとするころの静かにものさびた庭のさまがうかがえる（一九七二）。

(028)　倒《たふ》れたる椎《しひ》の木故《ゆゑ》に　庭《には》に射《さ》す冬の日　廣《ひろ》くなりにけるかも

訳　（それまで陰を作っていた常緑の）シイの木が倒れたために、斜めにさす冬の日が庭のうちを広々と明るく照らしている。

語釈　「冬の日広く」は、「庭の中で冬の日が当たる部分が広くなった」の意。短歌に独特の省略法です。参照（215）○朱欒《ざぼん》植ゑて庭暖き冬の日の障子に足らず　今は傾きぬ。

音韻と句切れ　AB・CDC。C＝庭＋なり、ナ行1P、二句切れ。二三句「ニ・ニ」、四句「ヒヒ」の連続。

鑑賞　『土』1章末尾近く「お品の家は以前からこの（東隣の杉の）森の為《た》めに　日が余程《よほど》南へ廻ってからでなければ　庭へ光の射《さ》すことはなかった。お品の家族は何処《どこ》までも日陰者《ひかげもの》であった。（しかし測量のために隣の杉の大木が四本伐られ）それからというものは　どんな姿《なり》にも日が朝から射すようになった。それでもさすがに森はあたりを威圧して　夜になると殊《こと》に聳然《すっくり》として　小さなお品の家は地べたに蹂《ふみ》つけられたように見えた」（一九一〇）。

(029) あをぎりの幹《みき》の青きに　涙《なみだ》なすしづくながれて　春さめぞふる

訳　アオギリの青い幹の上に、春雨が流れ落ちてくる跡が、濃い緑色となり、まるで涙を流しているように見える。

語釈　「あをぎり」、○青桐のすぐなる幹に涙なす雫流れて春雨ぞふる（横瀬夜雨宛書簡 1907.4.10 付の歌稿）の改作。「涙なす」は「涙のような」。

音韻と句切れ　AB・CD・E。頭韻なし、二四句切れ。第二句、旧作「すぐなる幹に」（4・3音）を「みキのあおキに」（3・4音）に変えたことで、第三句に滑らかに繋がり、「キ」音脚韻がアクセントとなりました。「アオぎり・～アオき」「ナみだナす・～ナがれて」の隠れ頭韻が見られます。

鑑賞　四句「涙なすしづく」の見立てを七年間あたためてきました。アオギリに対する節の特別な思いについては（044）（045）で述べます。

『合評』茂吉：子規の歌の方にはかういふ表現は尠《すくな》いが、俳句の方には間々《まま》あるやうにおもはれるがどうであらうか（一九四四）。

(030)冬の日はつれなく入りぬ　さかさまに空の底《そこ》ひに落ちつつかあらむ

訳　冬の落日はあっけないものだ。今ごろは地平線より下の、空の深い底に向かってどんどんと落ち続けているのだろうか。

語釈　「そこひ・底方・そこい」は極めて深い底。「落ちつつ」、短篇「芋掘り」：短い日は村の林の梢に棚引いた土手のやうな夕雲に真倒《まつさかさま》に落ちつつある（一九〇八、全集2・45）。

音韻と句切れ　AB・CCD。C＝さかさま＋空、サ行1P、二句切れ。初二句＝写生、三四五句＝想像。

鑑賞　(029)＝春・有情と、(030)＝秋・無情の対比。「落下」が共通項。

『合評』茂吉：不思議にも寂しく深みのある歌である。病者吟として特に感がふかい。作者は恐らく芭蕉の「あかあかと日はつれなくも秋の風」を念中に持つてゐたのであらうが、芭蕉とは別途の永遠性のある歌である。

(031)桑《くは》の木の低きがうれに　尾をゆりて鵙《もず》も鳴かねば　冬さりにけり

訳　秋には高い木の梢に止まって鋭い声で鳴いていたモズが、低く刈り込まれた桑の木の梢に止まり、鳴き声をたてずにただ尾を揺すっている。冬になったのだ。

語釈　「うれ」＝末。ここでは「木のうれ」すなわち「こぬれ・こずえ」。桑の木は春から夏にかけて葉を摘めるよう、人の手がとどく高さに刈り込まれています。「鴫も鳴かねば」、写生の短歌を模索していた一九〇四年の俳句に、「鳴きもせで　うつ木に百舌の　尾が動く」（全集5・479）があります。「冬さり」は（027）参照。

音韻と句切れ　AB・CD・B。B＝仾き＋冬、ハ行1P、二四句切れ。上四句＝観察、結句＝感想。

鑑賞　大仕掛けな（030）のあとに、ひっそりとした（031）。

「三」と「四」の歌のうち、モチーフが過去に遡れるものを古い順に並べると、次のようになります。一九〇一短歌：（013）「白膠木の塩の実」。一九〇四俳句：（031）「尾をゆりて鴫も泣かねば」。一九〇七書簡：（025）「隣の庭の柚子黄ばみ見ゆ」。一九〇八「芋掘り」：（030）「さかさまに落ちつつかあらん」。一九一〇『土』：（028）「冬の日廣く」、（027）「かたへは青く」、（022）「辛夷花さき空蒼く潤し」。

「三」の14首のうちで過去に辿れるのは（013）（022）の2首だけですが、「四」の9首のうち（025）（027）（028）（030）（031）の5首まで古い歌稿や散文のモチーフに遡れます。「三」と「四」を分けた基準は歌稿の古さにあることが示唆されますが、決定的ではありません。最新作（015）「楢の木の嫩葉は白し」（一九一四年書簡）は「三」に録されました。

節が「鍼の如く　其一」をまとめはじめたころの予定では、「一」で近作を示し、「二」「三」「四」で旧作を整理したあと、「五」で最近の病中詠や自然詠を盛り込むつもりでいたと思われます。ところが思いがけず、「五」の位置に恋の歌日記が割り込むことになりました。

五　短い恋（032〜040）九首、四月二七日〜五月一一日

病院の生活も既《すで》に久しく成りける程《ほど》に、四月廿七日、夜おそく
手紙つきぬ、女の手なり

（032）春雨《はるさめ》にぬれてとどけば　見すまじき手紙の糊《のり》も　はげて居《ゐ》にけり

訳（詞書）病院の生活もだいぶ長くなったところ、四月二七日の夜、遅くなって手紙が届いた。女の筆跡である。

（032）春雨に濡れて届いたので、他人に見せてはならぬはずの手紙なのに、封筒の糊がはげていた。

語釈「病院」、東京都神田区橋田病院。「廿七日」、手紙の日付は二七日午後三時（『全集』別巻・414）、節の「病牀日記」には「二八日　手紙」とあります。届いたのが投函された日の夜か、それとも翌日か？「鍼の如く」の詞書と日記で日付がずれていることはしばしばで、「歌日記」らしく演出したふしがあります。「女の手」、女の筆跡。元の婚約者・黒田てる子からのもので、平福百穂の絵付けになるゴム毬を贈ったことへの礼状でした。手紙の一部は拙著『節の歳時記』六一頁に引用しました。「ば」は原因を示す接続助詞。「まじ」は「不適当・禁止・否定的な意志」を示す打消推量の助動詞。

音韻と句切れ　AB・CD・A。A＝春雨＋はげて、ハ行1P、二四句切れ。二四句「ヌレ・ノリ」。

鑑賞　「恋の歌日記」にしては不気味な出だしです。詞書末尾「女の手なり」の驚きが、歌の初二句「春雨に濡れて」の艶《えん》と、三句以下「見すまじき・はげていにけり」の緊張に分裂し、看護婦か付添婦に手紙を盗み見されたのでは、という疑念が暗示されています。

『合評』土屋文明：写生以外では到達することを得ない境地。斎藤茂吉：「見すまじき」といふ大切にして際どいものをば前後の具體的な物を以て引き緊めて居る。その手腕おどろくべきものがある（一九四四）。

加藤楸邨：私は、むしろこの作者の中にはかなりの甘さと感傷的なものがあるので、それを意識して抑え、できるだけ写生に徹し、冴えに入ろうとする意志的な働きがあったためではないかと思う。写生というのは、初めから冷静緻密な性格の人より、かえって甘さや激情のある人がそれを抑える力とした時に生きてくるような気がする（一九六九）。

清水房雄：「見すまじき」という言い方は、少々過剰なものがあろうか。「手紙の糊もはげて居にけり」はそれを承けて、事実は事実だったとしても、些《いささ》かあつらえ向きの情況の感がある（一九八四）。

五月六日、立ふぢ、きんせん、ひめじをん、などくさぐさの花
もて來てくれぬ、手紙の主なり、寂しき枕頭《ちんとう》にとりもあへず

（033）薬壜《くすりびん》さがしもてれば　行く春のしどろに　草の花活《い》けにけり

訳　（詞書）五月六日、例の手紙の主（黒田てる子）が、ルピナス、キンセンカ、ヒメシオンなど数種類の花を持って訪ねてきてくれた。殺風景だった病床の枕元にも、とりあえず

(033)（看護師が）探して持ってきた薬瓶に、春の終わりの花を（てる子が）無造作に活けたので、とにもかくにも華やかになった。

語釈　「ひめじをん」は北米原産の帰化植物ヒメジョオン（姫女苑、*Erigeron annus*）ではなく、秋の花シオンに近縁の夏の花ヒメシオン（姫紫苑、*Aster fastigiatus*）でしょう。節の「病牀日記」によればボタンとオダマキもありましたが、詞書では省かれています。オダマキは（036）に出てきます。「とりもあへず」は、①適当な花瓶がないので薬壜で間に合わせた、②「寂しき枕頭」がとにかく花で賑やかになった、と二重に使われています。「しどろ」は、秩序がなく乱れたさま。①「行く春」にふさわしい雑多な草の花、と前から続くと同時に、②無造作に花を生けた、と後にも続きます。てる子が持ってきた花の種類の多さにいささか辟易していたのかもしれません。『土』18章「しどろに倒れ掛《かけ》た豌豆《えんどう》の花も心よげに首を擡《もた》げて微笑する」（一九一〇）。「行く春」はこれまでは母を歌うことの多かった季節です。

音韻と句切れ　AB・CBD。B＝さがし＋しどろ、サ行1P、二句切れ。四五句を「しどろに・草の花・活けにけり」＝（4・5・5）に分割すると、「クサ」が初句「クスり」と韻を踏み、「活けにけり」（母音イエイエイ）がひき締まります。「しどろ」と同じ「ドロ」で終わるオノマトペに、○楤《たら》の芽のほどろに春のたけ行けばいまさらさらに都し思ほゆ（一九〇二「ゆく春」）と、○揖斐川の簗《やな》落つる水はたぎつ瀬ととどろに砕け川の瀬に落つ（一九〇五「羇旅雑咏」）があります。

鑑賞　華やいだ一首ですが、主語が明示されない曖昧さと、「とりあへず・しどろ」それぞれの両義性から、割り切れなさ、落ち着きのなさが感じられます。五月四日消印てる子の手紙には前日の帰りがけに病院の狭い廊下で「四五人かたまつて、ぢろ〳〵見返つて居た看護婦連中を、電車の中で、ふつと眼の前に浮べて、あの肥つた頬をギッとつねつてやりたいやうな變な可笑《おか》しな心持で、自分ながらいやな笑ひが笑ひて《ママ》仕様が御座いませんでした」（全集別巻・415）とあり、看護婦らの小姑根性にたじろがず、「しどろ」でもなんでも活けてみせたてる子の勝気がうかがえます。

『合評』茂吉：戀しい人のことなどは一語も云つてゐない。これもこの作者の一態度である。しかし、「行く春のしどろに」云々で、既にいふにいはれぬ哀韻がこもつてゐることを私等は知るのである（一九四四）。佐藤佐太郎：『さがしもてれば』といふやうなゆとりのある言ひ方でも、『行く春のしどろに』というやうな感情さながらの言ひ方でも皆大切な一首の要素である（一九五九）。清水房雄：（詞書から歌への続き具合が）一気に連続して行く。情意、形式とも充ち整って申し分がない。そして、そこに問題もひそむ。（略）（「しどろに」は）掛言葉に似た、省略を利かせた手練の句法であろう（一九八四、二二五頁）。

草の花はやがて衰《おとろ》へゆけども、せめてはすき透《とほ》りたる罎《びん》の水のあたらしきを欲《ほっ》すと

（034）いささかも濁《にご》れる水をかへさせて　冷《つめ》たからむと　手も触《ふ》れて見し

訳　（詞書）彼女が持ってきてくれた草花が日を追うごとに萎れてゆくのは仕方がないが、透き通ったガラス瓶の中の水の濁りが気になり、せめて水ぐらいは新しくしておこうと、

（034）少しばかり濁った水を（看護婦に言いつけて）換えさせたが、冷たすぎないだろうかと、瓶に手を触れてみた。

語釈　「すき透りたる」、水薬用のガラス壜。「欲す」の主語も明記されていず、「我」か「花」か曖昧です。「手も触れて見し」の「も」に、人目を気にしながらもちょっと勇気を出してみた、というためらいが感じられます。

音韻と句切れ　ＡＢＣ・ＤＤ。Ｄ＝冷たからむ＋手。タ行１Ｐ、三句切れ。一五句「モ」の繰り返しに感情の粘りが感じられます。

鑑賞　日付はありませんが、てる子訪問から数日後のことでしょう。あれ以来彼女が来てくれず、「せめて」できるのは水を換えさせること。手で触れられるのは薬壜、というもどかしさ。「冷た」と「手」は（163）（214）でも繰り返されます。

清水房雄：（詞書から歌へ）渡って行く呼吸が（略）巧みを極める。詞書《ことばがき》の名手という評価の高さをまざまざと見せられる思いがする（一九八四）。

いつの間にか、立ふぢは捨てられきんせんはぞろりとこぼれたるに、夏の草なればにや矢車のひとりいつまでも心強げに見ゆれば

（035）朝ごとに一つ二つと減《へ》り行《ゆ》くに　なにが残らむ　矢ぐるまの花
（036）俛首《うなだ》れてわびしき花の耬斗菜《おだまき》は萎《しぼ》みてあせぬ　矢車の花
（037）風邪《かぜ》引きて厭《いと》ひし窓もあけたれば　すなはちゆるる矢車の花
（038）快《こころよ》き夏《なつ》來にけりといふがごと　まともに向ける矢車の花

訳　（詞書）いく種類もあった花の中で、ルピナスはいつの間にか捨てられ、キンセンカもぞろりと花弁を落としてしまったが、ヤグルマソウだけはもともと夏の花だからだろうか、いつまでも元気一杯に見えるので、

（035）朝ごとに花瓶の中の花が一つ二つと減って行くが、最後に残るのは何だろう？　と思って見ていたら、残ったのはヤグルマソウだった。

（036）下を向いて咲くオダマキの花は、ただでさえ侘しいのに、萎んで色あせてしまった。それに比べてヤグルマソウは勢いが良い。

（037）風邪を引いていたため、窓を開けることを控えていたが、久しぶりに開けてみると外からの風を受けて、待っていたようにヤグルマソウの花が揺れた。

（038）気持ちの良い初夏が来たぞ、と告げるように、ヤグルマソウの花がこちらにまっすぐ顔を向けている。

語釈　「ぞろり」、かたまりがほぐれる様子。『土』26章「焼けて変色した銅貨の少し凝《こご》ったようになったのが足に触れてぞろりと離れた」。（069）も参照。「矢車」、キク科のヤグルマギク、別名ヤグルマソウ。（036）「俛首れて」、（191）「うなだれし秋海棠」、（103）「縋《すが》りて垂れしベコニア」参照。（037）「すなはち」は「たちまち・ただちに」、ヤグルマソウが風を待っていたとする擬人法。鯉幟《こいのぼり》の竿の先で風をうけてまわる矢車が連想されます。（038）「まとも・真面」は「正常」ではなく「正面」。

音韻と句切れ　（035）ＡＢＢＣ・Ｄ。Ｂ＝一つ二つ＋減りゆく、ハ行１Ｐ、四句切れ。一三五句末「ニ・ニ・ナ」のナ行脚韻にも注目。（036）ＡＢＡＣ・Ｄ。Ａ＝俛首れて＋耬斗菜《おだまき》、ア行１Ｐ、四句切れ。

（037）ＡＢＢ・ＣＤ。Ｂ＝厭ひし＋あけたれば、ア行1Ｐ、三句切れ。第二句閉鎖された母音「イオイーアオー」が、第三句「アエアエア」と解放され、四句「ユルル」のウ段三音が可憐。（038）ＡＢＣ・ＤＥ。頭韻なし、三句切れ。四句「マとモにムける」のマ行がリズミカル。

鑑賞 病床日記によれば、六日のてる子の訪問は午後四時から九時に及び、しかも「此間（数日前）の入浴時に風邪を引きたるならん」と言った状況。前日の日記には「一體《いったい》五月に入りて茶の芽つむ頃は、従來身體の工合《ぐあい》宜しからぬ時なり」ともあります。そんな弱気を叱る元気なヤグルマソウを、てる子に見立てたのかもしれません。結句を揃えた形の連作に、正岡子規の「われは」（二四二〜三頁）がありますが、ここでは（036）などに無理が目立ちます。

本林：（035）軽やかに淡々とよみ下しているようで、下句に一脈の哀感が漂う。（037）風姿をよくとらえた行き届いた表現。（038）一連では珍しく明るい一首で、体言止めの歌調もひきしまっている（一九七二）。

五月十日、復《ま》た草の花もて來てくれぬ、鐵砲百合《てつぽうゆり》とスウヰトピーなり、さきのは皆捨てさせて心もすがすがしきに、いつのまにか大きなる百合の蕾《つぼみ》ひそかに綻《ほころ》びたるに

（039）こころぐき鐵砲百合《てつぽうゆり》か　我《わ》が語るかたへに深く耳開《みみひら》き居《を》り

訳 （詞書）五月一〇日、黒田てる子がまた花を持ってきてくれた。今度はテッポウユリとスウィートピーだ。前の花はみな捨てさせて、心も清々しくなったが、ふと気がつくといつの間にかテッポウユリの蕾が、そっと綻びているではないか。

(039) 無粋なテッポウユリのヤツめ。私が彼女と話をしている脇で、耳を深く開いて盗み聞きをしようとは。

語釈 「こころぐき」、「心ぐし」は心が晴れず悩ましい、切ない。万葉集○春日山かすみたなびき情《こころ》ぐく照れる月夜《つくよ》にひとりかも寝む（四・七三五）。○情ぐくおもほゆるかも 春がすみたなびく時に言の通へば（四・七八九）。ここでは「鬱陶しい」と解しました。「かたへ・片方」は、節とてる子を結ぶ線からずれた脇。(027) 参照。「鉄砲百合」について、五月四日消印てる子書簡があります。「昨日私の留守に友達が、水仙と百合とを持つて來て呉れました。（中略）先刻ひなたへ出して遣《や》りましたら、何時《いつ》のまにか蜂が來ています。物々しい羽搏《はばたき》で、百合のしべが眞白な瓣《はなびら》ニ落ちた為ニ瓣が少しよごれました。五月の日を受けて白い花も、黄かつた蜂の翅《はね》もピカ〳〵光かつて見えます」（全集別巻・416）。先日の面会時に節から「写生文」を勧められたのでしょう。先生に褒められたい生徒が課題を提出したあと、その素材を見せに来たわけです。

音韻と句切れ AB・CAD。A＝こころぐき＋かたへに、カ行1P、二句切れ。四五句「カタる・カタえ」の繰り返しで、テッポウユリの厚かましさを印象付けています。(038) 初句「ココロよキ」に対して、(039) 初句「ココログキ」としたのにも、機知が感じられます。

鑑賞 拙訳ではテッポウユリを叱る歌としましたが、てる子に向けて「本当に野暮なやつだよねえ。盗み聞きなどしおって」と囁《ささや》いているとも、「耳」の向こうにてる子の兄を感じて、「不気味なやつだ、このスパイ野郎は」と独り言を言っているとも取れます。ただしこれらはいずれも深読みが過ぎ、本林訳「愛らしくもまた気にかかる鉄砲百合であることか。その人と語らっている傍でいつの間にか花が開きかけて耳を傾けている」（一九七二）が正解なのかもしれません。

なお、手元の斎藤茂吉選『長塚節歌集』岩波文庫の第27刷（二〇一四年）に「こころぐき鉄砲百合が」とあるのは重大な誤植です。旧版（例えば第9刷、一九三九年）では「鉄砲百合か」とあり、一九五八年22刷改版時に誤植されたようです。全集第三巻の校異にも「鉄砲百合が」とした例はありません。

(040) うつつなき眠《ねむ》り薬《ぐすり》の利《き》きごころ　百合《ゆり》の薫《かを》りにつつまれにけり

十一日の夜に入り始めて百合の薫《かを》りの高きを聞く、此《この》夜物思ふことありけるに明日の疲れ恐ろしければ好まざれども睡眠劑を服す、入院以來之《これ》にて二度目なり

訳　（詞書）翌十一日、夜に入り、はじめてテッポウユリが強く香っているのに気がついた。この夜は思うことがあって目が冴えていたが、眠らないと翌日の疲れが恐ろしいので、本当は飲みたくないのだが睡眠剤を飲んだ。入院以来これで二度目になる。

(040) 眠り薬が効きはじめて意識がぼやけてゆく一瞬、ユリの香りに包まれていた。

語釈　「うつつなき・現無き」は「夢」に対する「うつつ」すなわち現実感覚がないの意。

音韻と句切れ　ABC・DE。頭韻なし、三句切れ。句頭の韻こそありませんが、「ゆリ・かおリ・ねむリぐすリ・ごこロ・つつまレにけリ」のラ行（主としてリ音）の脚韻、一五句「うツツ・ツツまれ」の響きあいにも注目。

鑑賞　てる子が持ってきたとき開きはじめた蕾が、翌日満開になり、香りも強まったのでしょう。病人

の高ぶった神経にはきつすぎたようで、「病牀日記」に「頭くら〳〵して蒲團を掩ひおくにいつも汗にじむ。數日來の曇天気分に障《さわ》ること多大なりしが、今日午後少雨に變ず。（中略）睡眠劑第二回目」とあります（全集4・354）。

佐藤春夫がこの歌を激賞したことは（047）参照。本林：下句に甘美な趣があり、そのひとの情につつまれているさまが浮かんでくる。

日付のついた「歌日記」はここでいったん終わりますが、この翌日（一二日）の午後、島木赤彦が病院を訪ねたついでに、節の談話「斎藤君と古泉君」を筆記しました。内容は、『アララギ』が茂吉の模倣で埋まっていることを嘆き、とくに安房の国の温和な土地に生まれ育った古泉千樫に、蔵王の麓に育った茂吉の「頭を砕く鉄槌」のごとき力任せの歌風は似合わない。「絲の如き銀の鍼を以てしても人の生命を斷つことが出來る。要するに核心に触れゝばいゝのである。夫《そ》れは自己の眞實から根ざしたものでなければならぬ」（全集4・128）と諭《さと》しました。その手本として「鍼の如く　其二」を見よ、というわけで、『アララギ』7・5には歌論と実作をあわせて載せたことになります。

六　病床の孤独（041〜047）七首、日付なし

「其一　六」の七首には日付がありません。「五」（恋の部）と同じ頃に詠んだ病床詠などを、「雑《ぞう》の部」

として別立てにしたようです。

病牀《びやうしやう》にひとりつれづれを慰めむと柾《まさ》といふ紙を求めて四方の壁を色どりしが

(041) 壁《かべ》に貼《は》りしいたづら書《がき》の赤き紙に　埃《ほこり》も見えて　春行かむとす

貧しき人々の住む家なれば、棟《むね》にあまた草生ひたれども嘗《かつ》てとることもなきぞと見ゆるに

(042) 窓《まど》の外《と》は甍《いらか》ばかりのわびしきに　苦菜《にがな》ほうけて春行かむとす

訳　(詞書) 病床に独りでいる退屈を慰めようと、赤い柾目《まさめ》紙を買い求め、病室の四方の壁に彩りを加えてみたのだが、

(041) 歌を書き散らして壁に貼った赤い紙も、長く貼っておくうちに白い埃がたまり、春ももう終わりなのだと気づかせる。

(詞書) 病院の窓から見える近所には、貧しい人たちが住んでいるらしく、家の棟の上には多くの草が生えているのに、一度も取ったりしなかったようで、

(042) 窓の外は瓦屋根ばかりの侘しい景色だが、ニガナの白い綿毛が開いて、春の終わりに合わせて飛び去ろうとしている。

語釈　「柾」は柾目紙の略。紙を梳く時に繊維を一方向に揃えたのを、材木の柾目にたとえたもの。厚

めの和紙で浮世絵などに用いられました。病牀日記によれば四月一〇日「色奉書」代金五七銭五厘、同二六日には六〇銭を支出しています。二〇銭でビステキや刺身が買えた当時、かなり高価なものであったことがわかります。(041)の先行歌〇衰《おとろ》ふる我が顔《かほ》さびし　ここにだにあけに映《は》えよとあけの紙貼《は》る。

訳　鏡で見た私の顔がやつれていかにも寂しげに見える。せめて顔だけでも元気そうに見えるよう、赤い紙を(壁に)貼ってみた。そうすれば壁からの反射で、顔に紅がさすだろう(一九一二「病中雑詠　其二」)。「ここに」を「窶れた顔に」とする珍訳もありますが、顔に貼ってしまっては「映えよ」が生きません。正岡子規〇赤紙にいはひ言《ごと》書き壁に張りて　をぎたて祀《まつ》るさちはひの神(一九〇〇「我窓」)。

(042)ニガナ(苦菜)はキク科の一年草で、タンポポを細長くしたような形。「ほうける、蓬ける」は、ほつれ、乱れ、けば立つこと。後述の赤彦の追悼文に「白い」とあり、冠毛(綿毛)が熟した状態を指します。(219)「芒《すすき》の穂ほけたれば白し」参照。

音韻と句切れ　(041)ABBC・C。B＝いたづら＋赤き、C＝埃＋春。ア行ハ行2P、四句切れ。開放的なア行ハ行から、放恣な気分が感じられます。(042)ABC・DE。頭韻なし、三句切れ。ただしB＝薹、E＝春、が(041)のB、Cとそれぞれ押韻。

鑑賞　結句を「春行かむとす」で揃えた二首一連。室内対窓外という対比は、病中連作でしばしば見られます。(041)は茨城県下妻中学校教頭・橋詰孝一郎宛て、五月八日付横山大観の「若葉」絵はがきに添えられていて(全集7・635)、「五」(恋の部)の(034)以前に詠まれたことがわかります。(042)誕生のいきさつについて、一九一五年六月一日発行『アララギ』8・6「長塚節追悼号」で島木赤彦が回想しています。前年(一九一四)のある日、病院に見舞った赤彦は、黒田てる子からの手紙を見せられ、悲恋のあらましを聞かされます。同情で興奮する赤彦をはぐらかすように、節は窓外に目を転じ、前から気になっていたニガナの白くほうけたのを歌にしたいと言ったそうです。赤彦はニガナなどどうでもよろしい、思い切って彼女と肉体関係を結んでしまえば新たな進展もありうるだろう、といった提案をしますが、節はしばし黙考のすえ、「僕にはとてもそれは出来んな」と答えたそうです。あらためて（042）を読み直すと、「春行かむとす」に、自分の手から逃げてゆく恋を重ね合わせ、それでも（042）を「五」（恋の部）には入れず、「六」（雑の部）でストイックに処理した、二重の喪失が伺えます。

赤彦にはそのことも心残りであったらしく、『長塚節全集』の編集を始めた一九二五年四月「憶故人」九首で、次の二首を詠みました。○他人《ひと》の手紙《ふみ》をはじめて君が見せし時　我の心に永久《とは》に沁《し》みけむ○途《と》轍《てつ》もなき愚かさに君の驚けり　笑ひて我の顔を見ましし（斎藤茂吉・久保田不二子選『赤彦歌集』一九三六、二三六〜七頁）

赤彦はこの翌年三月二七日に没し、『長塚節全集』の編集は茂吉に引き継がれます。

佐藤佐太郎：棟の上の苦菜がほうけてゐるのを見たのは如何にもわびしく哀しいが、作者の病を背景としてそれが一段の切實さを以て響いてゐる。殊に四五句は響きの長い句である（一九五九、四三頁）。

窓の硝子《がらす》は朝ごとに拭《ぬぐ》へども、そともは手もとどかねばいささかの曇りなれども晴るることもなし、春暮れむとして空さだまらず

（043）硝子《がらす》戸《ど》の春の埃《ほこり》をあらはむと　雨は頻《しき》りに打ちそそぎけり

訳 （詞書）病室の窓のガラスは毎朝内側から拭いているが、外側には手が届かないので、わずかの曇りではあるが、すっきりと透き通らない。そこへ、春も終わりになって天気が変わりやすくなり、
（043）春中かけてガラス戸の表面にたまった埃を洗い流そうと、雨がしきりに打ち付けては流れ落ちている。

語釈 「そとも」は「外面」。「春の埃」、今のように舗装が行き届く前の東京では、火山灰が春の風に舞い、机の上などがザラザラしたものです。

音韻と句切れ ＡＢＣ・ＣＣ。Ｃ＝あらはむ＋雨＋打ち注ぎ、ア行３Ｃ、三句切れ。

鑑賞 雨で濡れている間はガラスが透明になりますが、乾くとまた埃が目立ちます。そうと知っていても雨の勢いに期待する心を、ア行３Ｃ（三四五句）に乗せた応援歌。

窓を壓《あつ》して梧桐《あをぎり》の木わだかまれり、はじめのほどに
とよみおきけるが今は梢のさやぎも著《いちじる》しく

（044）春雨《はるさめ》になまめきわたる庭の内に　愚《おろ》かなりける梧桐《あをぎり》の木か

（045）窓掛《まどかけ》はおほにな引きそ　梧桐《あをぎり》の嫩葉《わかば》の雨はしめやかに暮れぬ

訳 （詞書）窓を外から押しつけるようにアオギリの樹が立っている。最初のうちは
（044）春雨が降ってみずみずしく草木が伸び出した庭の中で、ただ一本（葉もつけず）、いかにも愚鈍な

感じでアオギリが突っ立っていることよ。
(詞書)と詠んでおいたのだが、今では葉が茂りはじめ、梢(の若葉)が風に揺れてさやさやと鳴る音がはっきりと聞こえるようになったので、
(045)窓のカーテンをすっかり引いてしまわないでおくれ。アオギリの若葉に雨が音を立て、しんみりと暮れてゆくではないか。

語釈　「圧《あっ》して」は押さんばかりに。(044)「なまめく」は、雨を受けて植物が成長すること。「おろか」は反応の鈍さをさし、尾山:(病院でぐずぐずしている)作者自身をくっつけたもの(一九二九)。節の自伝的小説「隣室の客」では、芽吹きの遅いクヌギを、性に奥手な自分の象徴としています。(045)「おほに・凡に・大に」は、①いい加減に、②大きく。ここでは②。「嫩葉の雨」、広い若葉が雨を受けるとき、他の木にはない音がしたのでしょう。(077)「蕗の葉の雨をよろしみ」参照。「な〜そ」は合わせて否定命令。万葉集東歌○おもしろき野をばな焼きそ　古草に新草《にひ》混じり　生《お》ひば生ふるがに(一四・三四五二)。

音韻と句切れ　(044)ABB・CC。B=なまめき+庭、C=愚か+梧桐、ナ行ア行2P、三句切れ。
(045)AB・BCD。B=おほに+梧桐、ア行1P、古風な否定命令形「な〜そ」による二句切れ。

鑑賞　(045)ができても(044)を捨てなかった理由として、①窓外と室内の対比、②数日間での変化への興味などが考えられますが、③アオギリを愛した禅僧・天田愚庵を偲んだ可能性も捨て切れません。分別に縛られない「愚」は、禅僧にとって一つの理想です。正岡子規○おろかちふ庵《いお》のあるじがあれにた(給)べし柿のうまさのわすれえなくに　**訳**　愚庵和尚が私にくれた柿のうまさが忘れられない(一八九七)。(045)近代的な内装と古歌の調子の組合せの妙。

『合評』（044）廣野三郎：まだ葉もない梧桐の木がぼそつと立つてゐる。それを「愚かなりける梧桐の木か」と表現されたのはいかにも面白い。幾分のユーモアも感じられる。（045）文明：二句切から來る調子の強さがあり、然も三句以下の細かい感じの表現が到り盡してゐるので私の好きな歌である。岡麓：私も好きだ。二句切であるので結句に余韻を残して深い味がある（一九四四）。

藁《わら》蒲《ぶ》団《とん》のかたへゆがみたるに身を横たふることも餘《あま》りに日のかさなればその單調《たんてう》なるにたふべくもあらず、まして爽《さはや》かなる夏の既に行きいたれれば

（046）梧桐《あをぎり》の夏をすがしみ　をりをりは畳《たたみ》の上に　ねまく欲《ほ》りすも

熱少したかけれどもたまたま出《い》でありくこともあり

（047）あかしやの花さく陰《かげ》の草むしろ　ねなむと思ふ　疲れごころに

訳　（詞書）病室にある、詰め物が片方に寄った藁蒲團に、あまりにも長い日にち寝ているので、その単調さに耐えられなくなってきた。まして爽やかな初夏がもう世の中に行きわたってしまったのだから、

（046）アオギリの葉がそよぐ夏があまりに清々しいので、たまには藁蒲團ではなく畳のうえで寝てみたいものだ、と思う。

（詞書）熱が少し出てはいるが、たまたま外出してみることもあって、

（047）ハリエンジュの白い花がさく木の下には、草が生えて気持ち良さそうだ。疲れた気分のまま、ここで寝たいとさえ思う。

語釈　「藁蒲団」はベッドに乗せるマットレス。「たふ・耐ふ」は耐える。（046）「〜まく欲りす」は、〜したい。「をりをりは」は漠然とした時間を示す「軽い三句」。（047）「あかしや」はマメ科の木で、標準和名ハリエンジュ（針槐）、またはニセアカシア（学名 *Robinia pseudoacacia* の直訳）。北アメリカ原産で日本には明治中期に渡来。病床日記によると、五月一二日、日本橋の老舗和紙舗・榛原で扇を買い、徒歩での帰路、（皇居の）お濠のほとりにアカシアの花を見た、とあります。扇子は三円一〇銭、百穂に絵を描かせ、五月二七日、黒田てる子宛て小包に入れ、手紙とともに速達で送っています。「疲れ心」は恋が一因でしょう。

音韻と句切れ　（046）AB・AC・B。A＝梧桐＋をりをりは、B＝夏＋寝まく欲り、ア行ナ行2P、二四句切れ。（047）ABC・D・E。無頭韻、三四句切れ、四五句倒置。（047）単独では無頭韻ですが、（046）の行記号を踏襲すると、（047）ADEB・C、A＝あかしあ、B＝ねなむ、C＝疲れごころに、と（046）のア行ナ行タ行を一語ずつ繰り返しています。

鑑賞　入院に飽き飽きした気持ちを室内・室外で詠い分けた二首一連。畳に寝そべる欲求は（085）で成就されます。

佐藤春夫：『アララギ』御送り下され本月號（1914・6・1発行、7・5号）は別《わ》けて立派にて何となく羨しくさへ思はれ候。巻頭の長塚さんの歌には最も感激致し候。私などの常に望んでしかも到底駄目だと斷念して居た境地を立派に韻律化されたのには轉《うた》た三誦《さんしやう》の心になり申候。（（040）と（047）を引用）殊に後者の如きは私の日常歌を口吟《くちずさ》む時の口調で讀んで何とも言へない微妙な響があるといふ風に考へられ候。

（茂吉宛 1914・6・1付、『アララギ』7・6「消息」七五頁に引用）。

鍼の如く　其二　大正3・7・1発表「アララギ」7-6掲載

「鍼の如く　其二」四〇首は、一九一四年七月一日発行『アララギ』7・6に発表されました。以下の三部からなります。

一　不眠煩悶歌一〇首、五月二二日
二　病者の孤独を嘆く随想歌二首、日付なし
三　故郷での安らぎ二八首、五月三〇日～六月四日

一　不眠煩悶歌、滑稽のはじまり（048～057）一〇首、五月二二日

「其二」は詞書に続く六首一連で始まります。三首ずつに分けて構造を解析し、最後に六首まとめて鑑賞します。初めの三首は「小夜ふけ」で始まり、「小夜ふけ」で終わる首尾相応。

五月二十二日夜こころに苦悩やみがたきこと起りて

（048）小夜《さよ》ふけてあいろもわかず悶《もだ》ゆれば　明日《あす》は疲れてまた眠るらむ

（049）おそろしき鏡《かがみ》の中《なか》のわが目などおもひうかべぬ　眠《ねむ》られぬ夜《よ》は

（050）よしといへば　水には足はひたせども　いたづらにして小夜《さよ》ふけにけり

訳（詞書）五月二二日の夜、心を深く苦しませて止まないことが起こって、

（048）夜がふけるのに、心が乱れてわけも分からず煩悶している。これでは明日もまた日中疲れて寝てしまうのだろう。（そして夜は不眠という悪循環）

Kawamura 英訳（1986）

Deep in the night
I writhe in agony, distracted.
Tomorrow, I will be able to sleep.
Tired.

小夜ふけて
あいろもわかず悶《もだ》ゆれば
明日は　また眠るらむ
疲れて

Alan Farr, Kawamura 英訳（1999）

The night wears on,
And lost in sleepless moil
I toss and turn
Tomorrow, tired, I'll sleep.

小夜ふけて
あいろもわかず
輾転反側（悶《もだ》ゆれば）
明日は疲れて　また眠るらむ

(049) いま鏡を見れば、きっと恐ろしい目をしているのだろう、などと想像してしまう。こんな眠れぬ夜には。

(050)（不眠に）効くといわれて、水に足を浸してはみたが効き目はなく、無駄に夜が更けてしまった。

語釈 「苦悩や（止）みがたきこと」とは、てる子の兄・黒田昌恵から「自分の留守中に妹と会うのは迷惑だ」と叱責の手紙をもらったこと。事実上の絶交です。詞書の初出にはこのあと「眠《ねむり》遂《つい》におだやかならず」と続きます。(048)「あいろ」は「あやいろ・文色」が変化した語で、ものの見分けや区別。(050)「いへば」（已然形）の主語が省かれていますが、「一般に言っているので」と解しました。「医師か看護婦の許可を得て」の解釈も可能ですが、それでは「いたづらにして」が生きません。「いたづら、徒ら」は前後にかかり、第三句からの流れでは「水に足を浸す方法も（不眠に）効果なく」、結句にかけては「無駄に時が過ぎていく」。

音韻と句切れ (048) ＡＢＣ・ＢＣ。Ｂ＝あいろ＋明日、Ｃ＝悶え＋また、ア行マ行２Ｐ、三句切れ。「ば」を境に、前半＝重苦しい現状、後半＝諦め。(049) ＡＢＣＡ・Ｄ。Ａ＝恐ろしき＋思い浮かべ、ア行（オ音）１Ｐ。四五句倒置による四句切れ。(050) ＡＢＣ・ＤＥ。無頭韻、三句切れ。

(051) すべもなく髪をさすれば　さらさらと響《ひび》きて　耳は冴《さ》えにけるかも

(052) やはらかきくくり枕の蕎麦殻《そばがら》も　耳にはきしむ　身じろぐたびに

(053) ゆくりなく手もておもてを掩《おほ》へれば　あな煩《わづら》はし　我《わ》が手《て》なれども

訳　(051) 手持ち無沙汰でつい髪をさすってみたらサラサラと響き、その音のせいで耳が冴えてしまった。
(052) やわらかな括り枕の中の蕎麦殻も、自分が身じろぎするたびにこすれ合ってギシギシと耳に響く。
(053) 何気なく手で顔を覆ってしまったが、ああ、煩わしい！ 自分の手だというのに。

語釈　(051)「さらさらと」、節が繰り返し用いてきた(118)「さやさやに」の古雅に比べて口語的で、不快感を示しています。「耳が冴える」は音に対して過敏になり、眠気がささない状態。農村メルヘン「白瓜と青瓜」：そして耳がだん〱冴えて來ますと、彼はすぐ自分の小舍に近い木戸口のあたりに何かは知らぬが、こそ〱と音がしては又止むのを聞きました（一九一二、全集2・433）。(052)「くくりまくら・括り枕」は、古風な箱枕に対して、袋に詰め物をした枕。(053)「ゆくりなく」は何気なく。うっかり顔を触ってしまった自分の迂闊さを責めています。先行例○ゆくりなく拗《ちぎ》りてみつる蠶豆《そらまめ》の青臭くして懐《なつか》しきかも（一九一二「病中雑詠」）では、時間を持て余しています。

Kawamura 英訳（1986）

I casually plucked off	ゆくりなくちぎりてみつる
Some broad bean leaves	蚕豆（の葉）の
They smelled of grass	青臭くして
Oh, I am home.	懐かしきかも（ああ、故郷に帰って来たんだ）。

音韻と句切れ　(051) ＡＢ・ＡＣＡ。Ａ＝すべもなく＋さらさらと＋冴え、サ行3Ｃ、二句切れ。四句途中「響きて」で切れるため下句が「４・３３４」となり、四句切れが妨げられます。(052) ＡＢＣＤ・

D。D＝耳に＋身じろぐ、マ行1P、四五句倒置による四句切れ。一二句「カキ・クク」、三四句「モ・ミミ」、四五句「ム・ミ」と、同一行が句をまたぎ、しつこく眠りを妨げます。○浅茅生《あさじふ》の各務《かがみ》が原は群れて刈る　まぐさ干草《ほしぐさ》　眞熊手《まくまで》に掻く（一九〇五「羇旅雑咏」）の軽快感とは違ったカ行マ行の働き。（053）ABC・C・D。C＝掩へれば＋あな、ア行1P、三四句切れ。初句「ゆクリなク」は（052）第二句「くクリまくら」と韻を踏み、おっとりと響きますが、第二句「テモテオモテ」とモタつき、つのる苛立ちが第四句「あな煩わし」で爆発したあと、「我が手なれども」と終息。

鑑賞　音韻的に工夫を凝らした不眠煩悶歌。不眠現象を（049）視覚、（050）温感、（051）（052）聴覚、（053）触覚と分析する一方、煩悶が徐々に高じて、（053）「あな煩わし」で爆発するまでの経過を追っています。構文的には、（048）（051）（053）の接続助詞「ば」、（049）（052）（053）四五句倒置の繰り返しで、眠ろうとする努力がことごとく裏目にでる様子を示しています。とても一晩の即興とは思えません。この連作は多くの批評を生みました。

『合評』高田浪吉：くどいやうな句法であるけれども一句一句に血が通つてゐる。土屋文明：複雑綿々たるうちに一條の氣持の透《とお》つてゐる歌で、追随を許さない冴えた技巧を見ることができる。斎藤茂吉：（048）一首からひしひしと迫つて來るものがあつて、速讀を許さない。（053）かういふこまかい歌を作ると些末主義とか何とかいふけれども、このこまかい事が重大な役割をなすことがあるのである。さうしてこの技法と観察は何處から來たか、これはこの作者が寫生文を書き、小説を書いたたまものである。ただ歌ばかりいぢつて居たならば、到底この域には達し得なかつたかも知れない。さう私は解釋したが、この考は只今でも變らない（一九四四）。臼井吉見：（048）（049）（052）（053）について、「言葉を練りに練って、澄んだ声調の中に、生きようとする寂寥悲痛の哀韻をひびかしている」（一九六八、一七七～八頁）。近藤芳美：始めから節の意図に反して激しい動揺を続けている。「冴え」以外のもの、「濁り」や「動乱」を加え、病気、失恋、孤独、そういったものを自分の生として、動揺と苦渋とを続けてゆく中になまな肉声として作られてゆく歌」（一九七一、一七二頁）。山本健吉：「鍼の如く」の「水のように澄み切った心境が、さえざえとして張りつめたリズムの中に鋭く現れ」た歌一四首に、(048)(051)(052)(053)の四首が含まれます（一九七八、四八九頁）。清水房雄：(053)の下句について「一種説明調になっているところに難があろうか。演技臭と言ったら言いすぎになろうが」（一九八四、二三六頁）。

意見がかみあわない理由は「冴え」の定義にあるようです。①「冴え＝**歌材**」：近藤芳美は失恋の動揺と苦渋を「冴え」とは逆の「濁り」と捉えました。②「冴え＝**技法**」：土屋文明は「複雑綿々」に「一条の気持ち」を通す技巧に「冴え」を指摘。③「冴え＝**歌境**」：山本健吉は歌の奥の「澄み切った心境のさえざえとして張りつめたリズム」を指摘。いずれにしてもこの一連は、強い意志と綿密な構成の産物であり、近藤芳美の言う「なまな肉声」には同意できません。むしろ清水房雄のいう「演技臭」が正しく、子規から学んだ諧謔の習作として読むべきでしょう。

手紙のはしには必ず癒えよと人のいひこすことのしみじみとうれしけれど

(054) ひたすらに病癒《やまひぃ》えなとおもへども　悲しきときは飯減《いひへ》りにけり

窓外を行く人を見るに、既に夏の衣にかへたるがおほし

（055）咳《せ》き入《い》れば苦しかりけり　暫《しば》くは襲《かさ》ねて居《を》らむ　単衣《ひとへ》欲《ほ》しけど

訳　（詞書）（黒田てる子が）手紙の端に「必ず治ってください」と書いてよこしたことが、しみじみと嬉しくはあるのだが、

（054）一心に病気を治したいと思ってはいても、悲しい時は食欲が落ちてしまって、体力をつけることすらままならない。

（詞書）病院の窓の外を見ると、すでに夏の服に着替えている人が多い。

（055）咳が始まると、なかなか止まらず苦しい。まだしばらくは冬服である袷《あわせ》を重ね着していることにしよう。本当は単衣に着替えたいのだが。

語釈　「必ず癒えよ」、五月二二日付け黒田てる子の手紙の末尾：「あなたは是非どうあっても御体をおなほしください。何も御考へにならずに只《ただ》それ丈《だけ》を念頭にお置き下すつて、どうあっても幾年かかろうとも丈夫におなり下さい。よござんすか、しかと御願致しますよ」（全集別巻・428）。（054）「癒えな」の「な」は希望の助詞。（055）「咳き入る」は激しく咳き込むこと。

音韻と句切れ　（054）ABC・DC。C＝思へ＋飯《いひ》、ア行1P、三句切れ。第三句母音「オーエオー」の重さに対して、結句は「イーエイーエイ」と軽く、諦めてサバサバした気分が感じられます。（055）AB・AB・C。A＝咳き入れ＋しばらく、B＝苦し＋襲《かさね》。サ行カ行2P、万葉風の素朴な二四句切れ。サ行とカ行のくみ合わせが「セキ」に通じ、体を折るようにして咳き込む様子が視覚化され、結句の頭のハ行が吐息のようです。（054）初句「ヒタすら」と（055）結句「ヒトえ」の首尾相応が暗誦のヒント

になります。

鑑賞　病気が長引いて思うにまかせぬ日常を、(054)「食」と(055)「衣」で詠い分けた二首一連。逆接の接続助詞「ども・けど」で示された願望と現実のずれ、詞書にある命令形「癒えよ」と(054)願望「癒えな」に込められた彼我の感覚のずれに、かすかな苦笑が感じられます。

『合評』茂吉：(054)『悲しき時は飯減りにけり』は眞實無類の句である。『飯減りにけり』に相違はないが、かうは云へぬものである（一九四四、上、五〇〜一頁）。

藁蒲団《わらぶとん》に身をいたはることも七十日にあまりたれど、自《みづか》ら幾何《いくばく》も快《こころよ》きを覚《おぼ》えず

(056) 頬《ほほ》の肉《しし》落ちぬ　と人の驚《おどろ》くに　落ちけるかも　と　さすりても見し

(057) いぶせきに明日《あす》は剃《そ》らなと思ひつつ　髭《ひげ》の剃杭《そりぐひ》のびにけるかも

訳　（詞書）藁蒲團に寝ている療養生活も七〇日を超えたのに、自分では少しも快方に向かっているようには思えない。

(056) 頬の肉が落ちましたねえ、と人が驚くので、確かに落ちてしまったなあ、と、ついさすってみたりする。（すると髭の手触りが気になり）

(057) むさ苦しいので、明日こそ剃ろう、剃ろうと思っているうちに、この無精髭もずいぶん伸びてしまったことだ。

語釈　（056）「藁蒲團」は（046）参照。「さすりてもみし」の「も」に、「余計なことをするから、無精髭が気になってしまった」の意味が感じられます。（057）「いぶせし」はみっともない（うざったい）で、詞書にある「快し」の反対語。万葉集○ひさかたの雨の降る日を　ただひとり山辺に居《を》れば　いぶせかりけり（四・七六九）。「つつ」、そうこうするうちに。剃ろうと思うことと、髭が伸びることが同時進行。「剃り杭」は剃ったあとに伸びた無精髭を大げさに呼んだもの。万葉集○法師らが髭の剃り杭　馬繋《つな》ぎいたくな牽《ひ》きそ　法師は泣かむ（一六・三八四六）。節は「万葉口舌（一二）」（一九〇四）でこの歌と（163）「脇草」の本歌を、滑稽な言葉遣いの例に挙げています。ただし結句は当時の訓みにしたがって「法師なからかむ」（全集4・43）。

音韻と句切れ　句頭の記号を二首で統一すると、（056）ABB・BC。A＝頬の肉、B＝落ちぬ＋驚く＋落ちけるかも、ア行（オ音）3C、三句切れ。「ホホ・シシ」の畳音もユーモラス。（057）BBB・AD。A＝髭の剃り杭、B＝いぶせき＋明日は＋思ひ、ア行3C、三句切れ。

鑑賞　むさ苦しい病人姿を自嘲する二首一連。『合評』では文明が（057）について、「萬葉の歌が滑稽歌であるためか、この歌の言葉にも少し輕いやうなところが感ぜられ、ひいてはこの歌にさへ輕いものが感ぜられて了《しま》ふ。「髭の剃杭」の語を用ゐたことは結局失敗ではあるまいか」（一九四四）と評していますが、「剃杭」を引っ込めても、二首を貫く滑稽感は無くなりません。

　まずア行3C二首の軽やかさに、病苦を冗談めかす意図が感じられます。二首続けて「けるかも」を用いるのも異例ですが、その一つを結句でなく四句に置くのは、まさに異例。（056）「落ちぬ」「落ちけるかも」の対話は古語による寸劇のようで、（054）「必ず癒えよ」「ひたすらに癒えな」で見せた彼我の感覚のずれを、改めて感じさせます。正岡子規が復興した万葉調は、他派の歌人らから「衣冠束帯の如き時代錯誤」と揶揄されてきましたが、節はその逆手を取り、病中滑稽歌に生かしました。

「其二」の「二」の歌を、句切れに用いられた接続助詞で分類すると、以下のようになります。

（048）〜（053）主として順接「ば」でつなぐ「観察・発見」の六首、
（054）（055）逆接「ど・ども」でつなぐ「不満と諦め」の二首、
（056）（057）順逆の「に」でつなぐ「自嘲」の二首。

二　病人の苦情を訴える随想歌（058〜059）二首、日付なし

物質上の損失はおほくは同情者の手によりて容易に補給せらるべきも、精神上の缺陷《けつかん》は同情者の手によりて凡《すべ》て直ちに解決せらるべきものなるべからず、如何《いか》に深厚の同情と雖《いへど》も其《その》効果は概《おほむ》ね甚《はなは》だ僅少《きんせう》なるべきなり、然れども其効果の僅少なるが爲《た》めに遂に人間至高の價値を没却《ぼつきやく》すべからず

（058）いささかのことなりながら　痒《かゆ》きとき身にしみて　人の爪《つめ》ぞうれしき

漫画「新派歌人の花見」。左より佐佐木信綱、「雷（いかづち）会」の久保猪之吉、「復古調」（烏帽子・裃）と写生（カメラ）の正岡子規、「虎剣調」の与謝野鉄幹、「若菜会」。
（出典：斎藤茂吉篇『明治大正短歌史』、中央公論社、一九五〇）

訳　〈詞書〉物質上の損は同情者がいれば、簡単に補《おぎな》えるが、精神面での不足を簡単に解決することはできない。どれほど親切に同情されても、それによって慰められる効果は、ごく僅かでしかありえない。とはいえ、たとえ僅かであっても、そのために親身な同情心というものが持つ、人間として最高の価値を忘れてはならない。

〈058〉ほんの些細なことではあるが、手が届かぬところが痒くて、他人に掻いてもらうときの爪の感触がしみじみと嬉しく感じられる。

語釈　「没却」忘れること、無視すること。「人の爪」、赤彦の追悼文「長塚さん」によれば、節の悲恋に同情して赤彦が出した手紙への返信に、「他人の同情といふものが自分にとつて何程の役にも立たぬものである事はよく知つてゐるが夫《そ》れでも同情といふものは何處迄《どこまで》も貴いものである事を感ずる」という文があり、〈058〉が添えられてたそうです（『アララギ』８・６、一九一四・六）。本林はそれを根拠に、〈058〉の「人」を島木赤彦だと推定していますが、赤彦は「同情者」の一人にすぎず、「うれしき爪」はやはり女性のものでしょう。赤彦の追悼文に、節は美人の付き添い看護婦の「小江戸」（正しくは小井戸）を可愛がり、よくからかっていたとあります。

赤彦が節に送った手紙とは、全集の別巻の一九一四年五月一七日付けのものらしく、そこには「てる子」の名を織り込んで復縁を祈る短歌五首がありました。うち二首、

○昨日聞き今日も思へと底《ど》明りいや照る玉の娘子《をとめご》ろはや
○いたつきのやまひのなやみ十方の明り照りとほり晴るゝと信ず

これらの稚拙な歌に対して節は、「ご親切はありがたいが、痒い時に背中に届く爪ほどの効果もない」

という含みで、返信に（058）を添えたのでしょう。

音韻と句法　AB・BCD。B＝こと＋痒き、カ行1P、二句切れ。四句「身にしみて」（イーーーエ）の身をよじるようなイ段の使い方は、（163）の冷や汗が「にじみ居にけり」（イーーーーエイ）にも応用されます。

鑑賞　「一」（東京）から「三」（故郷）への幕間《まくあい》として置かれた「二」の最初の一首。長い詞書と、短歌一首の組み合わせに、万葉集の長歌と反歌の組み合わせが連想され、実験的な匂いがします。

健康者は常に健康者の心を以《もつ》て心となす、もとより然るべきなり、只羸弱《ただるいじゃく》の病者に莅《のぞ》む時といへどもいくばくも異る處《ところ》なきが如きものあるを憾《うら》みとすることなきにあらず

（059）すこやかにありける人は心強《こころづよ》し　病《や》みつつあれば我《われ》は泣きけり

訳　（詞書）健康者はどんな時でも（誰に対しても）健康者の心で接する。もちろんそうあるべきなのだが、心が弱っている病者に対してまったく健康者の態度を変えようとしないことを、恨めしく思わぬでもない。

（059）健康でいる人は心も健康で強い。それと反対に病んでいる私は、心も弱って泣いてしまった。

語釈　「羸《るい》弱」の「羸」は痩せる・疲れるの意。

音韻と句切れ　ABC・DE。頭韻なし、三句形容詞切れ。

鑑賞 （058）と同じ、長い詞書と短歌一首。健康者と病者が理解しえないことを詠った類歌に　〇いたづきは癒えなむのぞみありぬべし　いためる心いゆる時あれや（初出、新聞「いばらき」1912.4.6。古泉千樫が「病中雑詠」に追加、斎藤茂吉『長塚節歌集』後記）があります。**訳**　病気そのものは治療によって治る望みもあろうが、病人となって弱った心は、癒されることがはたしてあるだろうか（反語）。節は（058）（059）とその詞書を捨て台詞に、退院して帰郷します。

三　故郷での安らぎ（060～087）二八首　五月三〇日～六月四日

病院の一室にこもりける程は心に悩《なや》むことおほくいできて（自らも）まなこの窪むばかりなればいまは只《ただ》よそに紛《まぎ》らさむことを求むる外《ほか》にせん術《すべ》もなく、五月三十日といふに雨いたく降りてわびしかりけれどもおして帰郷す

（060）垂乳根《たらちね》の母が釣《つ》りたる青蚊帳《あをがや》を　すがしといねつ　たるみたれども

訳　（詞書）病院の一室に篭っている間は、心に悩むことがつぎつぎ出てきて、目がくぼむほどやつれてしまったので、もうこの上は場所を変えて気を紛らすことしか手だてがないと思い、五月三十日、雨がひどく降って侘しくはあったが、思い切って帰郷した。

（060）母が釣ってくれた青蚊帳を、すがすがしいと思いながら気持ちよく寝た、たるんではいたのだが。

語釈　「（自らも）」、初出による。「三十日」、実際は二九日退院、東京に一泊して三〇日帰郷。「おして」、強引に。（060）「垂乳根の」は母の枕詞。「青蚊帳」、緑色に染められてまだ新しい蚊帳。「たるみたれども」、母親の背丈が低くなったことを暗示。

音韻と句切れ　ＡＢＣＤ・Ａ。Ａ＝垂乳根＋たるみ、タ行１Ｐ、四句切れ。一二五句「タラ・ツリタル・タルみタレ」のタ行＋ラ行が転がる心地よさ。

鑑賞　実家で母の心づくしに甘える安らぎ。肩から背骨から力が抜けてゆくような気だるさが感じられます。四五句「４３・３２２」奇数音同士のぶつかりでおのずから生ずる休拍と、末尾に置かれた譲歩「ども」の余韻は、いずれも四五句倒置の効果です。倒置しないと、「たるみたれども　すがしといねつ」（３２２・４３）と小理屈に堕してしまいます。

本林：言い添えた結句。そこに揺曳する母への細やかな情愛――（一九七二）。

（061）小《ちひ》さなる蚊帳《かや》こそよけれ　しめやかに雨を聴《き》きつつ　やがて眠らむ

訳　小さい蚊帳はじつに良いものだ。ひっそりした雨の音を聞いているうちに、やがて眠りにつくのだろう。

語釈　「しめやか」、ここでも雨に用いられています。（007）（045）参照。

音韻と句切れ　ＡＢ・ＣＤＥ。頭韻なし、形容詞係り結びによる二句切れ。

鑑賞　二句切れと「しめやか」な夕暮れの雨の組み合わせが（045）を思わせますが、今では実家の広い部屋にひとりで休んでいます。

本林：初出「小さなる蚊帳もこそよき」は句法のあやまり。

（062）蚊帳《かや》の外《そと》に蚊の聲《こゑ》きかずなりし時　けうとく我《われ》は眠りたるらむ

訳　蚊帳の外に蚊の声を聞かなくなったとき、ふうっと気が遠くなるように、私は眠ってしまったようだ。

語釈　「けうとし・気疎し」は眠りにつく前の気が遠くなる様子。

音韻と句切れ　ＡＡＢ・ＡＢ。Ａ＝蚊帳＋蚊＋けうとく、Ｂ＝なりし＋眠り、カ行ナ行のＦＨ、三句切れ。「わレわ　ねむリたルラム」では流れ落ちる（３・３２２）リズムに乗って、ラ行が転がります。

鑑賞　「蚊」が跋扈《ばっこ》するカ行世界から、眠りのナ行世界へ落ちる途中、第四句「けうとく」で一度ひきもどされます。（018）と並ぶＦＨ（フルハウス）の好例。

『合評』茂吉：実際の現実と夢幻の現実との交錯の心を詠《よ》んでゐる。

三十一日、こよひもはやくいねて

（063）厨《くりや》なるながしのもとに　二つ居て蛙《かはづ》鳴く夜《よ》を　蚊帳《かや》釣《つ》りにけり

（064）鬼灯《ほほづき》を口にふくみて鳴らすごと　蛙はなくも　夏の浅夜《あさよ》を

(065)なきかはす二つの蛙《かはづ》　ひとつ止み　ひとつまた止みぬ　我《あ》も眠《ねむ》くなりぬ
(066)短夜《みじかよ》の浅きがほどになく蛙《かはづ》　ちからなくしてやみにけらしも

訳　(詞書)(五月)三一日、今夜もはやく寝て、蚊帳を吊った。
(063)台所の流しの根元にカエルが二匹居て鳴き交わす夜、カエルが鳴いている。夏の浅い夜を。
(064)ホオズキを口に含んで鳴らすような柔らかな含み声でカエルが鳴いている。夏の浅い夜を。
(065)鳴き交わす二匹のカエルのうち、一匹が鳴き止み、もう一匹も鳴きやみ、私も眠くなった。
(066)夏の夜が短く浅いせいで、夜のあいだ元気に鳴くはずのカエルも、力が出ず鳴き止んでしまったようだ。

語釈　(063)「流しのもと」が屋内なら、蛙はカントウヒキガエルで、五月末に鳴かなくなる、と本林(一九七二)は注しています。しかし節の短篇「太十と其犬《その》」(一九一〇)2章の「流元」は引窓の外をさし、外に落とした水が「どぶ」になってなるので、トウキョウダルマガエルがいても不思議ありません。日活映画『土』の「勘次の家」のセット模型(茨城県立博物館と常総市地域交流センター蔵)では、屋内の「流し」から出た汚水を外の甕で受けています。(064)「鬼灯《ホオズキ》」は種子を抜き出した果皮を息で膨らませ、舌と上顎の間でゆっくり潰しながら「ググググ」と音を立てます。「鳴くも」の先行例○はりの木の花さきしかば　土ごもり蛙《かはづ》は啼《な》くも　あたたかき日は(一九〇四「榛の木の花」、『節の歳時記』一九〜二〇頁参照)。(066)「ちからなくして」、催馬楽《さいばら》に「力なきかへる。骨なきみみず《ず》」があります。「けらしも」は完了の助動詞「けり」の連体形「ける」+推測の助動詞「らし」+詠嘆の助詞「も」。小倉百人一首にも採られた、万葉集・舒明天皇〇夕されば小倉の山に鳴く鹿は今夜《こよひ》は鳴かず　寝《い》ねにけらしも（八・一五一一）が有名です。

音韻と句切れ　(063) AB・CA・A。A＝厨＋蛙＋蚊帳、カ行3C、二四句切れ。(064) ABC・B・C。B＝口＋蛙、C＝鳴らす＋夏。カ行ナ行2P、三四句切れ。(065) AB・BB・C。B＝二つ＋ひとつ＋ひとつ。ハ行3C、二四句切れ。三四句句頭の連続三音節「ヒトツ・ヒトツ」には (088)「うつらうつら」と同じ催眠効果があります。(066) ABC・DE。頭韻なし、三句切れ。

鑑賞　夏至を三週間後にひかえ、夜が短くなったと感じる頃の物憂さ。カ・ナ・ハの三行だけではじめの二首を歌い、三首目もア行を足すだけという限られた行の繰り返しが、寝入りばなの朦朧気分を表しています。(065) の類歌として伊藤左千夫〇さ夜ふけて聲乏《とも》しらに鳴く蛙《かはづ》　一つともきこゆ　二つともきこゆ（一九〇三）があります。

『合評』(065) 文明：調子がのびてゐて、この時代では恐らく變つた句法の一つではないかと思はれるが、そののびた中にあつてよく緊《し》めるところを緊めて言つて居るのは、常に用意周到の作者の作風を知るべき好例ではあるまいか（一九四四）。

カントウヒキガエル（上）とトウキョウダルマガエル（下）
東京都立井の頭自然文化園水生物園にて。著者による鉛筆画。

夜半月冴えて杉の梢にあり

（067）小夜ふけて厠《かはや》に立てば　ものうげに蛙《かはづ》は遠し　水足りぬらむ

訳（詞書）夜中に月が冴えて、杉の梢にかかっている。

（067）夜が更けてから外の便所に行くと、カエルの声が遠く聞こえてくる。その声が物憂げなのは、十分な水に浸って満足しているからだろう。

語釈「月」、月齢六・〇で、夜半には西に傾いていたでしょう。「杉」は『土』1章に出てきます。「厠」は便所のこと。水洗式でなかった頃の農村では、母屋《おもや》と離して建てたので、いったん庭に出てカエルの声を聞くことになります。

音韻と句切れ（067）AB・CB・C。B＝厠＋蛙、C＝ものうげ＋水、カ行マ行2P、二四句切れ。二句「カワや」（近景）と四句「カワず」（遠景）の対比。結句「ミずたりぬらむ」は理由の推量。

鑑賞　二四句切れの素直な叙景歌。「鍼の如く」の蛙の歌の中でも落ち着いた一首だが、もの悲しい。

『合評』茂吉：もう事をしてしまつた後のごとくに物憂げに聞こえてゐる。（略）自分の今の境界で萬物に對すれば、蛙の如き動物すら自分にとつては嫉ましいやうなものではあるまいか、といふ心持が潜んで居るが、それを露出せしめないのである。併し『水足りぬらむ』の一句で無窮にそれを顯寫し了《おほ》せてゐるのである（一九四四）。（山形注：性欲をあからさまに詠った茂吉らしい解釈）

六月一日、あたりのもの凡《すべ》ていまさらに目にめづらしければ出《い》

（068）麦刈《むぎ》ればうね間《ま》うね間に打ちならび　菽《まめ》は生《お》ひたり　皆かがまりて
であり く

訳　〈詞書〉六月一日、故郷の家の周辺のものを見ると、今さらながら何でも珍しく感じられ、出歩いてみた。

（068）ムギを刈った後、その畝と畝の間に蒔かれたマメの芽が並ぶ様子は、まるで人が前かがみになったようで、その逆U字がずっと奥まで続いている。

語釈　「菽」は大豆でしょう。「かがまりて」、地中の豆が根を伸ばし、逆U字型の茎が地上に出た様を、腰をかがめた人に見立てた擬人法。「皆」、（008）「帆をみなあげて」参照。

音韻と句切れ　（068）ABB・A・A。A＝麦＋菽＋皆、B＝うね間＋打ち、マ行ア行〈ウ音〉FH、三四句切れ。口を結んで力《りき》むマ行に生命力がこもっています。

鑑賞　おもわずウムと気張りたくなる生命力讃歌。九州へ旅立つ前に、改めて家の周りを見なおしています。先行歌○そら豆の柱のごとき茎《くき》たたば　いづべに我は人おもひ居らむ〈一九一二「病中雑詠」〉。（074）参照。

（069）

幼きものの仕業《しわざ》なるべし

垣根《かきね》なるうつ木の花は扱《こ》き集《つ》めて　ぞろりと土に棄《す》てられにけり

訳 （詞書）小さな子供達が遊びでやらかしたことに違いない、
（069）垣根《かきね》に生えているウツギの花が指でしごかれ、手の中に集められて、ぞろりと土の上に捨てられている。

語釈 ウツギは別名「卯の花」。節の生家付近では現在でも畑の「境木《さかいぎ》」に用いられています。「ぞろり」は固まっていたものがバラバラにほぐれる様子。（035）詞書参照。

音韻と句切れ ＡＢＡ・ＣＤ。Ａ＝垣根＋扱きつめ、カ行1Ｐ、三句切れ。

鑑賞 ウツギの花を扱くとき、指に伝わるプチプチした感触や、手の中に白い花がどんどん溜まる充実感が楽しいが、すぐ飽きてぞろりと捨てるいさぎよさ。参考○目をつけて草に棄《す》てたる芋の葉の埃《ほこり》しめりて露おける朝。**訳** 子供がサトイモの葉に穴を二つ開けてお面にして遊んだあと、道端の草むらに捨てたのが、白く埃をかぶり、夜のうちに露が降りて、細かな水玉の跡が見える（一九〇六「青草集」）。

　　夕近くして雨意おほし
（070）雨蛙《あまがへる》しきりに鳴きて　遠方《をちかた》の茂《しげ》りほの白《じろ》く　咽《むせ》びたり見ゆ

訳 （詞書）夕方近くなって雨が降りそうな気配になった。
（070）アマガエルがしきりに鳴いて、遠方の藪が靄《もや》でほの白くかすんで見える。

語釈 「咽ぶ」が難解です。一般には、①異物で喉を詰まらせる、②むせび泣く、③流れが滞りつつ水音を立てる、の意味ですが、ここでは「芋掘り」三「空からも土からもむづ〳〵と暖かいさうして暑い氣が蒸しくて遠きあたりはぼんやりと霞んで居る」（一九〇八）と、『土』21章「勘次は殆《ほと》んど咽ぶような霧に包まれて船に立った」（一九一〇）から、「濃い霧や靄によって視界と呼吸が同時に遮《さえぎ》られたように感じる」と解しました。

音韻と句切れ　AB・AB・C。A＝雨蛙＋遠方、B＝しきり＋茂り。ア行サ行2P、二四句切れ。

鑑賞　アマガエルのくぐもった声と、茂みの陰と夕靄が溶け合う、梅雨時のモヤモヤ感がよく表されています。

（071）いささかは花まだみゆる山吹《やまぶき》の　雨を含《ふく》みて茂《しげ》らひにけり

訳　（季節が終わりかけて）まだ少し花を残したヤマブキが、降った雨をじかに吸い込んだかのように葉を茂らせている。

語釈　「茂らひ」は「茂る」の未然形＋反復・継続の助動詞「ふ」の連用形。植物の繁茂する勢いを表しています。

音韻と句切れ　ABC・AD。A＝いささか＋雨。ア行1P、三句切れ。

鑑賞　節はこの日、茨城県結城郡江川村の松山貫道に当てた書簡で、「御心配被成下《くだされ》候件に就いては、近來にいたり、殊《こと》の外《ほか》複雑に相成《あいなり》、是非もなき次第」と断り、詳しく説明したいから六月三日に下妻の光明寺で会いたいと、面会を申し込んでいます（全集7・649）。用件はてる子との関係を思いきること。黒田昌恵から絶交状をもらって約十日、ようやく腹が決まったようで、歌に明るさが出てきました。

二日、雨戸あくるおとに目さむ

(072)おろそかに蚊帳《かや》を透《すか》してみえねども　しづく懶《ものう》く　外《そと》は雨なりき

訳　(詞書)(六月)二日、朝寝をして、雨戸を開ける音に目が覚めた。

(072)(起き抜けの)ぼんやりした目では、蚊帳越しによく見えないが、(屋根の軒から落ちる)雨の雫の物憂い音がする。ああ、外は雨なんだ。

語釈　「雨戸あくるおと」で目を覚ますのは、農家の早起きに慣れていない里帰り者の特権と言えるでしょう。伊藤左千夫の自伝的小説『隣の嫁』(一九〇八)は、兄嫁が開ける雨戸の音で始まります。「おろそか」は不完全・不注意。○おろそかに仰げば低き蒼空《あをぞら》をはるかにせむと乗鞍は立てり(一九一一「乗鞍岳を憶ふ」)。「しづく懶く」、(101)「雨洩りたゆく」参照。

音韻と句切れ　ABC・DD。D＝しづく＋外、サ行1P、三句切れ。一二句「おろソカ・スカして」の類音、「しずクものうク、雨なりキ」のカ行の脚韻が雨垂れのように響き、雨の朝の静かさが想像されます。

鑑賞　朝早い農家の生活リズムから取り残され、雨だれの物憂い音をぼんやりと聞いている疎外感。「ものうさ」は「鍼の如く」の病中詠の重要な動機《モチーフ》です。

やがてしげくふりいづ

（073）つくづくと夏の緑《みどり》は　こころよき杉をみあげて　雨《あめ》の脚《あし》ながし

訳　（詞書）物憂い感じだった雨も、やがて激しく降り出した。

（073）夏の緑に映える杉の木をつくづくと見上げていると、緑をバックに雨の脚が長く見える。

語釈　「つくづくと」は第四句「見上げて」にかかると言うのが定説ですが、第三句「快き」にもかかるのでしょう。

音韻と句切れ　AB・CD・E。頭韻なし、二四句切れ。三句でも切れそうですが、連体形「快き」で四句「雨」に続きます。

鑑賞　杉の緑を背景に、大粒の雨が白い糸を引くように見えています。本林注「杉の木から落ちる雨滴を眺めている」（一九七二）は無理。円柱形の樹形ゆえ、上の枝から落ちた雨脚はすぐ下の枝に遮られます。節は実家の杉の木が好きでなかったようで、『土』では地主の権威の象徴として描き、歌でも○あまたあれば杉の落葉のいぶせきに　梅の花白し　そのいぶせきに（一九一二「病中雑詠」）などと詠んできました。家を離れる直前にようやく「こころよき」と感じられたのはめでたいことです（拙著『節の歳時記』二一九〜二二五頁参照）。

泥のぬかり足駄《あしだ》の歯にわびしけれど心ゆくばかりのながめせん
とてまたいでありく

（074）鉈豆《なたまめ》のものものしくも擡《もた》げたるふた葉《ば》ひらきて　雨はふりつぐ

訳 （詞書）雨で泥がぬかるむので、下駄の歯が泥に取られて歩きにくいが、故郷での残りわずかな時間、心行くまで眺めておきたいと思い、また出歩いてみた。
（074）土の中から出てきたナタマメの双葉も開き、その上に雨が降り続いている。

語釈 「ものものしく」は気合い十分、という擬人的表現。「もたげる」は「持ちあげる」の縮んだ形。
（068）「かがまりて」からさらに成長した状態。ただし同じマメではないでしょう。

音韻と句切れ ＡＢＢＣＤ。Ｂ＝ものものしく＋もたげ、マ行1Ｐ、切れ目なし。一二句「ノ・モノモノ」、二三句「モ・モ」。母音配列アーーエオ　ーーーーイウオ　ーアエアウ　ーアーイアイエ　アエアウイウー。第二句オ段の重みから、第三句途中で解きはなたれます。

鑑賞 節は初夏が苦手だと日記や書簡に書いています。田野に充満する生命力に圧倒されたのでしょう。しかしこの日は旅立ちを前にして、素直に生命力を賛美できました。
『合評』茂吉：郷里の屬目《しょくもく》はいかなる物といへども、不遠離《ふおんり》の關係に立つてゐるが、『鉈豆のものものしくも擡げたる』は流石《さすが》である（一九四四）。北住：田園の景物への親しみの籠《こも》つたかういふ軽妙な味は、悲愁に閉された胸からは生じ難く、自然の愛すべきたたずまひに「心ゆく」のを覚えた安らぎに発するものであつた。さびしさや悲しさが、をかしみに止揚せられたともいへるであらふ（一九七四、一五九頁）。

（075）車前草《おほばこ》は畑《はた》のこみちに槍《やり》立てて　雨のふる日は行きがてぬかも

訳　オオバコは細い農道に花穂を槍ぶすまのように立てているので。特に雨の降る日は歩きにくいものだ。

語釈　オオバコは畦道など、良く踏まれた硬い土に生えます。「行きがてぬ」は行きにくい。

音韻と句切れ　ＡＢＣ・ＡＡ。Ａ＝車前草＋雨＋行きがてぬ、ア行３Ｃ、三句切れ。行きを「ゆき」と読めば、ＡＢＣ・ＡＣ。Ａ＝車前草＋雨、Ｃ＝槍＋行き、ア行ヤ行２Ｐとなります。

鑑賞　濡れたオオバコの花穂が足や裾に触れて気色悪いが、それでも表へ出たくなる童心歌。歌人当てクイズに出題すれば、「北原白秋」という答えが多く返ってくるでしょう。

（076）枇杷《びわ》の木にみじかき梯子《はしご》かかれども　とるとはかけじ　いまだ青きに

庭の枇杷今年ばかりは珍らしく果多し

訳　（詞書）今年はなり年なのだろうか、庭のビワの木が例年になく多くの実をつけている。（076）ビワの木に短い梯子がかかっているが、まさか取るつもりで掛けたのではあるまい。まだこんなに青いというのに。

語釈　「かけじ」は否定の推量。非難を込めた牽制《けんせい》表現とも取れます。『土』３章、お品のセリフ「また燐寸《マッチ》じゃあんめえ」（釣り銭がわりにまたマッチだなんて、やめとくれよ）（一九一〇）。

音韻と句切れ　ＡＢＣ・Ｄ・Ｅ、頭韻なし、三四句切れ。一二三四句「カキ・カカ・カケ」。

鑑賞　今年の収穫はもはや自分と無縁だと言う寂しさが底に流れています。

雨をよろこぶこころを

(077) 蕗《ふき》の葉の雨をよろしみ　立ちぬれて聽《き》かなともへど　身をいたはりぬ

訳　(詞書) 雨をよろこぶ気持ちを歌にした。
(077) フキの葉に雨があたる音が心地よく、ずっと立ちっぱなしで濡れながら聴きたいと思ったが、病身を労《いたわ》ってやめておいた。

音韻と句切れ　AB・CD・E。頭韻なし、二四句切れ。

鑑賞　このまま時間を止めたいような気持ちを無頭韻で詠いました。(037)「風邪引きて厭ひし窓」、(119)「今は外に出でず」参照。

島木赤彦：病者の神經の細かさが出て居ります (一九二四『歌道小見』、二二六頁)。

我が草苺を好むこと度を知らずともいひつべし、未だ甚だしく體力《たいりょく》の衰へざりし程は一度に五合にのぼらざれば胸の爽かなるを覺えず、然《し》かも日には幾たびとなくこれをくりかへして飽くこともなかりき、さるをことしは家を離れて久しくなりけるに市場に出でたるは嘗《かっ》て手にだも觸《ふ》れむとせざれば、日頃はさびしくあかしけるが、いまはうれしきは門の畑なり

(078) たらちねは笊《ざる》もていゆく　草苺《くさいちご》赤きをつむがおもしろき　とて

(079) いくたびか雨にもいでて苺つむ　母がおよびは爪紅《つまべに》をせり

(080) 草いちご洗ひもてれば　紅《べに》解《と》けて皿の底には　水たまりけり

訳 (詞書) 私のイチゴ好きは、度が過ぎると言われても仕方のないものだ。今のようにひどく体力が落ちてしまう前は、一度に五合（0・9リットル）まで食わなければ、胸がすっきりせず、しかもそれを一日に何度も繰り返して、飽きるということがなかった。なのに今年は長い間家を離れて新鮮なイチゴから遠ざかり、さりとて市場に出ているような鮮度の低いイチゴは手に取る気にもならず、毎日寂しい気持ちで過ごしていたのだが、今は自宅の門の脇の畑にイチゴがなっているのが嬉しい。

(078) 母はざるを持って出かける。イチゴの赤い実を摘むのが面白いから、と言って。

(079) 何度も、しかも雨が降るなか出かけてイチゴを摘んでいるので、母の指は爪が紅で染めたようになった。

(080) イチゴを洗って持ってきたので、その赤い色が皿の底に溶けて溜まっている。

語釈 (078)「たらちね」は「母」の枕詞、転じて母。(079)「および」は指。

音韻と句切れ (078) AB・CDD。D＝赤き＋おもしろき、ア行1P、二句切れ。(079) AAA・BC。A＝いくたび＋雨＋苺、ア行3C、三句切れ。(080) AB・CD・E。頭韻なし、二四句切れ。

鑑賞 満三五歳にもなって母親をここまで美化できるのが羨ましいような、気の毒なような、複雑な気持ちにさせる三首です。

本林評：(078) 期待に心をはずませている作者——、(079) にじむような愛情を感じている気持ちとやさしい母の姿とをさりげなく表現、(080) 作者好みの美しい小品画を見るような一首(一九七二)。

三日微雨、人にあふこといできにたれば車に幌かけて出《い》づ、鬼怒川をわたる

(081) みやこぐさ更紗《さらさ》を染めし草むしろ　かこかにぬれて霧雨《きりさめ》ぞふる
(082) 口をもて霧吹《きりふ》くよりもこまかなる雨に　薊《あざみ》の花はぬれけり
(083) 鬼怒川《きぬがは》の土手の小草《をぐさ》に交《まじ》りたる木賊《とくさ》の上《うへ》に　雨晴れむとす

訳　(詞書) 六月三日、霧雨、人に会う用事ができてしまったので、人力車に幌をかけて出かけた。鬼怒川を渡る。

(081) ミヤコグサが更紗模様に染めた地面を、しずかに霧雨が濡らしている。
(082) 水を口に含んで吹きかけた霧よりも、さらに細かな霧雨に、アザミの花が濡れている。
(083) 鬼怒川の土手の短い雑草に混じって高く伸びているトクサの上を見ると雨も上がって空が晴れようとしている。

語釈　「人に会う用事」、「病牀日記」によると、この日は自宅から北へ約七キロ、下妻の光明寺で、父の政友である松山貫道に会い、黒田てる子との縁談を思い切ると伝えました。光明寺の住職の息子で、節の学友だった三浦義晃の回想によると、節と貫道が密談する奥の部屋からしのび泣く声が聞こえ、やがて二人とも目を真っ赤に腫らして出てきたそうです。(081)「みやこぐさ」マメ科の草本。「更紗」は

インドネシアなどに産する型染め。北原白秋の童謡の歌詞「土手のスカンポ、ジャワ更紗」（一九三〇）は、タデ科オオイタドリの茎の、緑と紫褐色の配色をジャワ更紗に見立てたもの。ここではミヤコグサの枝分かれと三出葉と黄色の花からなる細かな図柄を、更紗に見立てています。「更紗を染めし」、初出「更紗染めたる」。「かこかに」、初出「しづかに」。「かこかこ」ともいい、静かな、ひっそりとしたさま。（082）「口をもて霧吹く」動作は、アイロン掛けや襖《ふすま》張りなどで、日常目にするものでした。（083）トクサはスギナ（ツクシ）と同属のシダ植物。まっすぐ上に伸びる濃緑の茎が特徴。

音韻と句切れ　（081）ＡＢＣ・ＣＣ。Ｃ＝草むしろ＋かこか＋霧雨、カ行３Ｃ、三句名詞切れ。「サラサ・カコカ」の折り返しがこの歌の音楽性を高めています。（082）ＡＡＡＢＣ。Ａ＝口＋霧＋細か、カ行３Ｃ、「こまかなる雨」が三四句にまたがり、切れ目なし。（081）の三四五句と（082）の一二三句で、六句つづけてカ行という仕掛けは、明らかに意図的です。（083）ＡＢＣＤＥ。頭韻なし、切れ目なし、その初句にもカ行を置いています。

鑑賞　つらい用事におもむく途上、頭の中で堂々巡りする後悔や未練を追い払うため、車上からの写生に集中したのでしょう。ミヤコグサの黄と緑が細かくくりかえされる平面模様、細かな水玉に包まれたアザミの花の赤紫の球体、濃緑色のトクサの円柱の束と、前衛生け花のような取り合わせの面白さがありますが、息苦しさも感じられます。「冴え」だけを突き詰めた結果がこれで、弛《たる》さの大切さを教えてくれます。

『合評』茂吉：『木賊の上に』はこの作者の観入であり、この作者の習癖である（一九四四）。

四日、晴れて俄《にはか》に暑し、風邪引くことのおそろしくてためらひ居けるをいまはなかなかに心も落ちゐたれば單衣になる

(084) とりいでて肌《はだ》に冷《つめ》たきたまゆらは　ひとへの衣《ころも》つくづくとうれし

(085) くつろぐと足を外《と》に向けころぶせば　裾《すそ》より涼し　唯《ただ》そよそよと

(086) さやげども麥稈帽子《むぎわらぼうし》とばぬ程　みんなみ吹きて　外《と》はすがすがし

訳（詞書）四日、晴れて急に暑くなった。昨日まで風邪を引くのを恐れて単衣に着替えることをためらっていたが、今は心も落ち着いたので、単衣に着替えた。

(084)（たんすから）単衣を取り出して体にまとう時の、ひやりと感じる一瞬が、つくづくと嬉しい。

(085) くつろぐために畳の上に寝ころび、縁側に足を突き出していると、風が裾の方からそよそよと吹いて涼しい。

(086) 南からのひんやりした風が麦わら帽子を騒がせているが、帽子を飛ばすほどではなく、こうして外にいると清々しい。

語釈 (084)「たまゆら」はわずかな間。「病牀日記」に、この日は晴れで「はじめて単衣になる」とあります。(085)「ころぶす」、万葉集○波の音のしげき浜辺を　しきたへの枕になして、荒床《あらど》にころふ（自伏）す君が　家知らば行きても告げむ（二・二二〇）。近年の研究で「ころ」は「自分ひとり」の意と判明しましたが、当時は平凡社『大辞典』「ころびふす」（一九三九）、折口信夫『萬葉集辭典』「用意をして寝るので無くして、たゞ其儘《そのまま》に横になる。まろねする。ごろねする」（一九一九）、などの解釈が一

般的で、（112）（176）でも「ごろね」の意で用いられています。（086）「みんなみ」は南、転じて南風。節の地方では「いなさ」と呼ばれ、湿地帯を越えて吹いてきます。『土』5章で、勘次が田植え準備の忙しい最中に冷たい「東南風《いなさ》」に吹かれて寝込み、舅の卯平から「この野郎　こんな忙しい時に転がり込みゃがって　くたばる積《つもり》でもあんべえ」と、嫌味を言われます（一九一〇）。

音韻と句切れ　（084）ABA・BA。A＝とりいでて＋たまゆら＋つくづく、B＝肌＋単衣、タ行ハ行FH、三句切れ。（085）ABA・C・D。A＝くつろぐ＋ころぶせば、カ行1P、三四句切れ。四五句サ行六音から、民謡に似た調子の良さが感じられます。（086）ABC・BC。B＝麦藁帽子＋みんなみ。C＝飛ばぬ＋外（と）、タ行マ行2P、三句切れ。三首十五句の頭を集計すると、タ行六句、カ・サ・ハ・マ行各2句、ア行一句。とくに結句の頭をタ行で揃えています。（086）「麦藁帽子」と「みんなみ」の二季語が活きています。

鑑賞　結句を「つくづく・そよそよ・すがすが」とオノマトペで揃えた開放的な三首一連。詠われた場所が旧家の奥の納戸から、座敷、縁側、そして戸外へと移動し、辛い仕事を終えた開放感と、旅立ちの決意が読みとれます。（084）結句「つくづく」が反転して（085）初句「くつろぐと」になり、その結句「そよそよ」が母音を変えて（086）初句「さやげども」と、暗誦しやすくできています。

『合評』（085）文明：「裾より涼し」は俗中の雅（一九四四）。

暑きころになればいつとても痩せゆくが常ながら、ことしはまして胸のあたり骨あらはなれど、單衣の袂《たもと》かぜにふくらみてけ

ふは身の衰へをおぼえず、かかることいくばくもえつづくべきにあらざれど猶獨《なほひと》り心に快からずしもあらず

（087）單衣《ひとへ》きてこころほがらかになりにけり　夏は必ずわれ死なざらむ

訳　（詞書）暑い季節になって痩せるのはいつものことだが、今年は例年にも増して胸のあたりの骨が現れるほど痩せてしまった。それでも単衣に着替えて袂が膨らむほど風を受けていると（気分が良く）、今日は体の衰えを感じない。こんな気分がいつまでも続くわけはないと分かってはいるが、それでも、悪い気分はしないものだ。

（087）単衣を着たら心が朗《ほが》らかになった。死病を宣告されていたが、苦手な夏も今年は乗り切れそうな気がする。

語釈　「えつづく・得つづく」は「続き得《う》る」と同じ。「死なざらむ」は「死なずあらむ」が縮んだ形。

音韻と句切れ　ABC・CD。C＝なりにけり＋夏、ナ行1P、過去の助動詞「けり」による三句切れ。

鑑賞　勇ましい旅立ちの歌ですが、詞書で二度も繰り返される逆接の助詞「ど」が、体調の万全でないことを示しています。「打ち捨ておかば餘命は僅《わず》かに一年を保つに過ぎざるべし」と宣告されたのが、一九一一年一一月。一三年七月には頑強そのものに見えた伊藤左千夫が急逝し、その通夜の席で中村不折が節の似顔絵に「宣告の時間を過ぎて飯を食い」の句を添えました。（087）の予言どおり節はこの年の夏を越しましたが、冬に重篤となり、早春に亡くなっています。

『合評』茂吉：下の句に千鈞《きん》の力がある。西行の『花の下にてわれ死なむ』とどちらであらうか（一九四

四)。

文明評：「作者の洗煉されたる心境はユーモアも捨てない。この歌の詠嘆にしても廣く寛かなるところがあつて、讀む吾々の心さへ開かしめるところがある」は、何やら奥歯に物が挟まった印象を与えます。この議論がされたのは、一九三八年九月ごろの合評第五七回で、アララギ会員の多くが日中戦争の戦場で死と向き合っていたことを踏まえての発言だったのでしょう。

鍼の如く　其三　大正3（1914）・8・1発表「アララギ」7-7掲載

博多で療養（088〜122）三五首、六月九日〜七月七日

六月九日夜、下關の港にて

（088）うつらうつら　髪《かみ》を刈らせて眠り居《ゐ》る　足をつれなく　蚊の螫《さ》しにけり

（089）鋏刀《はさみ》もつ髪刈人《かみかりびと》は　蚊の居《を》れど　おのれ螫《さ》さえねば　打たむともせず

訳（詞書）六月九日の夜、下関の港で、

（088）散髪屋で髪を刈らせながらうつらうつら居眠りしていると、その足を情け知らずの蚊が刺してくれるじゃないか。

（089）鋏を持つ散髪屋は、店の中に蚊がいても自分が刺されなければ平気で、打ち殺そうともしない。

語釈「下関」、関門連絡船を待って最後の一泊。（088）「つれなく」、無情にも眠らせてくれない。（089）「髪刈り人」は「髪結い」から思いついた造語でしょう。「鋏刀もつ」が枕詞のように聞こえます。

音韻と句切れ　（088）ＡＢＣＡＢ。Ａ＝うつらうつら＋足を、Ｂ＝髪＋蚊。ア行カ行２Ｐ、切れ目なし。初句「うつら・うつら」（３３）を受けて、二～四句も「３２２・３２・３２２」と三音節を頭に置く「居眠り」のリズムが、結句「２２３」で破られます。「うツラうツラ・カラ・ツレ」。（089）ＡＢ・ＢＣ・Ｃ。Ｂ＝髪刈り人＋蚊、Ｃ＝おのれ＋打たん、カ行ア行２Ｐ、二四句切れ。

鑑賞　旅先で床屋に入った時の居心地の悪さ、蚊がいても文句が言えない忌々しさを、ア行カ行の２Ｐでたたみかけました。ものものしい髪刈り人が頼りにならぬところに滑稽が感じられます。

四日間の旅を経て十日といふに博多につく、十一日朝、千代の松原をありく

（090）夏帽《なつぼう》の堅《かた》きが鍔《つば》に落ちふれて　松葉《まつば》は散りぬ　このしづけきに

訳　（詞書）四日間の旅を経て六月の一〇日に博多に着いた。翌一一日の朝、千代の松原を歩いた。
（090）夏帽子の堅い鍔に松葉が落ちて、パラリと音がした。音といえばそれだけの、静かな朝だ。

語釈　「四日間の旅」、「病牀日記」によれば、六月七日東京～博多間の切符を七円八銭で買い、その日は静岡泊、八日神戸泊、九日下関泊、十日博多着。九州に来るのは一九一二年四月～七月、一三年三月～四月について三度目です（全集５・556～57「年譜」）。「千代の松原」、今では客土されて多様な木が植わっていますが、当時は海に面して松林が三キロ続いていました。節にとっては甲州白須《しらす》と、摂州舞子浜（一九〇五「羇旅雑咏」）以来の白砂青松です。「夏帽」はパナマ帽。「堅きが鍔」は「堅き鍔」。

音韻と句切れ　ABC・D・B。B＝堅き＋この、カ行1P、三四句切れ。一二四句「ツボ・ツバ・まツバ」。

鑑賞　叙景歌に自分の姿を加えて、静寂と孤独を強調しています。（111）参照。

十二日

（091）蝍《かや》の中に瞼《まなぶた》とぢてこやれども　蚊に螫《さ》され居し足もすべなく

（092）蚊の螫《さ》しし足を足もてさすりつつ　あらぬことなど思《おも》ひつづけし

訳　（詞書）（六月）一二日

（091）蚊帳の中で眠ろうと瞼を閉じて横になっているのだが、蚊に刺されっぱなしの足は、どうすることもできなくて。

（092）蚊に刺された足をもう一つの足でさすりながら、とりとめもないことを考え続けている。

語釈　（091）「こやる」聖徳太子が行き倒れの死骸を哀れんで歌った万葉集〇家ならば妹が手まかむ　草まくら旅に臥《こ》やせる　この旅人《たびと》あはれ（三・四一五）が思い出されます。

音韻と句切れ　（091）ABA・AC。A＝蝍＋こやれ＋蚊、カ行3C、三句切れ。四五句「イシアシ」。

（092）ABC・BB。B＝足＋あらぬ＋思ひ。ア行3C、三句切れ。初三句「サシシ・アシ・アシ・サス」の繰り返しに、いくらさすっても痒さが消えない苛立ちが読み取れます。（091）「ササレ」と（092）「サスリ」の響きあいも見逃せません。三五句「ツツ・ツヅ」。

鑑賞　芭蕉「蚤虱《のみしらみ》　馬の尿《しと》する　枕もと」などが連想される、旅先の侘しさを歌った滑稽歌。カ行3Cとア行3Cで軽やかにまとめました。

『合評』佐藤佐太郎：「足を足もてさすりつつ」（のように）謂《い》はばどうでもいいやうな事を克明に表現しながら他の主要句を活かすのがこの作者の悟入の一つであった（一九四四）。

十四日

(093) 脱《ぬ》ぎすてて臀《しり》のあたりがふくだみし　ちぢみの單衣《ひとへ》　ひとり疊《たた》みぬ

訳　（詞書）（六月）一四日

きちんと畳まず脱ぎ捨てておいた縮の単衣の、尻のあたりがぷっくり膨らんでしまったのを、一人わびしくたたんでいる。

語釈　「ふくだむ」は鳥が冬になって羽毛を立てること。○梅の木の古枝《ふるえ》にとまる村雀　羽がきも掻かずふくだみて居《を》り（一九〇五「春季雑咏」）。単衣の生地が毛羽立った、との解釈もありますが、着つづけて、着物の尻が膨れたのを平らに畳もうと苦労している、と解しました。

音韻と句切れ　ABCDC。C＝ふくだみ＋ひとり、ハ行1P、切れ目なし。三四句「ふくだみ・縮」の意味の対比、四五句「ヒトえ・ヒトり」の隠れ頭韻。

鑑賞　ひとりたたむ侘しさに、「脱ぎ捨て」るだらしなさ、「臀」の下卑、「ふくだむ」の可憐、「縮」のおしゃれを組み合わせた「羇旅滑稽歌」。正岡子規が生きていたら大いに褒めたでしょう。

『合評』佐藤佐太郎：主観を没した下句などは哀韻おのづから至る。茂吉：作者の日常は極めて几帳面で、また單衣などを正式に疊むことの出來た人である。それだけに寂しさも一しほである（一九四四）。

（094）ちまたには蚤《のみ》とり粉《こ》など賣《う》りありく　淺夜《あさよ》をはやく蚊帳《かや》吊《つ》らせけり
此の夜いまさらに旅の疲れいできにけるかと覺えられて

訳（詞書）この夜、今までの旅の疲れがどっと出てきたような感じがして、
（094）宿の外ではのみ取り粉（殺虫剤）などを売り歩く声が聞こえ、まだ夜が更けないうちに、蚊帳を釣らせて寝ることにした。

語釈「ちまた・巷」は「街なかの道路」の意。道路に面して建つ宿なので、窓の外がすぐ「ちまた」です。「蚤取り粉」は除虫菊粉末。「浅夜」、夏至の一週間前で、夜が短い。

音韻と句切れ　ＡＢＣＣＤ。Ｃ＝売り＋浅夜、ア行１Ｐ、切れ目なし。二三五句「トリ・ウリアリ・ケリ」が巷のざわめきを伝えています。

鑑賞　疲れた旅人には窓の外の活気さえ疎《うと》ましい。「ちまたには」に疎外感が込められています。
『合評』茂吉：この歌も何だか寂しくて爲方《しかた》のない歌である。

（095）低く吊《つ》る蝍《かや》のつり手の二隅《ふたすみ》は　我《わ》がつりかへぬ　よひよひ毎《ごと》に

訳　この宿では蚊帳の釣り方が雑で、四隅が均等に釣られた試しがない。だから低く垂れた二隅は私が釣り直している。それも毎晩のことだ。

語釈　「吊り手」は蚊帳の上面の四隅についている鉄の輪。部屋の四隅から垂れている紐をそれに通し、蚊帳の上面を長方形に張りますが、調節がまずいと、二本ある対角線の一本だけ張られ、他の一本の両端が垂れます。

音韻と句切れ　ＡＢＡＣ・Ｄ。Ａ＝低く＋二隅、ハ行１Ｐ、四五句倒置による四句切れ。一二四句「ツル・ツリて・ツリかえ」。

鑑賞　些事《さじ》にこだわる病者の神経。結句に「また今夜もか」というため息が感じられます。

十七日、日ごろ雨の中を病院へかよひゐけるが此の日は殊《こと》にははげしく降りつるに、四日間の汽車の窓より見て到るところおなじく輕快にして目をよろこばせしもの唯《ただ》夥《おびただ》しき茅花《つばな》のみなりけるをなつかしく思ひいづることありて

(096) 稚松《わかまつ》の群《むれ》に交《まじ》りてたはむれし茅花《つばな》も雨にしをれてあるらむ

(097) はろばろに茅花おもほゆ　水汲《く》みて笊《ざる》にまけたる　此《こ》の雨の中に

(098) 泣くとては　瞼《まぶた》に當《あ》つる手のごとく　茅花や撓《たわ》む　このあめのふるに

訳　（詞書）（六月）一七日、この数日、雨の中を病院へ通っていたが、今日は特に激しく降っている。（東京から博多まで）四日間の旅で汽車の窓から見えて、どこでも線路脇に軽快な様子で目を楽しませた

ものは、たくさん茂っていたチガヤの花だけだったことをなつかしく思い出すこともあって、
(096)小さなマツの群れに混じって風に戯れていたチガヤの花も、この雨の中では元気なく萎れていることだろう。
(097)遥かな旅路で見たチガヤのことを思い出してみた。井戸で汲んだ水をザルにぶちまけたようにざあざあと降る、この雨の中で。
(098)子供が泣くとき瞼に当てる手つきのように、チガヤの花は濡れすぼんで撓んでいるのだろうか。こんなに雨が降るせいで。

語釈　(096)「茅花《つばな》」は屋根の葺き材の代表格、イネ科の多年草チガヤの花序のこと。鉄道建設でできた空き地にパイオニアとして侵入していたようです。(097)「まける」は一般の辞書に見当たりませんが、赤城毅彦『茨城方言民俗語辞典』に「マゲル。こぼす、ぶちまける」とあります。(098)「手を当つる」はチガヤの穂が濡れて垂れた様子。歌舞伎の子役などが手の甲をまぶたにあてる所作が思い出されます。「や」は疑問の助詞。

音韻と句切れ　(096)ABCCD、C＝たはむれ＋つばな、夕行1P、切れ目なし。二三句「ムレ・たわムレ」(097)AB・CDE、頭韻なし、二句切れ。初二句「はろばろ」「思ほゆ」のオ段の荘重な響きが魅力で、これを「はるばると茅花をしのぶ」などとすると、魅力が半減します。(098)ABC・C・D。C＝手＋つばな、夕行1P、三四句切れ。初三句は比喩。四五句倒置。

鑑賞　博多に来て一週間、連日の雨にうんざりした頃の三首。記憶・比喩・擬人法を絡めて子供の動作につなげた、これも「童心歌」でしょう。節の未発表の詩に、「茅花」というのがあります。七五調五

一行の長い作品なので、あらすじを紹介すると、里の子供の遊びに「つばな抜き」というのがあり、乳母に手を引かれて参加して何本か抜いたが、その一本をなくしてしまった。来た道を戻っても見つからない。そのうち「闇となりゆくよるの手が　野辺を隈なくおほふなり」（全集5・520～23）。（098）の「泣くとては瞼に当つる手のごとく」の連想には、この幼児体験が重なっているのかもしれません。

病室みな塞《ふさが》りたれば入院もなり難《がた》く、久保博士の心づくし暫《しばら》く
は空しくて雨にぬれて通ふ

（099）すみやけく人も癒《い》えよ　と待つときに　夾竹桃《けふちくたう》は綻《ほころ》びにけり

訳（詞書）病室が皆塞がっていて自分が入院したくてもなかなかできず、せっかくの久保博士のご厚意もしばらくは無駄になり、当分は雨に濡れながら宿から通院することになった。
（099）今入院中の患者はさっさと治って私に病室を開けてくれ、と待つ日々、ふと気がつくとキョウチクトウの花がほころんでいた。

語釈「病室みな塞り」、母親宛て六月二〇日付け書簡で「今日漸《やうや》く入院相叶《あいかな》ひ申候。何しろ地勢上の関係から朝鮮あたりより来るものもおほ（多）く　それに急病を先にする道理なれば　なか〳〵病室のあくこともなく」と書いています（全集7・656）。「久保博士の心づくし」、官費で個室に入院の手筈。（099）「すみやけく」は「速やかな状態で」と言う婉曲的表現。「すみやかに」ほど偉そうには聞こえません。「人」、自分が入るはずの病室を塞いでいる見知らぬ患者。「癒えよ」、（054）詞書参照。「夾竹桃」はイン

ド原産。葉は竹に似て細長く、花は桃に似て紅色というところから、この名があります。日本には中国経由で寛政年間（一七八九〜一八〇一）にもたらされました（松田、一九七七）。

音韻と句切れ　ABC・DB、B＝人＋綻び、ハ行1P、三句切れ。

鑑賞　他人の病気平癒を祈るのも、空いた病床に自分が入りたいから。キョウチクトウの南国風の紅色が、利己心を象徴するのでしょうか。花の色については（121）参照。

久保猪之吉博士胸像。九州大学医学部構内、久保記念館前。（著者によるスケッチ）

廿日《はつか》、漸《やうや》くいぶせき旅宿をいでて病院の一室に入る、二日三日の程にくさぐさ聞き知りて馴《な》れ行く、病院の規模大なれば白衣の看護婦おびただしく行きかふ、皆かひがひしく立ちはたらくところ服装のためなればか年齢の相違のごときも俄《にはか》にはわかち難《がた》く、すべて男性的に化せられたるが如く見ゆれども

（100）たまたまは絣《かすり》のひとへ帯締《し》めて　をとめなりけるつつましさ　あはれ

訳　（詞書）六月二〇日、ようやくむさ苦しい宿屋を出て病院の一室に入った。その後二、三日たつうちにいろいろ聞き知り、（病院のシステムにも）慣れてきた。規模の大きな病院で、白衣を着た看護婦も大勢行きかっている。みな甲斐甲斐しく働いているが、制服を着ているせいか、ちょっと目には年齢も区別

できず、男性的に変身させられたように見えていたが、
(100)たまたま制服から私服である絣の単衣に着替え、帯を締めた姿を見ると、慎ましいありきたりの乙女ではないか。なんとまあ。

語釈　「いぶせき宿」は大学通り前の平野旅館。六月一六日付け久保田俊彦（島木赤彦）宛て葉書にも「不愉快な宿の二階」（全集7・653）と書いています。万葉集〇ひさかたの雨の降る日を　ただひとり山辺に居れば　いぶせかりけり（四・七六九）。「男性的」、一九〇三年京都帝国大学福岡医科大学附属医院として設立され、日露の戦場に近かった九州大学付属病院では、看護部にも武張った雰囲気があったと思われます。東京の私立医院で看護婦をからかっていた節には、勝手がちがったことでしょう。「あはれ」は愛情・同情・憐憫など多義的ですが、節は男性的な看護婦の正体がありきたりの娘であったことに、安堵もしています。(116)茂吉評のように「間投詞」と見るべきでしょう。

音韻と句切れ　ABC・CA。A＝たまたまは＋つつましさ、C＝帯＋をとめ、タ行ア行2P、三句切れ。

鑑賞　詞書《ことばがき》で描かれた男性的な看護婦像と、俗謡風に詠われた絣の乙女像が、逆接の接続助詞「ども」を挟んで対立し、歌の末尾「あはれ」で統合されます。詞書が活躍する好例。

『合評』茂吉：この観察はやはりこの作者が小説を作つたがためであることを注意しおくのである（一九四四）。

廿四日夜、また不眠に陥《おちい》る
(101)いづべゆか雨洩《あまも》りたゆく聞《きこ》え來て　ふけしく夜《よる》は沈みけるかも

小松植ゑたる狭き庭をへだてて外科の病棟あり、痛し痛しと呻《うめ》く聲《こゑ》きこゆ

(102) 夜《よ》もすがら訴《うた》へ泣く聲遠《とほ》ぞきて　明《あ》けづきぬらし　雨衰《おとろ》へぬ

訳 (詞書)(六月)二四日、また不眠に陥る。

(101) どこからともなく雨漏りの音が気だるく途切れずに聞こえるのが気になって眠れぬまま、夜はだんだん更けて沈み込んで行った。

(詞書) 私のいる耳鼻科の病室から、小松が植わっている狭い庭で隔てた向こうに、外科の病棟がある。そこから「痛い、痛い」とうめく声が聞こえてくる。

(102) ひと晩中訴え泣く声がようやく間遠になって、やれやれこれで眠れるかと思った頃には、もう夜が明けはじめ、いつの間にか雨も弱くなっていた。

語釈 (101)「いづべ」は「何辺」、「ゆ」は「より」、疑問詞による軽い初句。「たゆし・弛し・懈し」は「たるし」と同じで、「だるい」の意味。「ふけしく」は「更け頻く」説あるが不明。「沈み」、農村メルヘン「白瓜と青瓜」:夜が深けるに随《したが》つて空氣の涼しさが一しほ沈んで身にせまつて來るかと思ふと、(一九一二)。(詞書)「と呻く聲」、初出「といふかなしき呻き聲」。(102)「遠ぞく・遠退く」、万葉集◯妹が門《かど》いや遠ぞきぬ　筑波山隠れぬほどに袖は振りてな(一四・三三八九)。(165) 参照。ただしここでは患者が移動したのでなく、その声が弱まり間遠になったの意。

音韻と句切れ (101) AAB・CD。A=いずべ+雨漏り、ア行1P、三句切れ。(102) ABC・B・B。

B＝訴え＋明けづき＋雨、ア行3C、三四句切れ。二首一〇句中五句がア行。

鑑賞　夜の病院の不気味さと、眠りを妨げられた悔しさ。痛がる患者への悪感情も隠さず、ややブラックな心の写生。常陸国ゆかりの古語「遠ぞく」を活かしました。

『合評』茂吉：（病者の世界を）同じく病者であるこの作者が聴いてゐるのである。（略）複雑にして旨い（一九四四）。

廿五日、ベコニヤの花一枝を插《さ》し換《か》ふ、博士の手折《たを》られけるなり、白き一輪插《いちりんざし》は同夫人のこれもベコニヤの赤きを活けもておくられけるなり、廿六日の朝看護婦の蟵《かや》を外していにけるあとにおもはぬ花一つ散り居たり

(103) 悉《ことごと》く縋《すが》りて垂れしベコニヤは　散りての花もうつぶしにけり
(104) ちるべくも見えなき花のベコニヤは　蟵《かや》の裾《すそ》などふりにけらしも
(105) ベコニヤの白きが一つ落ちにけり　土に流れて涼しき朝《あさ》を

訳　（六月）二五日、ベゴニアの花をひと枝花瓶に挿し替えた。これは久保博士が手折って持ってきてくださったものだ。白い一輪挿しはより江夫人が赤いベゴニアを生けて送ってくださった。翌二六日の朝、看護婦が蚊帳を外して退出した後に、思いがけなく花が一つ散っていた。

(103) ベゴニアの花はどれも、垂れた枝先にすがるように下を向いて咲いているが、散った花を見ても、咲いていたときの下向きを守って、うつ伏せでいる。

（104）散りそうにも見えなかったベゴニアの花が散ってしまったのは、きっと蚊帳を外す時にその裾などに触れたからだろう。

（105）白いベゴニアの花が一つ落ちている。朝の涼気が土の上を流れるような涼しい朝なのに。

語釈「ベコニヤ」は「ベゴニア」*Begonia* が正しく、オーストラリアを除く世界中の熱帯・亜熱帯に自生し、シュウカイドウ *Begonia evansiana* もその一種。園芸品種として様々な交配が行われています。ベゴニア栽培は久保博士の趣味で、引越しの時は車二台分の鉢があったと伝えられています（伊藤昌治、一九七九、六二頁）。「ふりにけらしも」、「触る」はふつう下二段活用で連用形「ふれ」となりますが、万葉集防人の歌に上二段活用「ふり」の例があります。〇大君の命《みこと》かしこみ　磯に触り海原《うのはら》渡る　父母を置きて（二〇・四三二八）。節はこれも東国方言とみて復活を試みたのでしょう。（105）「土に流れて」が難解。夜のうちに雨が降ったようでもなく、とりあえず、「朝の涼しい空気」を主語としました。

音韻と句切れ（103）ＡＢＣ・ＤＥ。頭韻なし、三句切れ。（104）ＡＢＣ・ＤＥ。頭韻なし、三句切れ。
（105）ＡＢＣ・ＤＢ。Ｂ＝白き＋涼し、サ行1Ｐ、三句切れ。

鑑賞「白き一輪挿し」は、（001）の絵と歌に対する、久保より江から節への返礼品でしょう。それに対する節からの答礼がこの三首です。「病牀日記」に、（六月）二十一日「午前久保夫人、久保令妹見舞はる。ベコニアの一輪挿しと、福島櫻桃一包送らる。（略）夜看護婦蚊帳を釣りながら一輪挿を顚覆《てんぷく》して葉一枚折る」。二十五日「午餐後久保氏ベコニアの白きを贈らる。さきのは既に散りつくしたり」。二十六日「夜机の上にベコニアの一輪散る。蚊帳の裾觸れたるならむ」。連作では流れを良くするため、日付を調整しています。

寝臺《しんだい》の下のくらきを拂《はら》ふこともなく看護婦のよひごとに吊りければ蚊帳の中に蚊おほくなりて、此の夜もうつらうつらとしてありけるほどふけゆくままに一《ひと》しきり襲《おそ》ひきたれるに驚く

(106)ひそやかに螫《さ》さむと止《とま》る蚊を打てば　手の痺《しび》れ居《ゐ》る暫《しばら》くは安し

(107)聲《こえ》掛けて耳のあたりにとまる蚊を　血を吸ふ故《ゆゑ》に打ち殺しけり

訳　（詞書）毎晩、宵のうちに看護婦がベッドの上に蚊帳をつってくれるのだが、ベッドの下の暗いところを払わずにつるので、そこに隠れていた蚊がどんどん蚊帳の中にたまる。今夜もうつらうつら眠り始めていたが、夜中に近くなって一斉に襲ってきたのに驚いた。

(106)こっそり刺そうと止まる蚊を打つと、打った手（と打たれた場所）が痺れているほんのしばらくの間だけ、痒さを忘れて気持ちが休まる。

(107)礼儀正しく声をかけて耳のあたりに止まる蚊を、血を吸うからという理由で、打ち殺してやった。

語釈　「一しきり」、初出「一しきり交々《こもごも》」。「手の痺れ居る」、実際は刺された痒みが「痺れ」で紛らわされます。節の歌によくある省略法。

音韻と句切れ　（106）ABC・DB。B＝螫さむ＋暫く、サ行1P、三句切れ。（107）ABC・CD。C＝止まる＋血、夕行1P。三句切れもしくは切れ目なし。

鑑賞　「とまる蚊を」が共通の二首一連。（106）「ひそやかに」忍んできた蚊と、（107）礼儀正しく声をかけて来た蚊の対比。この戦勝の喜びの陰に、多くの負け戦があったに違いありません。

七月一日、朝まだきにはじめて草履《ざうり》はきておりたつ、構内に稍《やや》ひろき松林あり、近く海をのぞむ

(108) 月見草萎《つきみさうしぼ》まぬほどと　蛙鳴《かはづ》くこゑをたづねて　松の木《こ》の間《ま》を

訳 (詞書) 七月一日、朝の早いうちに初めて草履を履いて地面に降り立った。病院の構内にやや広い松林があり、海が間近に見える。

(108) 明け方、月見草(オオマツヨイグサ)がまだ萎まないうちにと、カエルの声を訪ねて松の木の間を急いだ。

語釈 「七月一日」、「病床日記」六月二九日「まだ全く明けぬに下痢の気味にて起く、蛙の聲を聞く。散歩。蛙聲《あせい》の來る處を知る」。久保より江宛て書簡(六月三〇日)「昨日到頭《たうとう》焼いていただきました」とあり、七月一日は喉頭部電気焼灼手術の翌々日。(108)「月見草」は帰化植物オオマツヨイグサ。詳しくは拙著『節の歳時記』一〇五頁参照。第二句「萎まぬほどと」に、足を急がせる歌人の心が込められています。

音韻と句切れ AB・CC・D。C＝蛙＋こゑ、カ行1P、二四句切れ。動詞(「行く」)を省略。(008)参照。

鑑賞 のびやかな五七調で、初二句で月見草、三四句でカエル、結句で松林を詠いますが、動詞を省いたことで、足を急がせる気持ちが伝わります。蛙の声をたよりに月見草を探した場所は、久保より江から教わったもので、赤彦宛て書簡一九一四年六月一六日付けに「夫人さんから聞きました」とあります。

この歌には、久保より江への報告の意味があったのでしょう。

柵の外には畑ありて南瓜つくることおほし、我酷《はなは》だこの花を愛す

(109) ただひとり南瓜畑《たうなすばた》の花みつつ　こころなく我《われ》は鼻《はな》ほりて居《ゐ》つ

訳 (詞書) 病院構内を仕切る柵の外側に畑があり、カボチャを多く作っている。私はこの花がとても好きなのだ。

(109) ただ一人でカボチャ畑の花を見ながら、何気なく自分は鼻をほじくっている。

語釈 「南瓜」、久保より江宛て書簡六月二〇日付け、「構内の松林を散歩することを覚えました、南瓜の花見もできます、(略) 私は南瓜というものは眞面目でさうして恐ろしく剽軽なところが好きです、(略) 大きな葉が一杯に其《それ》を掩うてゝも迚《とて》も日に焼けるのはきゝません、然しまた彼等は餘程《よほど》不作法でどれも〳〵人にお尻をまるだしにしてゐます、お尻を見てうまいまづいがわかりますが、あなたはどんなのがいゝとお思いですか」。久保より江の返書（七月一日付け）、「かぼちゃと申すものはほんとにとぼけてゐるやうですね　どんなのがをいしいのかといふ事は知つてゐましたが忘れました」。出久根は、久保猪之吉・より江の青春記『漱石センセと私』のエピローグに、「節はより江に淡い恋心を抱いていたように思える」（二〇一八）と書いていますが、恋心をお尻ネタであらわすあたりに、節の幼さが伺えます。「酷だ愛す」、下妻中学校交友会誌「為桜」に投稿した「寫生斷片」の一節、「余は天然を酷愛《こくあい》す」（全集5・33）を思い出させます。

音韻と句切れ　ＡＡＢ・ＣＢ。Ａ＝ただ＋たうなす、Ｂ＝花＋鼻、タ行ハ行２Ｐ、三句切れ。「ミッツ・イツ」の脚韻。

鑑賞　ひろびろとした景色にただひとりいる歌人。自由と孤愁の入り混じった、心に染みる病中詠。「はなはだ・花・鼻」の語呂遊びについて『合評』で指摘がありません。皆気づいているのに誰も言い出せない雰囲気があったのでしょうか？

北住：この歌において、鼻ほるといふやうなしぐさにも少しも下品の感じはなく、心を空しうして自然に遊ぶ洒落な姿が現はされてゐる。かういふ無心の境地は、「をかし」の心を深い意味において示すものと見られるであらう。このやうに、節は常にをかしみの心を胸裡に潜《ひそ》め保つてゐる故に、いかに沈痛な体験を踏まへて歌ふ時にも、低湿な感傷にぬれることなく、ほのかな明るさをたたへることになつている（一九七四、一五五頁）。

前後に人もなければ心も濶《ひろ》き松の林に白き浴衣《ゆかた》きたりけること
の故はなくして唯矜《ただほこ》りかにうれしく

(110) 朝まだきまだ水つかぬ浴衣《ゆかた》だに　涼しきおもひ　松の間《ま》を行く
(111) ただ一つ松の木《こ》の間《ま》に白きもの　われを涼しと　膝抱《いだ》き居り
(112) ころぶしてみれば　梢《こずゑ》は遥《はる》かなり　松かさか　動くその雀等《すずめら》は
(113) 松かげの蚊帳《かや》釣草《つりぐさ》にころぶして　いささか痒《かゆ》き足　のばしけり
(114) かくのごと頬《ほほ》すりつけてうなづけば　蚊帳釣草も懐《なつ》かしきかも

刊行案内

No. 58

（本案内の価格表示は全て本体価格
ご検討の際には税を加えてお考え下

ご注文はなるべくお近くの書店にお願い致し
小社への直接ご注文の場合は、著者名・書名
数および住所・氏名・電話番号をご明記の上
体価格に税を加えてお送りください。
郵便振替　00130-4-653627 です。
（電話での宅配も承ります）
（年齢枠を超えて柔軟な感受性に訴える
「８歳から８０歳までの子どものための」
読み物にはタイトルに＊を添えました。ご検
際に、お役立てください）
ISBN コードは 13 桁に対応しております。
総合図書目

未知谷
Publisher Michitani

〒 101-0064　東京都千代田区神田猿楽町 2-5-9
Tel. 03-5281-3751　Fax. 03-5281-3752
http://www.michitani.com

リルケの往復書簡集二種完結

「詩人」「女性」からリルケ宛の手紙は本邦初訳

き詩人への手紙

き詩人F・X・カプスからの手紙11通を含む

イナー・マリア・リルケ、フランツ・クサーファー・カプス著
エーリッヒ・ウングラウプ編／安家達也訳

208頁 2000円
978-4-89642-664-9

き女性への手紙

き女性リザ・ハイゼからの手紙16通を含む

イナー・マリア・リルケ、リザ・ハイゼ 著 ／ 安家達也 訳

176頁 2000円
978-4-89642-722-6

8歳から80歳までの

岩田道夫の世界

子どものためのメルヘン

田道夫作品集　ミクロコスモス ＊

フルカラー A4判並製 256頁 7273円
978-4-89642-685-4

は天才だよ、作品が残る。生きた証も人柄も全てそこにある。
はそれでいいんだ。」（佐藤さとる氏による追悼の言葉）

のない海＊

192頁 1900円
978-4-89642-651-9

靴を穿いたテーブル＊

200頁 2000円
978-4-89642-641-0

走れテーブル！　全37篇＋ぷねうま画廊ペン画8頁添

楽の町のレとミとラ＊

144頁 1500円
978-4-89642-632-8

レの町でレとミとラが活躍するシュールな20篇。挿絵36点。

ファおじさん物語　春と夏＊

978-4-89642-603-8 192頁 1800円

ファおじさん物語　秋と冬＊

978-4-89642-604-5 224頁 2000円

らあらあらあ　雲の教室＊

ュールなエスプリが冴える！　**連作掌篇集　全45篇**

下に出ている椅子は校長先生なの？　苦手なはずの英語しか喋れない？　空
ら成績の悪い答案で出来た紙飛行機が攻めてくる！　給食のおばさんの鼻歌
いろんな音に繋がって、教室では皆が「らあらあらあ」と笑い出し……

192頁 2000円
978-4-89642-611-3

ふくふくふくシリーズ　フルカラー64頁　各1000円

ふくふくふく **水たまり＊** 978-4-89642-595-6

ふくふくふく **影の散歩＊** 978-4-89642-596-3

ふくふくふく **不思議の犬＊** 978-4-89642-597-0

ふくふく　犬くん　きみは一体何なんだい？　ボクは　ほんとはきっと　風かなにかだと思うよ

イーム・ノームと森の仲間たち＊

128頁 1500円　978-4-89642-584-0

イーム・ノームはすぐれた友だちのザザ・ラパンと恥ずかしがり屋のミーメ嬢、そして森の仲間たちと毎日楽しく暮らしています。イームはなにしろ忘れっぽいので　お話しできるのはここに書き記した9つの物語だけです。「友を愛し、善良であれ」という言葉を作者は大切にしていました。読者のみなさんもこの物語をきっと楽しんでくださることと思います。

訳　〔詞書〕私が歩く前にも後ろにも人はいず、心もひろびろとする松の林にただ一人白い浴衣を着ていることが、わけもなく誇らしく嬉しくて、

(110)朝早く、まだ洗濯したこともない下ろしたての浴衣を着ているだけで、とても涼しい気分になり、松の間を行く。

(111)この広い松林の中で、白い物といえば浴衣を着た私ただ一人。そう誇らしく思いながら、地面に腰を下ろして膝を抱いていた。

(112)松の木の下に寝転んでみると、梢が遥か高くに見える。あれっ、松ぼっくりが動いているぞ、と思ってよく見たら、なんだ、雀ではないか。

(113)松の木の根元の日陰で、カヤツリグサが生えているところに寝っ転がり、いささかかゆい足をうんと伸ばしてみた。

(114)こんな風に、カヤツリグサの葉の先に頬を擦り付けて首を動かすと、そのくすぐったい感覚が懐かしい。

語釈　(110)「水つかぬ」、仕立てたままの一度も洗ったことのない。「病牀日記」に「松林に憩《いこ》ふ白雨來る」とあり、浴衣もにわか雨で濡れてしまったようですが、歌では呑気さだけを伝えています。(111)「ただ一つ」、「ただ一人」とせず「白きもの」すなわち「我」を突き放しています。岡井隆：下の句の句法など、俳句的な技巧とも言える。自己を相対化して眺めている(二〇〇〇)。(112)「ころぶす」は(085)同様、寝そべる。「松かさ」、初出「松がさ」。(114)「かくのごと」は「軽い初句」。カヤツリグサ

の葉先でくすぐられる感触に、まだ生きていている自分を確認する、病者らしい心理が伺えます。

音韻と句切れ　(110) ＡＢＣＤ・Ｂ。Ｂ＝まだ＋松、マ行1P、四句切れ。「まだき・まだ」の反復。(111) ＡＢＣ・ＤＥ。頭韻なし、三句切れ。(112) ＡＢＣ・ＢＤ。Ｂ＝みれば＋松かさ、マ行1P、三句切れ。「カサカ」はスズメが動く音を連想させます。(113) ＡＢＢ・ＣＣ。Ｂ＝蚊帳釣草＋ころぶし、Ｃ＝いささか＋足、カ行ア行2P、三句切れ。「ササカカ」。(114) ＡＢＣ・ＡＤ。Ｂ＝かくのごと＋蚊帳釣草、カ行1P、三句切れ。

鑑賞　(110) 松の間を行き、(111) 腰を下ろして膝を抱き、(112) たて膝のまま背中を倒して「ころぶし、(113) 膝をのばして体をすっかり沈めたあと (114) 頭を少しもたげてみる。「土の引力」に抗しきれない気だるさと、草の上に体を預ける安堵感が、姿勢の変化から読みとれます。約一ヶ月前 (047)「あかしやの花さく陰の草むしろねなむと思ふ疲れごころに」ではできなかった、気ままな「ころぶし」。松の梢に群れるスズメをまつかさと見違える滑稽。病院を抜け出した病人ならではのくつろぎです。

北住：(114) このやうな愛すべき草や花と相対する時、おのづから情の通ふものがあつて、懐かしい思ひが湧いて来る。さうして結ぼほれた心も解けて、をかしみも萌《きざ》して来るのである（一九七四、一五九頁）。

窓外《さうぐわい》

(115) ぽぷらあと夾竹桃《けふちくたう》とならびけり　甍《いらか》を越えてぽぷらあは高く

訳　（詞書）窓の外

（115）ポプラとキョウチクトウが並んでいる。屋根を越えてポプラはぐんと高い

語釈 「ぽぷらあ」日本への導入は明治期。初出「ポプラー」。キョウチクトウは（099）参照。

音韻と句切れ ＡＢＣ・ＤＡ。Ａ＝ぽぷらあ・ぽぷらあ、パ行1Ｐ、三句切れ。

鑑賞 北国産のポプラと南国産のキョウチクトウが共存する、大陸への窓口・博多らしい風景。

四日深更、月すさまじく冴《さ》えたり

（116）硝子戸《がらすど》を透《すか》して　蚊帳《かや》に月さしぬ　あはれといひて　起きて見にけり

（117）小夜《さよ》ふけて竊《ひそか》に蚊帳《かや》にさす月を　ねむれる人は皆知らざらむ

（118）さやさやに蚊帳《かや》のそよげば　ゆるやかに月の光は　ゆれて涼しも

目さめてさまざまのことを思ふ

（119）かかるとき扁蒲畑《ゆふがほばた》に立ちなばとおもひてもみつ　今は外《と》に出《い》でず

訳 （詞書）（七月）四日の夜更け、月がすさまじく冴えていた。

（116）月の光がガラス戸を通り抜けて蚊帳に差し込んだ。「おお」と思わず声を出して、起きて見てしまった。

（117）夜更けになってそっと蚊帳にさす月を、寝ている人は誰ひとり気付かずにいるのだろう。（不眠のおかげで得をしたぞ）。

（118）さやさやと蚊帳が風にそよぐと、月の光も緩やかに揺れて、いかにも涼しげだ。

（詞書）目が覚めてしまって、さまざまなことを思ってみた。

(119) こんなときユウガオの畑に立ってみたいものだ、（白く頼りなげな花が月の光に浮かんで独特の風情があるだろう、）と思ってはみたが、今は外に出ることはしない。

語釈 「月」、月齢10・4。夜更けには西に傾きかけていたでしょう。(116)「ガラス戸」、節が子規の病室で歌った「竹の里人《さとびと》をおとなひて席上に詠める歌」のうち○ガラス戸の中にうち臥《ふ》す君のために草萌《くさも》え出《い》づる春を喜ぶ（一九〇〇）が思い出されます。子規庵のガラス障子はその前年一二月一〇日ごろに入り、子規の退屈を大いに慰めました（柴田宵曲、一九八六、二五四頁）。「あはれ」、『合評』茂吉：(116)『あゝ』と言つて起きて見た、といふので、ここの『あはれ』は間投詞として受取りたいのである（一九四四）。(119)「扁蒲・ゆふがほ」、『源氏物語』の「夕顔」と同じで、干瓢の原料。子規最晩年の随筆「仰臥漫録」に「焼くが如き昼の暑さ去りて夕顔の花の白きに夕風そよぐ処《ところ》何の理窟か候べき」とあります（柴田宵曲、一九八六、二九四頁）。

音韻と句切れ (116) ABC・DD。D＝あはれ＋起きて、ア行1P、三句切れ。(117) ABA・CD。A＝小夜＋さす、サ行1P、三句切れ。(118) AB・CD・C。C＝ゆるやかに＋ゆれて、ヤ行1P、二四句切れ。一二句「サヤサヤ・ソヨげ」と、三五句頭「ユル・ユレ」の交響。(119) ABCD・D。D＝思ひて＋今は、ア行1P、四句切れ。

鑑賞 ガラス戸と蚊帳で二重に閉ざされた狭い空間に月光がさし、心はいっとき夕顔畑に遊離しますが、また病室内に戻ります。(109) 昼間のカボチャと、(119) 夜のユウガオはともにウリ科。

七日

(120)よひよひに必ずゆがむ白蚊帳《しろがや》に　心落《こころお》ちゐて眠るこのごろ

(121)白蚊帳に夾竹桃をおもひ寄せ　只《ただ》こころよく　その夜《よ》ねむりき

訳（詞書）（七月）七日

(120)宵ごとに必ず歪む白蚊帳だが、それにも慣れ、このごろは落ち着いて眠ることができる。

(121)白蚊帳にキョウチクトウの花のイメージを思い合わせたその夜は、ぐっすりと快く眠ることができた。

語釈（120）「心落ちいる」は辞書類に見当たらず、「落ち着いて」の意と解しました。（121）「夾竹桃」、花の色について松山貫道宛て書簡（8.3）「（千代の松原には）夾竹桃の花が紅白共に見ごとにさいてます」（『全集』7・684）。『合評』で柴生田稔は、節が偏愛した白い花だろうと断定しますが、「白花」と断らなければ紅色をさすのが常識でしょう。一九一二年七月一三日耶馬渓《やばけい》で詠んだ「病中雑詠」歌稿◯ほのかなる夾竹桃のたそがれに白粥をしぬ　我は疲れたり（『全集』5・435）では、夕映えと白粥の対照美を詠いました。「しろかゆ」を「しろかや」にかえたのが（121）だとすれば、キョウチクトウの花の色はやはり紅でしょう。古泉千樫によると、左千夫は「丹づらふ色」が好きで、花では檜扇、凌霄花、ねむ、夾竹桃、八重桜をとくに好んだそうです（一九三〇、一二六頁）。

音韻と句切れ（120）ABC・BD。B＝必ず＋心、カ行1P、三句切れ。（121）ABC・DA。A＝白蚊帳＋その夜、サ行1P、三句切れ（動詞連用形）。

鑑賞　茨城県下妻の橋爪孝一郎宛て書簡7・16付けに「ことしはからだが悪く成りつゝあるので困ります、それでも三年以來中絶の歌は復活というよりも、新生涯に入つたやうな氣がします」（『全集』7・673）と記して、この二首を引用しています。蚊帳がもたらす安らぎは（199）（200）で再度歌われます。

（122）はかなくもよひよひ毎に　蚊の居らぬ幮《かや》なれかしと　おもひ　乞《こ》ひのむ
厭《いと》はしきは幮《かや》の中の蚊なり

訳　（詞書）それにつけてもいやなのは、蚊帳の中の蚊だ。
（122）せめて今夜こそ蚊のいない蚊帳であってほしいと毎晩祈っているのだが、思うようにはならない。
語釈　「はかなし」、思ったようにならない。「よひよひ毎に」、（095）参照。「なれかし」＝形容動詞「なり」の命令形＋念押しの終助詞「かし」。「のむ・祈む」、頭を垂れて祈る。
音韻と句切れ　AB・CC・D、C＝蚊＋蚊帳、カ行1P、二四句切れ。二五句「ヨイヨイ・オモイコイ」。
鑑賞　他人に吊らせた蚊帳への不満が続きます。「其三」の三五首中、「蚊」を詠ったもの七首、「蚊帳」七首、うち両方詠ったもの二首と、いずれかを詠った歌が全体の約三分の一におよびます。
「其二」の病中滑稽歌に比べて、「其三」のものは派手ではありませんが、（093）単衣を畳む歌、（109）「花見つつ・鼻ほりて居つ」など、独自の「弛《たゆ》さ」と「をかしみ」を含むほのぼのとした歌が増えているのは、あらたな歌境と呼べるかもしれません。

鍼の如く　其四　大正3・9・1発表「アララギ」7－8掲載

七月一二日に「其三」の原稿を送ったあと、しばらく歌ができなかったようです。一六日の日記に「夕はじめて海岸へ行く。歌心動く、成らず」とあり、猛暑に苦しむ中で、花を介した女性とのやりとりに慰められます。「其四」は三部からなります。

一　七月一七日〜二〇日、九首
二　日付なし、九首、
三　七月二三日〜八月六日、二一首

一　ナデシコを愛でる看護婦（123〜131）九首、七月一七日〜二〇日

七月十七日、構内の松林を徜徉《しやうやう》す、煤煙《ばいえん》のためなればか、梢《こずゑ》のいたく枯燥《こさう》せるが如きをみる

（123）油蟬《あぶらぜみ》　乏《とぼ》しく松に鳴く聲《こゑ》も　暑きが故《ゆゑ》に嗄《か》れにけらしも

訳　（詞書）七月一七日、病院構内の松林をぶらぶら歩いてみた。工場の煙突から出る煤煙のせいだろうか、松の梢がひどく枯れてしまったように見える。

（123）松の木に止まって鳴く油蝉の数が少なく、その声も暑さで喉が嗄れてしまったみたいに弱々しい。

語釈　一七日、「病牀日記」七月一五日「今朝はじめて蝉鳴くをきく」。「鳴く声も」の「も」は、自分も暑さに参っているからでしょう。「嗄れ」、セミの発音器官が喉でなく腹部にある事は承知の上での擬人法。「けらし」、（066）参照。結句末の「も」は感嘆の助詞。

音韻と句切れ　ＡＢＣ・ＡＤ。Ａ＝油蟬＋暑き、ア行１Ｐ、三句切れ。

鑑賞　本林評：のどを病む作者の気分がはたらいていよう（一九七二）は、その通りですが、蟬の「嗄れ」の原因が、松の「枯燥」にあり、そのさらなる原因が工場の煤煙にあることを、詞書＝知、歌＝情、の二段構えで訴えています。（100）同様、近代的殺風景が節の歌風にあわず、詞書に委ねられました。

いづれの病棟にもみな看護婦どもの其《そ》の詰所《つめしょ》といふものの窓の北陰にささやかなる箱庭の如きをつくりてくさぐさの草の花など植ゑおけるが、夕毎に三四人づつおりたちて砂なれば爪こまかなる熊手《くまで》もて掃き清めなどす、十九日のことなり

（124）水打てば青鬼灯《あをほほづき》の袋《ふくろ》にもしたたりぬらむ　たそがれにけり

訳　（詞書）どの病棟にも設けられている看護婦詰所の窓の北側に、まるで箱庭のように小さな花壇を作り、様々な草花などを植えていて、夕方になると手の空いた看護婦が三四人ずつ花壇に降り立ち、砂地なので小さな熊手ではききよめたりしている。七月一九日のことである、
（124）看護婦らがそれぞれの花壇にやっている水が、青く膨らみはじめたホオズキ袋の下に集まり、雫となってポタポタ落ちていることだろう。いつの間にか外は薄暗くなってきた。

語釈　「詰所」は、今のナースステーション。

音韻と句切れ　ＡＢＣＤ・Ｅ。頭韻なし、四句切れ。上四句が推量、結句が現実という、結句覚醒型。

鑑賞　日中の病院勤務が終わって帰り支度をする前に、庭いじりをする看護婦らの笑いさざめき。やがてそれも潮が引いたように収まった後の静寂。「黄昏にけり」に患者の孤独が込められています。

『合評』茂吉：心はつつましく且つこまかい。さうして看護婦といふものの生活が背景になつて居るので、単純な歌ではない（一九四四）。佐藤佐太郎：清々《すがすが》しくもあり、そこから吐息のやうな平安が立ちのぼつてゐる。歌調は弾力があつて、しかも透徹してゐる（一九五九）。

かかる時女どもなればみなみなさざめきあへるが、ひとり我が
ために撫子の手折《たお》りたるをくれたれば

(125) 牛の乳《ちち》をのみてほしたる壜《びん》ならで　挿《さ》すものもなき撫子《なでしこ》の花

此《こ》のをみなすべてのものの中に野にあるなでしこを第一に好め
るよしいひければ

(126) なでしこの交《まじ》れる草は　悉《ことごと》くやさしからむと　我《わ》がおもひみし

壜に活けたるままにして

(127) なでしこの花はみながらさきかへて幾日《いくひ》へぬらむ　水減《へ》りにけり

(128) 撫子はいまは果敢《はか》なき花なれど　捨つ　と言《こと》にいへば　いたましきかも

訳 (詞書) 看護婦らも庭いじりをする時は娘らしくおしゃべりをし、笑いさざめいているのだが、その中の一人が私のためにナデシコを手折ってくれたので、

(125) 牛乳を飲んで干した後の瓶の他には、活ける入れ物がない、気の毒なナデシコの花よ。

(詞書) この娘は、世の中で一番好きなものは野に咲くナデシコです、と言うので、

(126) ナデシコが混じって咲くようなところの草なら、どれもこれも優しげなのだろう、と思ってみた。

(詞書) 牛乳壜に活けたままにしていると、

(127) ナデシコは花が散り、つぼみもすべて咲きかわり、以来何日経ったことだろう。水も減ってしま

った。
(128) さすがのナデシコも、それぞれ枯れたりしぼんだりしてしまったが、「捨てよう」と口に出して言う時には、心が痛む。

語釈 (126)「悉く」は(127)「みながら」と同義、(007)参照。(128)「いまは」は初出「いまに」。岩波文庫の茂吉注「はノ誤カ」に従いました。『合評』文明は「はじめ挿した時から今に至るまで」と解し、「に」を支持。本林は「は」を支持。「果敢なし」は、「思い通りに計《はか》が行かない」の意。転じて、「頼りない、あっけない、虚しい、目立たない、見すぼらしい」など。ここでは「命が尽き、外見が見すぼらしい」と解しました。「いへば」已然形、「言ってしまったために」。

音韻と句切れ (125) ABC・DB。B＝のみて＋撫子、ナ行1P、三句切れ。(126) AB・CD・E。頭韻なし、二四切れ。(127) ABCD・E。頭韻なし、四句切れ。初四句＝想像、結句＝現実の構造は(124)と同じ。(128) ABC・DB。B＝いまは＋いたまし、ア行1P。三句切れ。「ハカナきハナ」。

鑑賞 七月一四日、斎藤茂吉に宛てた手紙に、この歌の情景が詳しく記されています。

(略) 昨夕から今朝へかけて私の床頭臺の一輪挿に小さな變化が起りました。看護婦の詰所の窓の下にはどの病棟にも草花を植ゑてます、昨日の夕方看護婦が頻りに草に水をくれてました、一人の看護婦が私に夾竹桃の一枝を折つてくれました、此の看護婦は撫子の花が一番好きなので、それも野生の薄い花のに限るといつてます、それで何処に能《よ》くさいてゐるということまで非常によく知つてます、惜しいことに博多の海岸には餘計にはない相です、今朝おそく目がさめて、いつの間にか蚊帳も外されて居ました、室の隅へそつと置いた夾竹桃がどうかしたのか萎《しぼ》んで居るのです、それが何といふことでせう、十分だと思った水に枝の端がとゞかずに居たのです、さうしたら撫子の看護婦が、白い桔梗とモントブレシアの花とを見つけて来てくれました。モントブレシアは伊藤左千夫君が平福君に頼んで、あの小さな戸棚の扉へ描いてもらつた赤い草花です、牛乳を持つて來た看護婦が、白い桔梗もいゝが此の赤い花がいゝ、といつてました、（略）（全集7・672）。「モントブレシア」はヒメオオギスイセン。この手紙のとおりだとすれば、枕元のナデシコは幻で、実物はキョウチクトウだったことになります。

節は東京で入院していたころ茂吉を呼びつけ、『赤光』の批評に必要だからと、茂吉の女性関係について詳しく問いただしたことがあります。そのかわりに節は、旅先で出会った「美人」などの様子を事細かに書き送ったので、茂吉は節のことを「あれでなかなか女好きです」と語っています。しかし内実は、赤彦評「長塚さんは女を揶揄する事は上手であつた。夫《そ》れは卒直に言ふと長塚さんに色氣がないからであつた」（一九一五『アララギ』8・6）が当たっているでしょう。性欲に無縁、という意味です。

（125）生け花と壜と水の歌は、（033）「薬壜さがしもてれば」を思い出させますが、当時のときめきはありません。（126）は、古今集○紫のひともとゆえに　武蔵野の草はみながらあはれとぞ見る（一七・八六七）の、紫→撫子、みながら→悉く、あはれ→やさし、と置き換えたもので、「そのような草花を好む貴女もまた優しい人なのでしょうね」と軽く口説いています。『奥の細道』で「かさね」という名の少女に曾良《そら》が「かさねとは　八重撫子の　名なるべし」と詠みかけたように。

『合評』茂吉：（125）情味ふかい光景で、物語ものを讀むやうな氣持もするのであるが、これも作者は小説の世界に住んでゐるためでもあつた。（126）この看護婦を撫子に見たてた。平安朝の歌にあるやうな趣《おもむき》である（一九四四）。佐藤佐太郎：（125）牛乳の空壜を『牛の乳をのみてほしたる壜』といふのも、本當の短歌の言葉であるが、この澁《しぶ》るやうな歌調がまたいい（一九五九）。佐佐木幸綱《ゆきつな》は（127）を例に、「この一首だけをとり出せばどうと言うことのない作であるが、（略）一連をずっと読んでゆくと（略）なでしこを第一に好むと言う看護婦の好意に対する、暖かな心の波紋の広がりがこめられているだろうと言うことを鑑賞者は自ずから読みとって行くべく構成されている」（一九八三）と、連作ならではの意味の積み重ねを指摘しています（二三七～三八頁参照）。

二十日の夜ひとつには暑さたへがたくして夜《よ》もすがら眠らず、明方にいたりて蛙の聲を聞く

(129) 快《こころよ》くめざめて聽《き》けと鳴く蛙《かはづ》　ねられぬ夜《よる》のあけにのみきく

(130) さわやかに鳴くなる蛙　たとふれば　豆を戸《と》板《いた》に轉《ころ》ばすがごと

朝のうち必ず一しきりはげしく咳《せき》出《い》づることありて苦しむ

(131) 曉《あかつき》の水にひたりて鳴く蛙《かはづ》　涼しからむとおもひ　汗《あせ》拭《ふ》く

訳

（詞書）（七月）二〇日の夜、一つには暑さに我慢ができなくなったため一晩中眠れず、明け方になってカエルの声を聞いた。

(129) 気持ちよく目をさましてからお聞き、と言うようにカエルは鳴いているが、私はいつも眠れぬままずごした夜が明ける頃に聞いている

(130) 爽やかに鳴いているカエル。その声を例えるなら、まるで豆を戸板に転がすようだ。

（詞書）毎朝決まったようにひとしきり激しく咳が出ることがあって、苦しむ。
（131）明け方の水に浸って鳴いているカエルはさぞ涼しかろう、と思いながら、自分は汗を拭いている。

語釈　「ひとつには」は他にも不眠の理由があったことを暗示しています。蚊や蚤か、それともてる子への思いや、歌の推敲などか。「豆を戸板に転ばすがごと」、短篇「開業医」三では機関銃の音に使用。

音韻と句切れ　（129）ＡＢＣ・ＣＤ。Ｃ＝鳴く＋ねられぬ、ナ行１Ｐ、三句切れ。（130）ＡＢ・Ｃ・ＤＥ。頭韻なし、二三句切れ。（131）ＡＢＣ・ＤＡ。Ａ＝暁＋おもひ、ア行１Ｐ、三句切れ。結句「おもひ」の先例に（122）があり、動詞終止形の二音節で終わるところも共通。

鑑賞　それぞれ第三句、第二句、第三句を「鳴く（なる）蛙」で切った三首一連。小説『土』のカエルは農民を励ます応援団でしたが、病身の節には羨ましく疎《うと》ましい存在となりました。

本林：（130）作者の歌に多い比喩であり、その内容は実生活的経験に発しているところに特色がある。しかし、第三者には容易にうけ入れかねる作がらでもあろう（一九七二）。

二　カヤツリグサ、蚤くいのあと（132〜140）九首、日付なし

詞書に日付がありませんが、七月二三日付け赤彦宛て絵葉書に「昨夜ふと十幾首から出來ました」（全集７・680）とあるのを推敲して、九首を採ったものと思われます。

蚊帳釣草《かやつりぐさ》を折りて

(132) 暑き日はこちたき草をいとはしみ　蚊帳釣草《かやつりぐさ》を活《い》けてみにけり

(133) こころよく汗の肌《はだへ》にすず吹けば　蚊帳釣草の髭《ひげ》そよぎけり

訳 (詞書) カヤツリグサを折って持ち帰り、

(132) 暑い日には煩《わずら》わしいまでにしげる夏の草花が嫌になり、カヤツリグサを代わりに活けてみた。

(133) 快い風が、汗をかいた肌に涼しく吹くとき、カヤツリグサの包葉の先の細いひげも、風にそよいでみせた。

語釈 (132)「こちたし」は(019)参照。ここでは夏草の生い茂る姿を「鬱陶しい」と捉えたのでしょう。「いとはしみ・厭わしみ」は嫌になったの意で、「いとおしみ・愛おしみ」ではありません。(133)「すず吹く・涼吹く」を『合評』土屋文明は、節の造語としています。「そよぐ」の初出は「戦ぐ」。

音韻と句切れ (132) ABA・BA。A＝暑き＋いとはし＋活けて、B＝こちたき＋蚊帳釣草、ア行カ行FH、三句切れ。(133) ABC・AD。A＝こころよく＋蚊帳釣草、カ行1P。三句切れ。

鑑賞 「こちたき草」が夏の暑さで萎れるのに対して、カヤツリグサは三角柱の茎を直立させ、先端から苞葉を傘のように広げている、その凛とした姿に節は惹かれたようです。「羇旅雑咏」の最後の歌

○たうなすはひろ葉もむなし　雑草《あらくさ》の蚊帳釣草も末枯《うらがれ》にして（一九〇五）。

夜になれば我がためにのみは必ず看護婦の来て蟵《かや》をつりてくる

るが例なり

(134) 蚊帳《かや》釣ると　かやつり草《ぐさ》を外《と》に置くが　務《つと》めなりける我《われ》は　痩《や》せにき

訳 (詞書) 夜になると私のためだけ特別に必ず看護婦が来て、蚊帳を吊ってくれる習わしになっている。

(134) (看護婦が) 蚊帳を吊る時 (邪魔にならぬよう)、瓶に活けたカヤツリグサを寝床の外に置くのが私の役目となっているのだが、その私は痩せてしまった。

語釈　初句「蚊帳つると」は「蚊帳を釣るために」。

音韻と句切れ　ＡＡＢＢＣ。Ａ＝蚊帳＋かやつり草、Ｂ＝外《と》＋つとめ、カ行タ行２Ｐ、切れ目なし。第四句連体形「ける」が結句「我」に続きます。

鑑賞　「蚊帳を釣りますから、カヤツリグサは外」と命令され、花瓶を持ったまま鏡を覗く「我」の所在なさ。最後の日課が終われば、あとは孤独な夜が待っています。

熾《や》くが如き日てりつづけばすべての病室のつきそひの女ども唯《ただ》
洗濯にいそがはし

(135) 粥汁《かゆしる》を袋に入れて糊《のり》とると　絞《しぼ》るがごとく　汗はにじめり

おもひ待てども蟬の聲をきかず

(136) 板のごと糊《のり》つけ衣《ごろも》　夕《ゆふ》まけて松に乾けど　蟬も鳴かぬかも

訳　（詞書）太陽が焼け付くような日が続くと、全ての病室の付き添い婦たちは、ただ洗濯に追われて忙がしそうにしている。
（135）彼女らが病人の寝間着などに糊をつけるため、米を煮た粥を袋で漉《こ》しているが、まるで布から絞り出される糊のように、粘っこい汗が毛穴から滲み出てくる。
（詞書）待ち望んでいるのだが、蝉の声が聞こえてこない。
（136）糊をつけた着物が松の林に干され、夕方には板のように乾くのだが、そんな時刻になってもセミは鳴かずにいる。

語釈　「いそがはし」＝動詞「いそぐ」の未然形＋反復・継続の助動詞「ふ」の未然形＋形容詞語尾「し」。「煩はし、紛らはし」参照。（135）「糊（を）とる」の主語が患者の付添婦であることは、詞書から判断できます。（136）「まけて・儲けて」は「待ち設《もう》けて」の意、転じて「その時がきて」、「片設けて」とも。正岡子規の連作「しひて筆を取りて」十首のうち、○若松の芽だちの緑　長き日を夕かたまけて熱いでにけり（一九〇一）が思い出されます。

音韻と句切れ　（135）ＡＢＣ・ＤＥ。頭韻なし、二四句切れでも読めますが、万葉集巻一四の序歌にならって、三句で切ります。「にじめり」（母音イ－エイ）がその様子を音写した形になっています（163参照）。初句「カユしルオ」を思い出せないときは、（134）初句「カヤつルト」がヒントになります。
（136）ＡＢ・ＣＤ・Ｅ。頭韻なし、二四句切れ。二五句末「モ」の脚韻。「夕まけて」は「軽い三句」。

鑑賞　（135）初二句は汗の粘っこさをたとえる序詞ですが、病院構内の生活をいきいきと伝えています。実景写生の序詞は節の得意技で、万葉集巻一四の東歌から学びました。（136）一首に「板・糊・衣・

松・蝉」と五つの名詞を読み込み、万葉集一六・三八二四など「数種の物を列挙する歌」を思わせます。

庭の松の蔭に午後に成れば朝顔の鉢をおくものあり、他の病室の患者の慰めなりといへどもひとの枕のほとり心づかざれば未《いま》だみしこともなく

(137) 朝《あさ》まだき涼しき程《ほど》の朝顔は　藍《あゐ》など濃《こ》くてあれな　とぞおもふ

訳　(詞書) 庭の松の木の陰に、午後になると花がしぼんだアサガオの鉢を置く者がいる。他の病室の患者を慰めるためだそうだが、他人の枕もとの花など気づくわけもなく、咲き開いた姿を見ないままに、(137) 朝の早いうち、まだ涼しい頃のアサガオの花なら、藍の色が濃くあって欲しいものだ、と思う。

語釈　「午後に成れば」、花が開いている朝だけ病室に置き、萎むと庭の陰に置いたのでしょう。「朝まだき」は漠然とした時間を指す「軽い初句」で、(172) にも用いられます。

音韻と句切れ　ＡＢＡ・ＡＡ。Ａ＝朝＋朝顔＋藍＋あれな。ア音４Ｃ、三句切れ。

鑑賞　朝顔の歌九首のうち第一首は、実景ならぬ願望。無造作に４Ｃで飾りました。

僅《わずか》に凌《しの》ぎよきは朝まだきのみなり

(138) 蚤《のみ》くひの阯《あと》などみつつ　水をもて肌拭《はだふ》くほどは　涼しかりけり

夕に汗を流さんと一杯の水を被《かぶ》りて

（139）糊《のり》つけし浴衣《ゆかた》はうれし　蚤くひのこちたき阯《あと》も　洗はれにけり

訳　（詞書）（一日中暑くて、）わずかに凌ぎやすいのは、早朝だけだ。（138）ノミに食われたあとなどを見ながら、水で濡らした手ぬぐいで肌を拭く、そのわずかな時間は涼しく感じられる。（詞書）夕方には、汗を流すために一杯の水を被ったあと、（139）洗って糊をつけた浴衣の感触が嬉しい。ノミ食いによるみっともない血の汚れも、きれいに洗い落とされている。

語釈　（139）「こちたし」は（019）参照。

音韻と句切れ　「ノミくい」の二首一連。（138）AB・CDE。頭韻なし、二句切れ。二三句「ミツつ・ミず」、四句「ハダ・ホド」。（139）AB・ACD。A＝糊＋蚤、ナ行1P、形容詞終止形「うれし」による二句切れ。

鑑賞　（135）（136）「ノリ」連作と同工異曲の「ノミ」連作。昼間の酷暑や夜の寝苦しさを詠わず、その継ぎ目に当たる朝夕の爽やかさを詠いました。「蚤くいのあと」が（138）自分の体から（139）浴衣に移るところに、機知が見られます。

涼味漸く加はる

（140）松の木の疎《まば》らこぼるる暑き日に　草みな硬《かた》く　秋づきにけり

訳 （詞書）ようやく涼しさが感じられるようになった。

（140）松の木の枝葉の隙間を抜け落ちる疎らな木漏れ日を浴びて、草はどれも水気を失い硬くなったが、そこに秋の気配が見えている。

語釈 「こぼる」の主語は「暑き日」。『合評』土屋文明説「松の樹皮がこぼれ落ちる」（一九四四）には無理があります。『土』19章「彼は更に栗の木の茂った葉の間から針の先で突くようにぽちりぽちりと洩《も》れて射《さ》す光を避けて」（一九一〇）、「鍼の如く」草稿（一）◯竹村はつぶ《ぶ》らく〵に春の日のこほ《ぼ》る、なへ《べ》に梅の花落つ（大戸、一九七九、三六二頁）、（024）「秋の日は枝々洩《も》りて」などの例から、節は「こぼれ日」と「木洩れ日」を類音同義で用いていたと思われます。「秋づく」は秋らしくなる。万葉集◯今よりは秋付きぬらし　あしひきの山松かげにひぐらし鳴きぬ（一五・三六五五）。辞書に「春づく・夏づく・冬づく」の例は見あたりません。

音韻と句切れ　AAB・CB。A＝松＋疎ら、B＝暑き＋秋づき、マ行ア行2P、三句切れ。三五句「アツキ・アキヅキ」。ウ段で始まる第四句を除くとすべてア段で始まり、暑苦しさを強調しています。◯畝なみに藍刈り干せる津の国の安倍野を行けば暑しこの日は（一九〇三「西遊歌」ア行4C）参照。

鑑賞　日記に七月二〇日「土用の入り」と記しています。立秋までまだ一八日もありますが、島木赤彦宛て手紙に「土用は強烈なれど、同時に凋落の色現はし候」（1908.8.10、全集7・244）とあり、作物があまり水を吸わず、草がみずみずしさをなくす時期を、秋のはじめと見なしていたようです。

三　桔梗、キリギリス、月見草、朝顔（141〜161）二一首、七月二三日〜八月六日

「三」には三種類の花が登場します。最初のキキョウは若い女性からの贈り物で、節は九首を返しました。詞書によって三首ずつの三連に分けて読みます。

二十三日久保博士の令妹より一莖の桔梗をおくらる、枕のほとり俄《にはか》に蘇生せるがごとし

(141) ささやけきかぞの白紙爪《しらかみつま》折《を》りて　桔梗《ききやう》の花は包まれにけり
(142) 桔梗《きちかう》の花ゆゑ紙はぬれにけり　冷《つめ》たき水のしたたれるごと
(143) 桶《をけ》などに活《い》けてありける桔梗《きちかう》をもたせりしかば　紙はぬれけむ

訳　（詞書）（七月）二三日、久保博士の妹さんから一本の桔梗が贈られた。（病床の）枕元がにわかに生き返ったようだ。
(141) 清楚な楮《コウゾ》の白紙を爪で折ったものに、キキョウの花は包まれていた。
(142) キキョウの花のせいで紙は濡れてしまった。まるで冷たい水が滴ったような様子で。
(143) 桶などに活けてあったキキョウを（使いの者に）持たせたので、紙が濡れてしまったのだろう。

語釈　「久保博士の令妹」、喜久子、愛称「きいちゃん」は、より江夫人と並ぶ節の文通相手でした。

(141)「かぞ」は和紙の原料となるクワ科の落葉低木コウゾの古名。「ささやけし」は形容動詞「ささやか」から派生した形容詞。①こぢんまりした、②きめ細かい、③つつましい、などの意味があり、ここでは③が適当。「爪折る」に淡いエロチシズムが感じられます。(079)(080)参照。(142)「きちかう」は桔梗の古名。(143)「もたせ」は「持つ」の使役形。久保家の下女が病院に副食品なども届けています。

音韻と句切れ　(141)ABC・BC。B＝かぞ＋桔梗、C＝爪折り＋包まれ、カ行タ行2P、三句切れ。(142)ABC・DE。頭韻なし、三句切れ。(143)AABC・B。A＝桶＋活け、B＝桔梗《きちこう》＋紙、ア行カ行2P、四句切れ。この後三句切ればかりで、節の連作にしては単調です。

鑑賞　贈り物から贈り主の姿や気持ちを察する贈答歌ですが、元雷《いかづち》会の歌人であった久保猪之吉への配慮が足りません。桔梗一輪に対して短歌九首は多すぎで、調べにも馴れ馴れしさが感じられます。相手が医者の妹で嫁入り前であることから、黒田てる子の記憶と重なり、感情が抑えられなくなったのかもしれません。

目をつぶりてみれば秋既《あきすで》に近し

(144) 白埴《しらはに》の瓶《かめ》に桔梗《ききやう》を活けしかば　冴えたる秋は既にふふめり

(145) しらはにの瓶にさやけき水吸ひて　桔梗《ききやう》の花は引き締《しま》りみゆ

(146) 桔梗《きちかう》を活けたる水を換《か》へまくは　肌《はだ》は涼しき暁《あけ》にしあるべし

訳　(詞書)目を閉じてみると、秋はすでに近くに感じられる。

(144) 白磁の瓶にキキョウを活けてみると、その蕾の中に、冴えた秋がすでに宿っているように見える。
(145) 白磁の花瓶に入っている清らかな水を吸って、キキョウの花は引き締まって見える。
(146) キキョウの花を活けた花瓶の水を換えるのは、肌に涼しく感じる明け方でなくてはなるまい。

語釈 (144)「しらはにの瓶」は(103)の詞書にある、ベゴニア用により江夫人から贈られた一輪挿しのことでしょう。「ふふむ」は①蕾が膨らみまだ開かないでいる、②口の中に含む、③包む・含む、などの意味があり、ここでは①膨らんだ蕾に、③秋が潜んでいる。(145)「さやけし」は(141)参照。

音韻と句切れ (144) ABC・AA。A=白埴+冴え+既に、サ行3C、三句切れ。(145) ABC・BD。B=瓶+桔梗。カ行1P、三句切れ。結句母音イーーアイーウとイ段優勢。(146) ABA・CB。A=桔梗+換え、B=活け+暁《あけ》、ア行カ行2P、三句切れ。

鑑賞 「冴え」の語の用例として注目されます。(144)は連作「初秋の歌」十二首中の、〇馬追虫《うまおひ》の髭《ひげ》のそよろに来る秋は まなこを閉ぢて想《おも》ひ見るべし、〇青桐は秋かもやどす 夜さればさわらさわらと其《その》葉さやげり(一九〇七)を、(145)は(001)「白埴の瓶こそよけれ」を、(146)は(034)「いささかも濁れる水をかへさせて」をそれぞれ思い出させます。贈られた側では、お古を仕立て直してもらったような気がしたかも知れません。

『合評』で文明が「理に立つ(略)マニールがある」と評しています。マニールは「マニエール」(仏語で、独自の表現法)のこと。それを安易に繰り返す「マンネリズム」が感じられます。

我は氷を噛《か》むことを好まざれど

(147) 暑き日は氷を口にふくみつつ　桔梗《ききやう》は活けてみるべかるらし
(148) 氷入れしつめたき水に汗拭《ふ》きて　桔梗《ききやう》の花を涼しとぞみし
(149) すべもなく汗は衣《ころも》を透《とほ》せども　ききやうの花はみるにすがしき

訳（詞書）私は氷を噛むことが好きではないのだが、
(147) 暑い日には氷を口に含んでキキョウの花を活けてみるのが良いようだ。
(148) 氷を入れた冷たい水で汗を拭いて、キキョウの花を涼しいと思って見た。
(149) 汗は着物を通すように湧き出てどうしようもないが、キキョウの花を見ると清々しい気持ちがする。

語釈　(147)「べかるらし」は「べくあるらし」。暑い暑いと思いながら活けたのでは、せっかくのキキョウに失礼だ、と思ったのでしょう。(149)「すべもなく」はなすすべもなく、(051) 参照。

音韻と句切れ　(147) ABC・BD。B＝氷＋桔梗、カ行1P、三句切れ。(148) ABC・AD。A＝氷＋桔梗、カ行1P、三句切れ。二首続けて同じ語で押韻しています。(149) ABC・DE。頭韻なし、三句切れ。

鑑賞　冴えの素材を用い、冴えの作法を踏まえていても、肝心の心が落ちつかないせいか、歌が増えるほど散漫な印象を与えます。久保家の人たちも節のしつこさにうんざりしたのではないでしょうか。

本林：丹念で神経のゆきとどく反面、時に煩瑣に陥りがちな作品中、(148) は素直でそのまま受け取れる一首（一九七二）。

病室にこもっていては歌が痩せると節も感じたのでしょう。翌日、浜まで足をのばし、柄の大きな歌を得ました。

廿四日の夕、偶々《たまたま》柵をいでて濱邉《はまべ》に行く、群れ居る人々と草履《ざうり》ぬぎて浅き波に浸《ひた》る、空の際《きは》には暗紫色の霧の如きが棚引きたるに大なる日落ち懸《かか》れり、凝視すれども眩《まばゆ》からず、近くは雨をみざる兆《きざし》なり

（150）抱《だ》かばやと沒日《いりひ》のあけのゆゆしきに　手圓《たなまど》ささげ立ちにけるかも

訳　（詞書）（七月）二四日の夕方、たまたま（病院構内を区切る）柵を出て浜辺に行った。群れている人々と同じように草履を脱いで浅い波に足を浸した。空の水平線間際では暗い紫色の霧のようなものが棚引いているところに、大きな日が落ちかかった。じっと見ていても眩しくない。これからしばらく雨が降らない兆しである。

（150）夕日が大きく私を包むように赤々と輝いている、その恐ろしいほどの色を両手の指で作った輪で区切って自分の顔に当てたまま、立ち尽くしてしまった（暫定訳）。

語釈　「あけ」には「朱、赤」の字が当てられ、万葉集〇旅にして物恋《こひ》しきに　山下《やまもと》の赤《あけ》のそほ船《ぶね》　沖を漕ぐ見ゆ（三・二七〇、高市黒人）が有名です。（041）で引用した「ここにだにあけに映えよ」も参照。

「ゆゆし」は①神聖で触れてはならぬ、の原意から、②けがれて不吉である、うとましい、忌々しい、

③程度がはなはだしい、④非常に優れている、そら恐ろしいほど美しい、と多様な意味に用いられてきました。ここで表向き④ですが、①②の原初的な畏怖が含まれていると見るべきでしょう。

音韻と句切れ　ＡＢＣ・ＤＤ。Ｄ＝手円＋立ち、タ行1P、三句切れ。入り日＋ゆゆし＝ヤ行頭韻とみれば2Pとなります。一三句「抱かばやと・ゆゆしきに」と意味の重い五音が置かれ、俳句のような厳しさがあります。

鑑賞　「病牀日記」に「夕近頃になりてはじめて海岸に行く。歌成り手圓の造語あり」と、得意が示されていますが、訳すとなると三つの疑問が生じます。

（一）「抱かばや」の主語が自分か、入日か。

（二）「手円」が両腕で作ったものか、両手の親指と人差し指をそれぞれ繋いだものか。

（三）「捧げ」は体の前に差し出したのか、それとも頭上に掲げたのか。

理論的には八通りの組み合わせが可能で、読者みずから赤い夕日に向かって実験されることをお勧めします。私の実験過程は以下の通り。まず「抱かばや」の主語を「自分」と想定し、立木を抱くように両腕を前に出しましたが、水平に向かってくる入日を抱き切れません。その腕の円を上に上げて夕日を正面から浴びるか、それとも両手の親指と人差し指で作った小さな円の中に夕日をおさめるか。どちらにしても自分から「抱く」感じがしない。そこで、「抱くことは抱かれること」と発想を切り替え、入り日を主語にしてみました。大きく自分を抱え込もうとする夕日を「手円」で切り取るには、両腕で作るより小さな円の方が落ち着く。雄大な自然、悠久の運動の前に立つ、矮小で短命な自分。軽い思いつきで作った「手円」を解くことができぬまま「立ちにけるかも」。こうして「暫定訳」にたどりつきましたが、あくまでも暫定訳にすぎません。

一九一七（大正六）年二月八日、長塚節三周忌歌会で斎藤茂吉が詠んだ次の歌は、（150）を本歌としていますが、節への鎮魂歌というより、自戒の歌として読めます。

○生きたしとむさぼり思《も》ふな　天《あま》つ日の落ちなむときに草を染むるを

藤沢周平：そしてその作品の出来ばえとはべつに、この歌と前書《まえがき》には節の孤影がくっきりと見えている。ほとんど、半ば此岸《しがん》を去りかけているかにも見える孤独な姿が。（一九八二『白き瓶』「歌人の死　七」）。

渚《なぎさ》を遠く北にあたりて葦《あし》茂りて草もおひたれば行きて探りみんと思へどこのあたり嘗《かつ》て撫子をみずといひにければ

（151）おしなべて撫子《なでしこ》欲《ほ》しとみえもせぬ顔は憂《うれ》へず　皆たそがれぬ

訳　（詞書）渚から遠く北の角にヨシが茂り、草も生えている所があるので、ナデシコを探してみようと行ってみたが、訊く人ごとに、このあたりでは今までナデシコなど見たことがないと言うので、

（151）ここに群れる人たちは、誰も彼もナデシコなど欲しいとは思っていないらしく、その無表情な顔が、夕闇で区別もつかなくなってきた。

語釈　「おしなべて」、上代には①「押し靡びかせる」の意。万葉集冒頭の雄略天皇の長歌「おしなべて我こそ居《を》れ」（一・一）には、統治者の権威が込められていましたが、平安時代になって②「おし並べて」と書かれるようになりました。「皆たそがれぬ」には、時刻の推移に加えて、「誰《た》そ彼《かれ》」の区別がつ

かなくなった、の含みが感じられます。
音韻と句切れ　ＡＢＣＤ・Ｃ。Ｃ＝みえ＋皆、マ行ミ音1Ｐ、四句切れ。
鑑賞　一週間前に（125）（126）の撫子の看護婦から聞いた場所に来てみたが、無駄足になった悔しさ。「おしなべて・皆」のくどさに、どいつもこいつもたそがれてしまえ、という呪詛《じゅそ》すら感じられます。『星の王子さま』の中で、花を愛せないのは人じゃない、シャンピニョン（マッシュルーム）だ、と罵る王子さまのセリフが思い出されます。
本林評：一首の意図はわかっても作がらとしては作者の欠点が出ている一首でもあろう（一九七二）。

構内にレールを敷きたるは濱へゆくみちなり、雑草あまた茂りて月見草ところどころにむらがれり、一夜蟋斯《きりぎりす》をきく

（152）石炭《せきたん》の屑《くづ》捨つるみちの草むらに　秋はまだきのきりぎりす　なく
（153）きりぎりす　きかまく暫《しば》し臀《しり》据ゑて　暮れきとばかり草もぬくめり
（154）きりぎりす　きこゆる夜《よる》の月見草　おぼつかなくも　只《ただ》ほのかなり
（155）白銀《しろがね》の鍼《はり》打つごとききりぎりす　幾夜《いくよ》はへなば涼しかるらむ
（156）月見草　けぶるが如くにほへれば　松の木《こ》の間《ま》に月欠《か》けて　低《ひく》し

訳　（詞書）病院の構内にレールを敷いてあるのは、浜へゆく道だ。雑草が多く茂り、月見草（オオマツヨイグサ）がところどころに群がっている。ある夜、キリギリスの声を聞いた。

（152）石炭の屑を捨てる道の草むらに　秋には間《ま》のあるこの季節、キリギリスが鳴いている。
（153）キリギリスの声を聞きたくてしばらく草原に尻を据えてみた。暮れ始める頃には自分の体温で草が温められていた。
（154）キリギリスの声が聞こえる夜に、月見草の花が開き、ぼんやりとほのかに咲いている。
（155）鍼医が銀でできた鍼を打つ時のような音でキリギリスが鳴いている。あと何日経《た》てばこの音のような涼しさがやってくるのだろう。

Alan Farr, Kawamura 英訳（1999）

Like silver needles prick,　白銀の鍼打つごとき
The grasshoppers chirp　きりぎりす（が鳴いている）
How many more nights must pass　幾夜は経るなば
Before it cools at last?　涼しかるらん

（156）月見草が輪郭をなくして煙るように咲いていて、海岸の松の木の間に細く欠けた月が低く沈みかけている。

語釈　「レール」、当時の地形図によれば、博多郊外のあちこちに石炭用の軌道が敷設されていました。
（152）「月見草」、（108）参照。「まだき」予定の時期に先駆けて、早くも。「螽斯」の音は「シュウシ」。木俣（一九六四）は「きりぎりす」を平安時代の古語と捉え、現在のコオロギと解していますが、「鍼打つごと」く聞こえるのは、「チョン・ギース」と鳴くキリギリスで、「コロコロ・チロチロ」と鳴くコオロギではないでしょう。（153）「まく」は願望の助詞。「尻」、（056）で「頬の肉落ち」た病人の尻なので、

坐骨が尖っていたでしょう。「しばし」据えるのも容易ではなく、「草もぬく（温）めり」は大手柄です。
（154）「ほのか」、『土』13章の「月見草」は盆踊りの夜に「ほっかり」と開き、女性の性衝動を後押しします。拙著『節の歳時記』一〇八頁参照。
（155）「白銀の鍼」の例えは、ウマオイの鳴き声にも用いられました。「すると恰《あたか》も上手な鍼醫《はりい》が銀の鍼を打つやうに耳の底に浸《し》み透《とほ》る馬追虫《うまおい》の聲が、庄次の這入《はい》つてゐる蚊帳に止まつて鳴きました」（一九一二「青瓜と白瓜」、全集2・432）。（156）「けぶる」は輪郭がぼやけるの意。「匂ふ」は花が「咲いて見える」。「月」、この日の月齢は1。「欠けて」、新月から満ちはじめた夕月を「欠ける」と言うのは間違いだと、尾山篤二郎（一九二九）は指摘します。

音韻と句切れ　（152）ＡＢＢ・ＣＢ。Ｂ＝屑＋草むら＋螽斯、カ行3Ｃ、三句切れ。四句「あキわまだキ」のキ音が結句「キリギリス」を導きます。歌の主人公を結句で登場させるのは、節の連作の第一首によくある型です。（153）ＡＡＢ・ＡＡ。Ａ＝きりぎりす＋聞かまく＋暮れき＋草、カ行4Ｃ、三句切れ。カ行優勢の中で、二三句「シバシ・シリ」が逆に際立ちます。（154）ＡＡＢ・ＣＢ。Ａ＝きりぎりす＋きこゆる、Ｂ＝月見草＋ただ、カ行タ行2Ｐ、三句切れ。第二句「ユルヨル」で夜になり、第三句で月見草が登場します。（155）ＡＢＣ・ＤＡ。Ａ＝白銀＋涼し、サ行1Ｐ、三句切れ。頭韻は目立たず、代わりに「シロ・ハリ・キリギリ・カル」のラ行脚韻が浸透。母音進行「イオアエオ　アイウ－オ－イ－－－－ウ　イウオアエアー　ウーイアウアウ」について、岡井隆：この歌の手柄は、なんといっても、第三句から下の句への転換のあざやかさであろう。上の句は夏の叙景であるが、病歌人節には、きりぎりすの声は病身をいたぶる夏の声ともきこえ、また病む身をしばらくたのしませてくれる自然の声ともきこえたろう。（中略）「幾夜を」でもいいのに「は」と言っているのは音韻上の工夫で（略）、「へナバ」「カルラム」のア母音と呼応させている（二〇〇〇）。（156）ＡＢＣ・ＤＡ。Ａ＝月見草＋月、タ行１Ｐ、三句切れ。

鑑賞 （155）が「秀歌」として単独で鑑賞されがちですが、連作の流れにも味わいがあります。まず詞書で、レール、月見草、草むら、キリギリスと主要な歌材を提示し、（152）でレール沿いにアプローチ、（153）で尻を据えます。キリギリスの声について「聴かまく」の願望がやがて、（154）「聴こゆる」の現実になり、舞台の主役が月見草にうつりますが、（155）花道に残るキリギリスの声が聞こえ、架空の夜が歌われ、（156）やがて新月が沈めば、月見草も闇に紛れるのでしょう。（155）鍼の鋭さを、（154）月見草のおぼつかなさと（156）けぶるが如くで挟んだあたりにも工夫が見られます。

（157）　八月一日、病棟の陰なる朝顔三日ばかりこのかた漸《やうや》くに一つ二つとさきいづ

嗽《うが》ひしてすなはちみれば　朝顔《あさがほ》の藍《あゐ》また殖《ふ》えて　涼しかりけり

訳 （詞書）八月一日、病棟の陰にあるアサガオが、この三日間でようやく一つ二つと咲き出した。
（157）朝のうがいを終え、庭をふと見ると、藍色の朝顔の花がまたいくつか増えて、いかにも涼しげだ。

語釈 「すなはち」、（037）参照。ここでは朝の日課のうがいを終えた直後。

音韻と句切れ ＡＢ・ＡＡ・Ｂ。Ａ＝嗽ひ＋朝顔＋藍、Ｂ＝すなはち＋涼し、ア行サ行ＦＨ、二四句切

れ。淡々とした二四句切れに乗せて、ＦＨも軽快です。
鑑賞 うがいの水に赤い血が混じることもなく、(137)で思い描いていた藍色の朝顔を、現実に見ることができました。このあと朝顔日記が続きます。

三日夕、整形外科の教室の陰に手をたてておびただしく絡《から》ませたるをはじめて知る、餘《あま》りに日に疎《うと》ければ
(158) 朝顔《あさがほ》の赤《あか》は萎《しぼ》まず　むき捨てし瓜《うり》の皮《かは》など乾《かわ》く夕日《ゆふひ》に

訳 (詞書)(八月)三日の夕方、病院の整形外科の教室の陰に、支柱を立ててアサガオの蔓をおびただしく絡ませているのを初めて知った。あまりの日陰にあるため、
(158) アサガオの赤い花は萎まずにいる。夕日がようやく差し込み、剥き捨てた瓜の皮などは乾いているというのに。
語釈 「手」は朝顔の蔓を絡ませるための支柱。手足を主に治療する整形外科の教室の陰に「手」があるのが不気味です。「日に疎し」は、日が差さない日陰のこと。そのせいでアサガオも昼の到来を感知できず、夕方まで萎まずにいるのでしょう。
音韻と句切れ ＡＡ・ＢＡＣ。Ａ＝朝顔＋赤＋瓜。ア行３Ｃ。新聞の二行見出しのような二句切れ。四五句「カワ・カワク」。
鑑賞 乾いて内側に丸まったウリの皮を挟んで、赤い夕日と赤い朝顔が対峙していて、シュールレアリ

ズムの絵を見るようです。

(159)あさがほの藍《あゐ》のうすきが　唯《ただ》一つ縋《すが》りてさびし　小雨《こさめ》さへふり

四日

訳　(詞書)(八月)四日。

(159)アサガオの薄い藍色の花がただ一輪、支柱にすがって寂しげに咲いている。小雨まで降りだしてよけいに寂しく感じる。

語釈　「藍のうすき」のあとに「花」が省略されています。

音韻と句切れ　AA・BC・D。A＝朝顔＋藍、ア行1P、二四句切れ。

鑑賞　(157)藍、(158)赤、(159)薄藍と、そのときどきの時刻や気象に似合う色の花が描かれています。

彼《か》の垣根のもとに草履《ざうり》はきておりたつ

(160)朝顔《あさがほ》のかきねに立てば　ひそやかに睫《まつげ》にほそき雨かかりけり

訳　(詞書)例の垣根の下に草履を履いて降り立つ。

(160)アサガオの垣根に立ってみると、ひっそりと睫毛に細い霧雨がかかった。

音韻と句切れ　AB・CDA。A＝朝顔＋雨、ア行1P、二句切れ。三・四句「ヒソやか・ホソき」で

「細み」を出しています。二句切れもしくは二四句切れが四首続いたのは、観察日記に適したリズムだからでしょう。

鑑賞 前の三首につづく「細み」の歌。病気を気にしつつ小雨に濡れるひそやかな楽しみ。(077)「蕗の葉の雨をよろしみ」参照。

六日

(161) かつかつも土を偃《は》ひたる朝顔《あさがほ》の　さきぬといへば　只白《ただ》ばかり

訳 (詞書)(八月)六日。

(161) かろうじて土を這って蔓を伸ばすアサガオを見つけたが、花が咲いたと思ったら白ばかりだ。

語釈 「かつかつ」はやっとこさ。(171)の詞書にも出てきます。

音韻と句切れ ABC・DB、B＝土＋ただ、タ行1P、三句切れ。

鑑賞 例えばこの歌の「白」を「赤」や「藍」で置き換えると、「かつかつ」の哀韻と響きあいません。その時の空気や気分にあった景色を切り取ることが、写生の極意ということなのでしょう。(201)「皆白菊の花」参照。

鍼の如く　其五

大正4・1・1発表「アララギ」8－1掲載

節は郷里の友人・橋詰孝一郎に一〇月一日付け絵はがきで、「私も五月頃から大分歌を作りましたが、氣に入らなくなつたので少しやすみました、さうすると雑誌の方から大苦情です、私のが有るとないでは大變な相違なんだ相《さう》です、妙なものだと思ひます」（全集7・710）とやや自慢げに書いています。「大苦情」の主は斎藤茂吉であることが、同日付の寺田憲、平福百穂宛て絵はがきで確認できます。島木赤彦の編集と経営努力により、『アララギ』はこのころ売れはじめ、「鍼の如く」はその目玉商品の一つとなっていました。

しかし節が自分の作品を「気にいらなくなった」のもわかります。「其四」三九首のうち、キキョウ九首は濫作、ナデシコ五首は思い入れ過剰、アサガオ五首はマンネリ気味。その中でキリギリスと月見草の歌が光るのは、病院からわずかでも足を伸ばした成果です。八月半ばには医師たちが夏休みを取るので、これといった治療は受けられない。ならば思い切って旅に出よう。日向青島で新鮮な魚を食って結核を治した人がいるそうだから、自分もそれにあやかろう、と旅立ちます。博多に戻ったのは九月下旬。一〇月中旬から一ヶ月間高熱で寝込み、けっきょく「其五」の発表は三ヶ月遅れの翌年一月号となりました。
「其五」七〇首は以下の四部からなります。

一　日向青島への旅、八～九月、二八首
二　博多での療養、九～一〇月、一一首
三　博多での療養と最後の外出、一一～一二月、二六首
四　旅の歌拾遺、五首

一　日向への旅（162～189）二八首、八月一四日～九月一八日

「鍼の如く　其五」の「一」の二八首は、八月一四日から九月一八日まで、ひと月あまりをかけた日向（宮崎県）旅行の歌日記です。旅は台風に祟られて散々でした。なぜそんな愚行に出たのか。藤沢周平が作家として一本立ちを決めた頃（一九七四年一二月三日）の日記に、「青島に憑《つ》かれたように何回も渡っていることは、（略）一種の『狂』だろうか。（略）（雲井）龍雄も（長塚）節も頑固に己の性格に執したまま、死を迎えた。しかし人間は所詮そういうものなので、そのほかに生きようはない」（遠藤展子『藤沢周平　遺された手帳』二〇一七、一八一～八二頁）と書きのこしています。藤沢周平には、旅する詩人・革命家の「狂」を描いた評伝がいくつかあり、『白き瓶　小説　長塚節』（一九八二～八四年連載）はその傑作のひとつです。

八月十四日、退院

（162）あさがほは蔓《つる》もて偃《は》へれ　おもはぬに　榊《さかき》の枝に赤き花一つ

訳　（詞書）八月一四日、退院。

（162）アサガオは蔓で這って行くが、思いもよらずサカキの枝に一輪、赤い花が咲いていた。

語釈　「はへれ」は「這う」の已然形。理由「はへればか」、もしくは譲歩「はへれども」の末尾が省略されています。「おもわぬに」は思いがけず。常緑の木の陰でひっそり咲くことが、夏を華やかに生きる朝顔らしくない、という含みでしょう。

音韻と句切れ　AB・A・CA。A＝朝顔＋おもはぬに＋赤き、ア行3C、二三句切れ。「おもはぬに」で前半と後半に分かれます。四五句「サカキ・アカキ」の脚韻。

鑑賞　医師たちが夏休みを取るのに合わせて仮退院し、宿に移る前に病棟のあたりを一回りしてアサガオに別れ告げたのが、この歌です。第三句「おもはぬに」に発見の喜びが込められています。翌日は久保夫人に挨拶し、宿の払い（六円九八銭）も済ませています。

十六日朝、博多を立つ、日まだ高きに人吉《ひとよし》に下車し林の温泉といふにやどる、暑さのはげしくなりてより身はいたく疲れにたりけるを俄《には》かに長途《ちやうと》にのぼりたることなれば只管《ひたすら》に熱の出《い》でん

ことをのみ恐れて

（163）手を當《あ》てて心《こころ》もとなき腋草《わきくさ》に　冷たき汗はにじみ居にけり

訳　（詞書）十六日朝、（汽車で）博多を出発した。日がまだ高いうちに肥薩線人吉駅で下車し、林温泉というところに宿をとった。暑さが激しくなって以来、体が大変疲れていたところに、急な長旅に出たので、ひたすら熱が出ることだけをおそれて、

（163）腋の下に恐る恐る手を当ててみると、腋毛に冷や汗がにじんでいるではないか。

語釈　「心もとなき腋草」は、腋毛が薄いという意味ではなく、「熱の出んことを恐れて心もとなき」気持ちで手を当てた、その腋毛の意。本歌は、万葉集◯童《わらは》ども草はな刈りそ　八穂蓼《やほたで》を穂積《ほづみ》の朝臣《あそ》が腋草を刈れ（一六・三八四二）。**佐竹ら訳**　子供らよ、草は刈るな。（八穂蓼の）穂積の朝臣さんの腋毛を刈れ。節は「万葉口舌（二）」（一九〇四）でこの歌を「滑稽」の例に挙げています（全集4・42～43）。

音韻と句切れ　ABC・AD。A＝手＋冷たき、タ行1P、三句切れ。母音配列「エオアエー　オーーーーアイ　アイイウアイ　ウエアイアエア　イーーーーエイ」。第二句のオ段五連続が心の不安を、結句のイ段五連続が体の反応を、それぞれ暗示します。

鑑賞　旅する病者による剛直な滑稽歌。心許なさとは裏腹に、旅に出て歌口がほぐれたことへの充実感が感じられます。他人の身体的特徴を「嗤《わら》う」万葉集巻十六の滑稽歌を、病中詠に転用した点で（057）と共通。「手を当てて・冷た」は（214）で繰り返されます。

挿入：「日照雨《そばえ》」の歌（八月一七日）

「鍼の如く　其五」が掲載された『アララギ』８・１には、「福岡便抄」と題して、節から茂吉に当てた手紙（一九一四年一二月七日付）が引用されていました。「霧島はそばえする見ゆこゝにして蟵《かや》の釣手《つりて》のさやぐまともに」といふ私の歌の「そばえ」が不安だから（「鍼の如く　其五」の草稿とは）別にして置いたのです、文展に日照雨と題した美人畫《が》があつたが其れを一方では「そばえ」とも讀ませて居た様だつたから本當にそれなら何處《どこ》の方言でもいゝから棄てない様になれば幸だと思ふ」（全集７・745）。もし採用されれば、(163)のあとに置かれたはずの歌を、詞書と合わせて紹介します。

八月十七日、日向に入りてひる少しすぐる程に小林の里につく、近く霧島に對して明け放ちたる二階の涼しきに枕ひきよす、快き眠りのうちに遠雷のひゞきをきく、

（番外）霧島はそばえする見ゆ　こゝにして蟵《かや》の釣り手のさやぐまともに（『全集』５・437）

訳（詞書）八月一七日、日向の国（宮崎県）に入り、正午を少し過ぎた頃に（早くも）小林の里に着いた。近くにそびえる霧島の山に向かって二階の窓を開け放ち、枕を引き寄せて寝転がった。気持ちよく一眠りしながら、遠くで雷が響くのを聞いた。

（歌）霧島山の方で日照り雨が降っているのが見える。蚊帳の吊り手が風にそよいでいる、その窓の正面に。

語釈　「そばえ・そばへ」は「戯」の字が当てられ、①あまえ、ふざけること。②狂い騒ぐこと。③「そばえあめ・戯雨」すなわち日照り雨の略。浄瑠璃『壇浦兜軍記《だんのうらかぶとぐんき》』に「狐の嫁入《よめいり》のそばえ雨」とあるそうです。節は平福百穂宛て一一月一一日付け書簡に「大阪の北野恒富《つねとみ》といふ人の日照雨とふ美人画がありましたが、それが假字《かな》では『そばえ』とあつた様でした」と書き、この読み方が正しければ「私の歌が一首復活するのです、さうしてアララギの一月號に少し纏《まとま》つて歌が出せます」（全集7・744）と、調査を依頼しています。北村恒富（一八八〇～一九四七）は浮世絵美人画家。「日照雨」は第五回文展出品作品で、和服姿の女性が二人、一つの蛇《じゃ》の目傘をさし、後ろ姿で画面の左半分を駆け抜ける構図の絵（挿絵参照）。「まとも・真面」は（038）参照。

当時の絵葉書・北村恒富「日照雨」

音韻と句切れ　AB・AAB。A＝霧島＋ここ＋蜩、B＝そばえ＋さやぐ、カ行サ行FH、二句切れ。母音配列「イーーアー　オアエウーイウ　オーイーエ　アーオウイエオ　アーウアオーイ」。二四句にそれぞれ五母音が勢揃いする賑やかさ。

鑑賞　この一首を挿入すると、前の歌の不安がいっとき緩和され、「にけり」止めが並ぶ単調さも破られて、歌日記の流れがよくなります。百穂は翌年一月一四日付け返信で、『増補俚諺《りげん》集覧』に船頭ことばとして「日和《ひより》にて小雨のバラック」意味の「そばへる」があると書き、西行の歌〇初花のひらけはじむる梢より　そばへて風のわたるなる哉《かな》（『山家集上』）も引用しています（全集別巻456～57）。これに対して節からの返信は残っていません。亡くなる三週間前で、もうその体力がなかったのでしょう。

「日照り雨」は「狐の嫁入り」とも呼ばれますが、小馬徹《こんまとおる》著『マクベスからユーミンまで』によると、これ似た表現が朝鮮半島だけでなく、東アフリカにもあり、ライオンやハイエナの交尾・出産など、人里近くに姿を見せる野生動物の非日常的行為にたとえられているそうです（一九九六）。

藤沢周平に「日照雨《そばえ》」という題の短篇（一九七九年九月発表）があります。

　おや、雨だよと、一人がとんきょうな声をあげた。晴れた空から、不意に霧のように細かい雨が落ちてきた。日照雨《そばえ》だった。

　日にきらめく霧雨の中を、まずしい花嫁行列が遠ざかって行くのをしばらく見送ってから、玄次郎と銀蔵はそのあとを追って歩き出した。（中略）

　（花嫁の父）惣六の罪は免れないが、なんとか若い二人のしあわせをこわさないで、この事件のケリをつけたいものだと、玄次郎は思った。（文春文庫『霧の果て　神谷玄次郎捕物控』二七三頁）

そばえが通り過ぎた後の落ち着いた日常が予想される結末です。藤沢周平はおそらく三年後に発表する大作『白き瓶』の準備中に、「そばえ」の歌を発表できなかった節の無念を知り、鎮魂のためにこの短篇を捧げたのでしょう。

挿入はこれまで。南への旅を続けます。

十八日、日向の小林より乗合馬車に身をすぼめてまだ夜のほど
に宮崎へ志《こころざ》す

（164）草深《くさふか》き垣根にけぶる烏瓜《たまづさ》に　いささか眠き夜《よ》は明《あ》けにけり

訳　（詞書）（八月）一八日、宮崎県の小林から乗合馬車に乗り、狭い車内に身をすぼめて、まだ夜のうちに宮崎に向かった。

（164）馬車から見ると、田舎家の垣根に蔓を這わせたカラスウリの花が、白く煙るようにぼんやりと咲いている。自分も眠けが抜けぬまま、ぼんやりと夜明けを迎えた。

語釈　「草深き」は貧しい田舎の風景を指す「軽い初句」。「たまづさ・玉梓・玉章」は、使者が持つアズサ（梓）の木の杖→使者→手紙→結び文（恋文）→その形をしたカラスウリの種子→カラスウリと、連想に連想をかさねて多重に用いられてきました。「けぶる」は、カラスウリの白い花弁の縁がレース状に裂け、薄明かりで輪郭がぼやけて見える様子を言うのでしょう。ウリ科の花としてはカボチャ、ユウガオにつぐ三種類目。このあと（170）でヘチマが登場します。

音韻と句切れ　ＡＡＢ・ＣＤ。Ａ＝草深き＋垣根、カ行１Ｐ、三句切れ。ＡＡＢＣＤは（101）まで例のない、珍しい型でした。「羇旅雑詠」ではカ行の連打が覚醒につながりましたが、ここでは逆に「いささ

さか眠き」を強調しています。初二句「ふカキ・カキね」。

鑑賞　『源氏物語』「夕顔」を思わせるウリ科の白い花と、芭蕉「馬に寝て　残夢月遠し　茶のけぶり」（『野ざらし紀行』）のエコーを効かせ、殺風景な馬車の旅を風情ある羇旅歌に仕上げました。日記では高熱に怯えていますが、それはそれ、詩《うた》は詩です。

(165) **霧島は**　馬の蹄《ひづめ》にたててゆく埃《ほこり》のなかに　遠ぞきにけり

訳　馬車の後方では、馬の蹄に掻き立てられた埃の向こうに、霧島山がどんどん遠ざかってゆく。

語釈　「馬の蹄」、日記によれば四時起床、五時に馬車に乗り、途中野尻、高岡で休憩し、一四里（五六キロ）あまりを「馬車中に九時間を費《ついや》したる為か、（宮崎の）宿について氣分悪し。（体温）八、三（度）にいたる」（全集4・376～77）。未発表短篇「商機」の馬車は八人乗りで、客室はズック（帆布）で覆われています（全集2・256～57）。「遠ぞく」は（102）参照。「埃」、「商機」：遠くの林は空に吹き立つた埃のためにぼんやりとして居る。（捨てられた）煙草は道の端へさうして畑の方へ吹き擢《さら》はれつゝ微かに煙を立てる。馬車は其煙に遠ざかつてずん〳〵と走つて行く（全集2・263）。

音韻と句切れ　ABCDC。C＝たてて＋遠ぞき。タ行1P、切れ目なし。第三句末連体形から第四句に続きます。

鑑賞　馬の蹄のリズムを連想させる第三句「タテテ」の軽快感。常陸万葉にゆかりの「遠ぞく」が生かされ、日記にある病苦とは裏腹に、旅する歌人は絶好調です。

『合評』相澤正評「馬の後肢の間から富士が見える廣重の版畫が連想され、俳諧的味はひがある」はひどい。馬車の座席から馬の脚は見えず、馬が進む先に霧島はありません。こんな粗雑な議論で「俳諧的」などと言ってもらっては困ります。

十九日、宮崎より南の方折生迫《かたをりふざこ》といふにいたる、青島目睫《もくせふ》の間《かん》に横《よこた》はりてうるはしけれど、此の日より驟雨《しうう》いたりてやがて連日の時化《しけ》に變《かは》りたれば、心落ち居る暇《いとま》もなきに漁村のならはし食料の蓄《たくはへ》もなければ

(166)かくしつつ我《われ》は痩《や》せむと　茶を掛けて硬《こは》き飯《いい》はむ　豈《あに》うまからず

(167)酢をかけて咽喉《のど》こそばゆき芋殻《いもがら》の乏《とぼ》しき皿に箸《はし》つけにけり

訳　(詞書)一九日、宮崎を発ち、南へ折生迫《おりゅうざこ》という所まで来た。青島はすぐ目の前に美しく横たわっていたが、この日から激しい雨が降り出し、やがて連日の悪天に変わったので、のんびり景色を楽しむ暇もないうえに、(日々の漁獲をあてにする)漁村の習慣で(時化にそなえた)食料の蓄えもなく、

(166)こんなことをしていては、どんどん痩せてゆくばかり。無理にでも食わねばと思い直し、硬い飯に茶を掛けてかきこんではみたが、もとより美味いわけがない。というより、不味い！

(167)水で戻した芋殻の、喉にいがらっぽい皿に酢を掛け、我慢して箸をつけた。

語釈　(166)「豈」は、「豈うまからめや」と反語に用いるのが普通ですが、『日本書記』仁徳二二年に

「あに良くもあらず」の例があります。(167) 芋殻はサトイモの葉柄を干した保存食で、水で戻して煮て味をつけます。「こそばゆき」は (012) 参照。

音韻と句切れ (166)、ＡＢ・ＣＡ・Ｄ。Ａ＝かく＋硬《こわ》き、カ行１Ｐ、四句切れですが、二句でも軽く切れます。(167) ＡＢＣＤＥ。無韻・切れ目なしが、無理して一気に食う様子に合っています。

鑑賞 「をかけて」が共通の粗食を嘆く二首一連。当てにしていた鮮魚が食えず、自虐気味の滑稽歌。詞書の紆余曲折のあとで (166) の二句、四句と句切れを深め、五句で吐き出す語気の荒さが魅力。

『合評』では (166)「我は痩せむと」について岡田眞が「諧謔に似た語が、諧謔を通り越して却《かへ》つて切実な感情を保つてゐるのは下の『茶を掛けて硬き飯はむ』に依るのである」と発言すると、土屋文明は「諧謔を通り越したと言へばそれまでであるが、寧《むし》ろ諧謔と言ふ如き考へ方は入れずに理會すべき歌ではあるまいか」と反論（下二六九頁）。(167) に岡田が「フモール」（英語のユーモアに当たるドイツ語）を指摘したのも、文明が退けています。文明の歌や歌論を見れば、ユーモアの分からぬ人とは思えませんが、合評第六十六回が開かれた一九三九（昭和一四）年四～五月には、戦争遂行のための言論統制が厳しくなり、『アララギ』編集長としては、政府による出版検閲や紙の配給に気をつかわざるを得ない情況にあったのでしょう。せめてその議事録を公表することで、反骨精神を見せたのかもしれませんが、節のユーモアを公式に否定したことで、長塚節文学鑑賞の視野を後世にわたって狭める結果となりました。岡田眞はアララギの大阪支部を取り仕切っていたようで、『アララギ』二十五周年記念号（一九三三年）所載「アララギ叢書解題」（五八四～九〇頁）を執筆しています。

二十五日に入りて、雨は更に戸を打つこと劇《はげ》しくして止むべき
けしきもなし

(168) 痺《しび》れたる手枕《たまくら》解《と》きて外《と》をみれば　雨打ち亂《みだ》し　潮《しほ》の霧《きり》飛ぶ

(169) 噛《か》みさ噛《が》み　疾風《はやち》は潮をいぶく處《ど》に　衣《きぬ》も疊《たたみ》もぬれにけるかも

訳 (詞書) 二五日、雨はさらに激しくなり、雨戸に激しく打ち付けて、止みそうにもない。

(168) 寝転がって枕にしていた手が痺れ、起きて外を見ると、雨は乱れるように吹き付け、風に吹き飛ばされた波頭が、塩辛い霧となって飛んでいる。

(169) 強風が海の波頭に噛みつき、噛み砕いて霧のように吹き飛ばす様子は、まるでスサノオとアマテラスが互いの心の潔白を証明するために、劔と勾玉を交換し、それを濯《すす》いだ水を口に含み、細かく噛み砕いて霧のように吹き出した時のようだ。その壮大な光景に見取れているうちに、おやまあ、着物も畳もびしょ濡れではないか。

語釈 (169)「さ噛《が》みに噛《か》み」と「息吹《いぶ》く」は『古事記』から借用。気吹《いぶ》いた霧の中から神々が生まれた場所は、日向の高千穂だとされています。

音韻と句切れ (168) ABB・CA。A＝痺れ＋潮、B＝手枕＋外《と》。タ行サ行2P、三句切れ。四五句「みだシ・シお」の尻取り。(169) ABC・AD。A＝噛み＋衣《きぬ》。カ行1P、三句切れ。四五句「きぬモたたミモ・けるかモ」のマ行脚韻、一五句「カミ・カモ」の首尾照応。

鑑賞 視点が(168)自分の身体(手枕)から海に向かい、(169)ひととき神話世界に遊んだあと、びしょ

濡れの室内に戻ります。堅実な写生をベースに、ロマンチックな幻想と、俳諧風の破綻、万葉振りの荘重を組み合わせた、豪華な滑稽歌。詠まれたのが神話のふるさと日向なので、説得力があります。

建国神話のパロディーとして、茂吉によるイザナギとイザナミの結婚をもじった歌○留守をもるわれの机にえ少女《をとめ》の　え少男《をとこ》の蝿がゐらぎ舞ふかも（一九〇七「留守居」）があり、節は「『赤光』書き込み」で「餘《あまり》に拵《こしら》へ物なり」と批判しています（全集4・231）。また一九〇九・一二発行『アララギ』2・4には、幕末の歌人・橘曙覧《あけみ》の○着る物の縫ひめ縫ひ目に子をひりて　しらみの神世《かみよ》始まりにけり、も紹介されています。しかし『合評』の時代になると建国神話をパロディ化することすら憚《はばか》られ、節のたくみな見立ては黙殺されました。

二十六日、漸《やうや》くにして晴る、宿は松林のほとりに獨《ひと》離れて建てられたるが、道も庭も松葉散り敷きてあたりは狼藉たり

（170）木に絡《から》む絲瓜《へちま》の花も　此《こ》の朝《あさ》は萎《しな》えてさきぬ　痛《いた》みたるらむ

おなじく松林のほとり、少し隔《へだ》てて壁くづれ落ちてかつかつも住みなしたるあり、けさは殊《こと》に凄《すさま》じきさまに

（171）しめりたる松葉を竈《くど》に焚《た》くけぶり　絲瓜《へちま》の花にまつはりて　けぬ

訳（詞書）（八月）二六日、台風が収まって漸く晴れた。宿は松林のほとりの一軒家で、風が吹き荒れたあと、道も庭も松葉でびっしりと覆われ散らかっている。

(170) 木に蔓を絡ませて咲くヘチマの花も、嵐の後の今朝は勢いがなくへなへなしている。蕾のうちから風に揉まれて痛んだせいだろうか。

(詞書) おなじ松林の辺りで、宿から少し離れたところに、土の壁が崩れ落ちても、かろうじて人が住んでいるあばら家がある。今朝はいつにも増して凄まじく荒れた様子だが、

(171) 湿った松葉をかまどで焚く煙が、軒の下から出ていったんヘチマの花にまとわりついて消えた。

語釈 (170)「狼藉」はオオカミの寝床で、散らかった様子のたとえ。「花も」、全集3・376「花は」は誤植。(171) 松葉は脂《やに》を多く含み、燃やすと青い煙が出ます。その色から松葉を焚いていると見抜いたのか、それともこの家の者が散り松葉を集めるのを見ていたか。「けぬ」は「消ぬ」。

音韻と句切れ (170) AB・AC・D。A＝木に＋この、カ行1P、二四句切れ。初二句が主語、三四句が述語、結句が推理。(171) ABC・DB。B＝マツば＋マツわり、マ行1P、三句切れ。第三句「けぶり」を「けむり」とすると、初句「しメり」、第四句「へちマ」のマ行に紛れてしまうので、バ行で異化したのでしょう。

鑑賞 木に絡むヘチマと、ヘチマにまつわる煙。頼りなげな光景が、「かつかつも」住み続ける生活力をきわだたせ、『土』7章、河原で流木を掘り出す老婆の姿とも重なります。燃料としての松葉は(225)参照。死病を連想させる「痛みたるらむ」の感傷を、「けぬ」の二音が厳しく拒否し、子規の辞世の句「痰一斗　糸瓜の水も　間に合わず」も思い出されます。(170) 初二句「キニ・絡む・糸瓜の花は」と(171) 四五句「糸瓜の花に・纏わりて・ケヌ」が鏡像関係にあることが、暗誦の助けになります。

二十七日、宮崎にのがる、明くれば大淀川のほとりを徜徉《さまよ》ふ

（172）朝《あさ》まだき　すずしくわたる橋の上《うへ》に　霧島《きりしま》ひくく沈《しず》みたり見ゆ

訳　（詞書）（八月）二七日、（台風が収まらないので）宮崎に避難した。翌朝大淀川のほとりを散歩する。

（172）朝まだ早く涼しいうちに橋を渡っていると、幅の広い川を隔てて見るせいだろうか、霧島山が低く沈んで見えた。

語釈　「〜たり見ゆ」は終止形を受けた上古の語法で、節が好んで用いました。万葉集○あしひきの山にも野にも　み狩人《かりびと》さつ矢手挟《やたばさ》み　騒《さわ》きてあり見ゆ（六・九二七）。平安時代以降は連体形を受けた「〜たる見ゆ」が普通。

音韻と句切れ　ＡＢＣ・ＤＢ。Ｂ＝すずし＋沈み、サ行１Ｐ、三句切れ。「朝まだき」は「軽い初句」。

鑑賞　実際には橋より高いところにある山が、橋の左右の視界が開けているため、思ったより沈んで見えたのでしょう。このような期待に反する印象や錯覚を、節は好んで詠いました。○伊勢の野は秋蕎麦《あきそば》白き黄昏《たそがれ》に雨を含みて伊賀の山近し（一九〇五「羇旅雑咏」）も、雨雲に縁取られて実際より近く見えた、と理解できます。

三十一日、内海《うちうみ》の港より船に乗りて吹毛井《ふけい》といふところにつく、次の日は朝の程に鵜《う》戸の窟《いはや》にまうでて其《そ》の日ひと日は楼上《ろうじゃう》にいねてやすらふ

（173）手枕《たまくら》に疊《たたみ》のあとのこちたきに　幾《いく》ときわれは眠りたるらむ

訳　（詞書）（八月）三一日、内海の港から船に乗って吹毛井というところにつく。翌日朝のうちに鵜戸の窟に詣でて、その日一日は楼上に寝て体をやすめた。

（173）目が覚めて見ると手枕をしていた手の甲に、畳の跡がびっしりとついている。こんなになるまで、どれほどの時間自分は眠っていたのだろうか？

語釈　「内海」は折生迫の南約五キロにある港町。「鵜戸」は神武天皇の父・ウガヤフキアエズが、海神の娘・トヨタマヒメから生まれたとされる聖地。「吹毛井」は鵜戸へ峠越えの参道の起点で、石段がある。「こちたし」は（019）参照。

音韻と句切れ　ＡＡＢ・ＣＤ。Ａ＝手枕＋畳、タ行1Ｐ、三句切れ。「タまくらにタタみ」のタ音反復が、手の甲の凸凹の多さ、煩わしさを感じさせます。

鑑賞　宿では肺病患者を疑われて何度も追い立てられましたが、思いもよらず荘厳な場所で昼寝ができた喜び。こうした思いがけない休息も旅の楽しみですが、うたた寝が病身に良いわけはありません。

（174）　懶《ものう》き身をおこしてやがて呆然《ぼうぜん》として遠く目を放つ
うるはしき鵜戸《うど》の入江の懐《ふところ》にかへる舟かも　沖に帆《ほ》は満つ

訳　（詞書）寝起きのだるい体を起こした後、ぼんやりと遠くへ目をやっていると、

（174）美しい鵜戸の入江の懐に戻ってくる舟なのだろうか。沖はそれらの帆でいっぱいだ。

音韻と句切れ　ＡＡＢＣ・Ａ。Ａ＝うるはしき＋鵜戸＋沖、ア行３Ｃ、四句切れ。「懐・舟・帆」のハ行が開放的な海景に合います。「うるはしき」は「軽い初句」。

鑑賞　神話の地にふさわしい朗《ほが》らかな歌。地名に揃えた頭韻は「羇旅雑咏」の木曽・美濃の旅にもありました。（170）の「結句推量型」とは逆に、寝起きの呆然たる気分の初四句から、結句で焦点が定まる「結句覚醒型」（二二七頁参照）。

渚《なぎさ》にちかく檐《のき》を掩《おほ》ひて一樹の松そばだちたるが、枕《まくら》のほとりいつしか落葉のこぼれたるをみる

（175）松の葉を吹き込むかぜの涼しきに　咽《むせ》びて　われはさめにけらしも

訳　（詞書）この鵜戸の楼《たかどの》は渚に近く建っているが、その軒にかぶさるように一本の松がまっすぐ立ち、その松葉がいつの間にか枕元にこぼれているのに気付いた。

（175）松の葉を楼の中まで吹き込んだ風が涼しいために私は咳き込み、それで目が覚めたようだ。

語釈　「けらしも」は（066）参照。

音韻と句切れ　ＡＢＣ・ＡＣ。Ａ＝松の葉＋咽び、Ｃ＝涼し＋さめ、マ行サ行２Ｐ、三句切れ。「咽ぶ」、（070）の比喩的表現と異なり、ここでは咳き込んでいます。

鑑賞　結句「けらしも」でうたた寝の不覚を反省しているように見せて、あまり本気が感じられません。

病人であることを忘れて歌人・節が羽をのばしています。

二日、油津の港へつきて更《さら》に飫肥《おび》にいたる、枕流亭《ちんりうてい》にやどる、欄《てすり》のもと僅《わずか》に芋をつくりたるあり心《ひ》を惹く

（176）ころぶせば枕にひびく淺川《あさかは》に　芋洗《いもあら》ふ子もが　月白くうけり

訳　（詞書）（九月）二日、油津の港に着いて、更に軽便鉄道で飫肥まで行き、枕流亭と言う宿屋に泊まった。その名の通り流れの脇に建てられた宿屋だが、出窓の欄干の下の小さな芋畑が心を惹いた。

（176）（枕流亭の名のとおり）寝転がればせせらぎの音が枕にひびく。ほんの浅い川の岸に植えてある芋を掘り取って洗う娘でもいれば（その腕と芋の白が映えて）よかろうに。ほら、月が白く浮いたように見えているではないか。

語釈　「枕流（ながれにまくらす）」は「漱石（いしにくちをすすぐ）」と対で、間違いを認めずこじつける、負け惜しみの喩えですが、ここでは二階の出窓を張り出して川音が枕元で聞こえる風流を売り物にした、宿の名前。「欄」には「らん・おばしま」の読みもあります。「ころぶす」は（085）の注参照。「芋」はサトイモ。湿地で栽培します。「月白く」、月齢は11・4でかなり丸くなった夕月。

音韻と句切れ　ABCC・D。C＝浅川＋芋、ア行1P、四句切れ。

鑑賞　難解な歌です。『合評』（下二八一頁）で柴生田稔《しぼうた》評「とにかく此の歌は、實際に作者が寝ころんで、月を眺め、川音を聞き、空想した一經驗の、端的な表出と考へるよりも、色々の角度からの感じを綜合

整理して一首に纏めた行き方だと考へる方が妥當のやうである」。土屋文明評「『芋洗ふ』はやはり芭蕉の句を思はせるところがあり、そこが少しうるさくもひびく」。「芭蕉の句」とは伊勢内宮《ないくう》近くの西行庵跡で詠んだもの、

西行谷の麓に流《ながれ》あり。をんなどもの芋あらふを見るに、
芋洗ふ女　西行ならば　歌よまむ　（「野ざらし紀行」）

句の意味は、江口で遊女に雨宿りを頼んだ西行なら、さぞかしここでも歌をよみかけだろう、という意味で、『山家集』にある以下の逸話を下敷きにしています。

天王寺へまゐりけるに、雨の降りければ、江口と申す所に宿を借りけるに、貸さざりければ（西行）
世の中をいとふまでこそかたからめ　仮りの宿りを惜しむ君かな

（女）返し
家を出づる人とし聞かば　仮りの宿心とむなと　思ふばかりぞ

西行をやり込めた遊女の話は、謡曲『江口』、長唄『時雨西行』に発展しましたが（高橋英夫『西行』岩波新書、一九九三年）、これらの知識を総動員しても（176）の歌は解けません。

節は日記に「飫肥に見るものなし」と書き、翌朝早々油津に戻っています。宿代八〇銭。地方の元城下町らしい気取りに対する不満をぶつけた歌として訳してみましたが、確信はありません。

節が飫肥を訪ねた目的は、ある民謡の歌詞の意味を知ることでした。◯飫肥の殿様　清武《きよたけ》泊り　乱れ桶かよ　飫肥恋し。この歌の意味を宮崎市の武井準学士宛て六月二八日付で問い合わせますが、答えが

得られなかったと、斎藤茂吉宛てに七月一四日付で書いています（全集7・662, 671）。

「飫肥恋し」は、飫肥藩の藩主が参勤交代の帰路、約五〇キロ手前の支藩・清武で一泊をしたことを歌ったものでしょう。帰心矢の如き侍たちが焦がれる「飫肥」を「帯」にかけ、縁語の「乱れ籠」で男女の営みをほのめかしたものと思われます。

四日、油津の港より乗りて外《と》の浦といふところへわたる、漸《やうや》くにして探しあてたるはわびしき宿なれども静かなる入江もみえたれば、もとより戸は立てしめず、閾《しきゐ》の際《きは》に枕したれば月はまどかにして蚊帳のうちをうかがふ

（177）蝱越《かやご》しに雨のしぶきの冷《つめ》たきに　二《ふた》たびめざめ　明《あ》けにけるかも

訳　（詞書）（九月）四日、油津の港から（舟に）乗って外の浦というところに渡った。ようやく探しあてたのは侘しい宿だったが、静かな入江も見えるので、当然のこと雨戸は閉めさせず、その敷居の際に枕を置いて寝ると、月は丸く、蚊帳の内をのぞきこむように光が差し込んできた。

（177）蚊帳越しに雨が降り込み、そのしぶきの冷たさに驚いて一度目が覚め、二度目に目が覚めた時にはすでに夜が明けていた。

語釈　「外の浦」、日向の旅で訪れた最南端。前日油津の宿から百穂、茂吉らに出した絵葉書には、「もう少し南へ行かうかと思つています」と書いていました（全集7・693～95）。五〇トンほどの小蒸気船で一

時間、相当揺られたようです。「月まどか」、月齢13・6。

音韻と句切れ　ABC・DB。B＝雨＋明け、ア行1P、三句切れ。二三句「しぶキ・つめたキ」の畳み掛け。

鑑賞　蚊帳の中に侵入する月光を浴びて寝ていたつもりが、いつの間にか雨のしぶきに変わっていた、という酔狂な歌。「二たび」がどきりとさせ、療養はすっかり諦めたようです。うたた寝がテーマの「飛び石連作」三首の末尾（173）「たるらむ」（疑問）、（175）「けらしも」（推量）、（177）「けるかも」（詠嘆）の推移にも、常習化するうたた寝へのあきらめと居直りが感じられます。

六日、波荒き海上を折生迫の漁村にもどる、此の夜おもひつづくることありてふくるまで眠らず

（178）草に棄《す》てし西瓜《すゐくわ》の種《たね》が隠《こも》りなく　松蟲《まつむし》きこゆ　海の鳴る夜《よ》に

訳　（詞書）（九月）六日、波が荒い海上を折生迫の漁村に戻った。次から次と思うことがあって、夜がふけるまで眠らずにいた。

（178）スイカを食って吐き捨てた種がマツムシに化けたのか、草の陰で鳴いている。その声が、夜の海の鳴る音の合間に聞こえてくる。

語釈　「おもひつづくることありて」、日記では、五日、汽船が出ず、馬車で目井津に出て一泊、六日、目井津から汽船で内海につき昼食。船は相当揺れたようで、下船してから船酔い症状になり、「聊《いささ》か頭

脳の悪しき」を覚えているにもかかわらず、「夜佐々木氏を訪ふ」とあります（全集4・581～82）。「西瓜の種」、上州（群馬県）育ちの土屋文明は、スズムシを捕るコツとして「スイカの種が飛んだら、それがスズムシだと教わった。マツムシもスズムシとほぼ同じ大きさだ」と回想しています（『合評』下二八四）。提灯《ちょうちん》の薄明かりで夜の虫を探した様子が想像されます。

音韻と句切れ　ＡＢＡＣ・Ｄ。Ａ＝草＋隠り、カ行1P、四句切れ。「隠りなく」は連体形ですが、スイカの種の謎とその答え「マツムシ」の間に、一呼吸置くのがよいでしょう。

鑑賞　ここでも半ば童心にかえって詠っています。

八日、陰晴定めなき季節のならはし、雨をりをりはげしく障子《しょうじ》を打つ

（179）横《よこ》しぶく雨のしげきに戸を立てて　今宵《こよひ》は蟲《むし》はきこえざるらむ

訳　（詞書）八日、晴れたり曇ったり変わりやすい季節の常として、雨が時々激しく障子に降りかかる。

（179）雨が激しく吹降りなので雨戸を閉めたため、今夜は虫の声は聞こえないだろう。

語釈　「陰晴」は曇りと晴、王維の「終南山詩」に「陰晴不定」とあるそうです。「季節の習わし」と節は書いていますが、これも台風による驟雨でしょう。「横しぶく」は吹き降り。

音韻と句切れ　ＡＢＣ・ＤＤ。Ｄ＝今宵＋聞こえ、カ行1P、三句切れ。

鑑賞　雨戸を立てるので、眺めだけでなく虫の声まで閉ざされてしまう不運を嘆いています。

九日、再び時化《しけ》になりたればまた宮崎にのがる、人のもとにて梨瓜といふを皿に盛りてすすめらる、此の地方西瓜（と共に瓜）を産することおびただし

（180）瓜《うり》むくと幼《おさな》き時ゆせしがごと　竪《たた》さに割《さ》かば　尚《なほ》うまからむ

訳　（詞書）九日、ふたたび時化になったのでまた宮崎に逃れる。知り合いの人を訪ねて梨瓜というのを皿に盛って勧められた。この地方はスイカをたくさん作っている。

（180）同じ瓜を剥くのなら、自分の子供の頃にしていたように縦に割ってくれれば、なおうまかろうに。

語釈　「梨瓜」はマクワウリの一種。（　）内初出。「たたさ」は縦向きの意（『長塚節「羇旅雑咏」』一三六頁参照）。

音韻と句切れ　ＡＡＢ・ＣＤ。Ａ＝瓜＋幼き、ア行１Ｐ、三句切れ。三四句を「せしがごト・タタさ」で夕行の句またがり。第四句「アーーイアーー」のいさぎよさ。

鑑賞　これも童心歌。ウリ類はへたから尻にかけて場所により甘みが変化し、縦割りの一片なら全ての味を楽しめますが、横割りだと当たり外れができます。また縦割りなら両手で持ってむしゃぶりつく楽しさがあります。

北住敏夫：（009）と同じ）幼少の日のことを思ひ浮かべて詠まれた歌（一九七四、一五二頁）。

十三日、漸《やうや》く折生迫にもどれば同人の手紙などとどきて居たる
を一つ一つと披《ひら》きみてはくりかへしつつ

（181）とこしへに慰《なぐさ》もる人もあらなくに　枕に潮《しほ》のおらぶ夜《よ》は　憂《う》し

（182）むらぎもの心はもとな　遮莫《さもあらばあれ》　をとめのことは暫《しば》し語らず

訳（詞書）（九月）一三日、（宮崎に四泊したあと）ようやく折生迫に戻ってみると、アララギ同人の手紙などが届いていた。それを一つ一つと開いて見ては、また読み返し、

（181）いつまでも側にいて慰めてくれる人も無く、枕元で海の潮が吠えている夜は、何とも憂鬱だ。

Kawamura 英訳（1986）

With my dear one　　人も
Not nearby to comfort me.　　あらなく（側にいて我を）なぐさもる
I find the night gloomy　　夜は憂し
Listning to the sea roaring　　潮のおらぶ
In bed.　　枕に

Alan Farr, Kawamura 英訳（1999）

For all eternity　　とこしへに
No one to comfort me　　なぐさもる人もあらなくに
The gloom of nights is deep　　夜は憂し

（182）心を鎮めようとしても静まらない。ええい、ままよ。この上はもう彼女のことなど口にすまい。

語釈　（181）「なぐさもる」の用例に、万葉集の長歌○草枕旅の憂《うれへ》を　慰《なぐさ》もる事もありやと　筑波嶺《ね》に登りてみれば（略）（九・一七五七）があり、受身の「慰むる」が訛った形と考えられますが、英語の受動態ほど厳密ではなく、（181）では「自分を慰めてくれる人」と訳すのが自然でしょう。

似たケースに万葉集○武庫の浦の入江の渚鳥《すどり》羽ぐくもる君を離れて恋に死ぬべし（一五・三五七八）を踏まえた節の「病中雑詠」○我を思ふ母をおもへば　いづべにかはぐくもるべき人さへ思ほゆ（一九一二）があり、「はぐくもるべき人」について、『合評』では廣野三郎「自分（節）に庇護されるべき人」、土屋文明「我が育むべき人」、斎藤茂吉「母となって誰かとの間にできた子をはぐくむであろう人」と、いずれもてる子を想定しつつ、文法解釈では意見が分かれています。

「枕」は、枕元。「潮」も荒れ狂う海全体。「おらぶ」は大声で叫ぶこと。○沖さかる船人おらび　陸《くが》どよみ　明石の濱に夜網《よあみ》　夜曳《よるひ》く（一九〇五「羇旅雑咏」）

（182）「むらぎもの・群肝の」は「心」の枕詞。「もとな・元無」は「元」＝根拠が無く、理性を失った状態。「遮莫」は唐代以後の俗語で、「遮」＝さえぎる、「莫」＝何もない。合わせて、「ままよ」と投げやりな気持ち。先行歌○さきはひを人は復《ま》た獲《え》よ　さもあらばあれ　我が泣く心拭《ぬぐ》ひあへなくに（一九一二「病中雑詠」）。**訳**　私が思う人（てる子）も（結婚という）幸せを得て欲しい。そう思う一方で、私が悲恋に泣く心の涙は拭うことができない。

音韻と句切れ（181）ＡＢＣ・ＤＣ。Ｃ＝あらなくに＋おらぶ、ア行1Ｐ、三句切れ。（182）ＡＢ・Ｃ・ＤＣ。Ｃ＝さも＋しばし、サ行1Ｐ、二三句切れ。母音ウアイオー　ーーーアオーア　ーオアーーーエ　オーエオーーア　イアイアーーウ、オ段ア段各一三音。

鑑賞「鍼の如く」の中で最もあからさまに主観を吐き出した二首ですが、難解とされてきました。折生迫で受け取った郵便にヒントがありそうですが、詞書や日記からは見当がつきません。唯一参考になるのが、博多に帰ってから平福百穂に宛てた葉書です。

斎藤君のはもう夫人に成つたのですか、同君からも青島へ二人で轉居のたよりがありました、大に幸福であつたと想像します、同君も少し生きて來るわけです、其《その》ことに就《つ》いては私からは何ともいつてはやりませんでした、

とこしへになぐさもる人もあらなくに枕に潮のをらぶ夜は憂し

（一九一四年一〇月一日、平福百穂宛て、全集7・711。挿絵参照）

節発百穂宛て絵葉書 1914.10.1 付、福岡鵜来（うぐ）島。
上段左端の５行が「とこしへに」の歌。（出典：旧『長塚節全集』第六巻（1927）、口絵二）

「斎藤君の」のあとに「テルコさん」を補うと意味が取れます。茂吉は斎藤紀一の長女・輝子の婿となり、病院長を継ぐことを条件に、東京で医学の勉強させてもらいました。結婚したのはこの年の四月のようですが、茂吉自筆の年譜には結婚や長男出産の記事が抜け落ちています。茂吉から節に宛てた「転居のたより」は残っていませんが、中村憲吉に宛てた八月二〇日付けの手紙に「mit で来ました」

とあります。ドイツ語の mit は、フランス語なら avec。茂吉も憲吉も大学出なので、学生言葉として mit が通じたのでしょう。行き先は三浦半島でした。のちに『あらたま』に録された連作「海濱守命」十六首のうち二首、

○妻とふたり命《いのち》まもりて　海つべに直《ただ》つつましく魚《うを》くひにけり

○この浜に家ゐて鱗《うろくづ》を食《く》ひしかば　命はながくなりにけむかも

この歌か、あるいは似た内容の手紙を折生迫で受け取っていたとすれば、節の嫉妬は想像に余りあります。自分が望んで手にできなかった妻と、魚と、健康を、茂吉はやすやすと手にしたのですから。

茂吉が一五歳で養子にきたとき、「をさな妻」輝子はまだ赤ん坊でした。その後の成長ぶりは部分的に『赤光』に録されています。○ほのかなるものなりければ　をとめごはほほと笑ひてねむりたるらむ（一九一一「折に触れて」）は生え始めた恥毛、○をさな妻をとめとなりて幾百日《いくももか》こよひも最早《もはや》眠りゐるらむ（一九一二「或る夜」）は初潮をさします。批評のために『赤光』を熟読していた節にとって茂吉の「をさな妻」は、源氏物語の愛読者にとっての紫の上に似た存在だったことでしょう。

しかし茂吉夫婦の新婚旅行の実態は、節が羨むほどのものではなかったようです。「とうとう輝子をつれてここにまゐり候　鄙《ひな》びて海きたなし　おもしろい事少なし。行商人などの宿りこむ処なり。交合しようと存じたれども未だ出来ず、……」（茂吉発百穂宛て 1914.8（日不詳）、相州三浦郡より。『斎藤茂吉全集』52・233）。学習院で学んだ青山脳病院の家付き娘との初夜を、魚臭い夜具の上で迎えようという茂吉の無神経にも呆れます。百穂から、最寄りの高級旅館か、知り合いの別荘にでも移ることを勧められたのでしょうか。茂吉は礼状を送っています。「昨日は御便難有《ありがた》く御礼申上げ候、その後喧嘩せず、具合よ

ろしきやうに候。あつく御礼申上候……」（1914.8.25、絵はがき、『斎藤茂吉全集』52・232）。

茂吉は『合評』で、(181)「何ともいへぬあはれな悲しい歌である」。(182)「讀者にとつても悲痛に感ぜられてならない」と述べていますが、これらの歌の成り立ちに自分が関与していたかも知れぬとは、思いもしなかったようです。節は節で、茂吉夫妻の不幸を知りません。

夜は苦しき眠りに落つるまで蟲《むし》の聲々《こゑごゑ》あはれに懐《なつか》しく

(183) こほろぎのしめらに鳴けば　鬼灯《ほほづき》の庭のくまみをおもひつつ聴《き》く
(184) こほろぎはひたすら物《もの》に怖《お》づれども　おのれ健《すこや》かに草に居て鳴く

訳　（詞書）夜はなかなか寝付けず、眠りに落ちるまでは虫たちの声が哀れに懐かしく聞こえて、
(183) コオロギが集まって鳴いているので、ホオズキが生えている庭の隅あたりで鳴いているのだろうと、その光景を思い描きながら聞いていた。
(184) コオロギはビクビクと臆病な生き物だが、草に隠れてさえいれば健康を謳歌して鳴いている。

語釈　(183)「しめら・茂ら・繁ら」、万葉集では「しみら」と読まれ、濃密さを表します。

音韻と句切れ　(183)、AB・CDE。頭韻なし、二句切れ。一三句「こおろぎの・オーーイオ」と「ほおずきの・オーウイオ」の母音配列が似ています。(184) ABC・CA。A＝コオロギ＋草、C＝怖づれ＋おのれ、カ行ア行2P、三句切れ。母音進行オーーイア　イアウアオーイ　オウエオー　オーエウオ
アーイ　ウアイーエアウと、四句まで二四音中オ段が一一音と半数近くを占めます。

鑑賞「こほろぎ」で始まり動詞で終わる二首一連。(183)二句「ば」切れから、(184)三句「ども」切れへの深まり。幼少時から病弱だった長塚節にとって、臆病なコオロギは親しみ深い虫でした。『土』10章では、モロコシを盗んだ勘次の怯えをコオロギで象徴しています。そのコオロギにも裏切られては、寂しさを嘆かずにおれません。茂吉に先を越されたショックが尾を引いているのでしょう。

『合評』茂吉：おれのやうな病人とは違ふといふのである。

十四日

(185) 蝕《むし》ばみてほほづき赤き草むらに　朝《あさ》は嗽《うが》ひの水すてにけり

訳〔詞書〕(九月) 十四日

(185) ホオズキの葉が赤く色づきながら、虫に食われはじめてボロボロになっているその草むらに、毎朝の日課になっているうがいの水を捨ててやった。

語釈「蝕みて」、ホオズキの果実の袋が虫食いで網目のようだ、との説もありますが、ホオズキの葉が虫に食われて刈り込まれた状態と解しました。「赤き」とともに、結核に冒された胸を暗示します。

音韻と句切れ　ABC・DA。A＝蝕ばみて＋水、マ行1P、三句切れ。二四句「アカ・アサ」。

鑑賞(183)でコオロギが潜んでいると想像したホオズキの草むらにうがいの水を捨てるのは、八つ当たりの意味があるかもしれません。

島木赤彦は『歌道小見』(一九二四、二一六頁)で節の代表的病中吟二首の一として紹介しています。

土屋文明は『文學』3・8所載「長塚節の自然観」（一九三五、一九四四『短歌小徑』所収）で、節の自然描写は総じて温和で明るいが、次の三つの例外があると指摘しました：①短歌連作「濃霧の歌」（一九〇八発表）に詠われた自然の威力、②小説『土』（一九一〇）に自然主義の影響で描かれた、人間を苦しめ虐《しいた》げる意地悪な自然、そして③「鍼の如く」のうち「不治の病に対する自覚で、（略）心境が深く複雑になり（略）、深刻鋭利な眼が自然にも向けられて居る」三首、(181)(184)(185)。「鍼の如く」二三一首の中からこの三首を嗅ぎあてた文明の嗅覚はさすがですが、その理由として「自然を見る眼」は漠然としすぎ、「斎藤茂吉とその分身であるコオロギへの逆《さか》恨み」を想定する方が理にかないます。

午《ひる》に近くたまたま海岸をさまよふ

(186) 草村にさける南瓜《かぼちゃ》の花共《はなとも》に　疲《つか》れてたゆき　こほろぎの聲

訳　昼近くたまたま海岸をさまよってみた。

(186) 草むらに咲いているカボチャの花の姿も、その下で鳴いているコオロギの声も、疲れてだるそうだ。

語釈　「かぼちゃ」、節は一貫して「たうなす・南瓜」と詠ってきましたが、ここに来て三音の「かぼちゃ」と詠みました。「たゆし・弛し・懈し」は(101)参照。

音韻と句切れ　ABC・DA。A＝草村＋こほろぎ、カ行1P、三句切れ。

鑑賞　旅の疲れがとろけ出るような一首。コオロギに対する意地も恨みも消え、「疲れてたゆき」仲間に自分も加わっています。旅に出てからほぼ一ヶ月。もう気が済んだろう、と体がつぶやいています。

海もくまなく晴れたれば、あたりは只一時に目をひらきたるがごとし

（187）鯛《たひ》とると舟が帆《ほ》掛《か》けて亂《みだ》れれば　沖は俄《には》かに潤《ひろ》くなりにけり

訳　（詞書）海が一面に晴れたので、あたりの風景はまるで目を開いたようになった。
（187）タイを獲るために漁船が帆を掛けて、互いに乱れるように動き始めたので、沖はにわかに広くなった。

語釈　「目を開く」、○稲刈《いねか》りて淋《さび》しく晴るる秋の野に黄菊はあまた目をひらきをり（一九〇八「秋雑詠」）。『土』10章で、おつぎがモロコシを捨てに夜中に鬼怒川の土手まで急ぐ途中、「其処《そこ》らの畑には土が眼を開いたように　処々《ところどころ》ぽつりぽつりと秋蕎麦《あきそば》の花が白く見えている」、とあります。「くま」は隈。

音韻と句法　ABC・DB。B＝舟＋潤《ひろ》く、ハ行1P、三句切れ。

鑑賞　日向の旅も最後になって、ようやく南国の漁村らしいのどかな風景に出会いました。広々とした海景歌として、（174）（229）があります。

豊後國《ぶんごのくに》へわたる船を待たむと此の日内海《うちうみ》にいたりてやどる

（188）此《こ》の宵《よひ》はこほろぎ近し　厨《くりや》なる笊《ざる》の菜などに居てか鳴くらむ

訳 (詞書) 豊後の国 (大分県) に渡る船を待つために、この日、内海に来て泊まった。

(188) 今夜はコオロギの声が近く聞こえる。台所の笊に積まれた菜っぱに居て鳴いているのだろうか。

語釈 「内海」は天然の良港で波の音が静か。「近し」は高音が美しく聞き取れることを指すのでしょう。

音韻と句切れ ＡＡ・ＡＢＣ。Ａ＝此の＋こほろぎ＋厨、カ行３Ｃ、二句切れ。形容詞終止形が童心歌のようで懐かしく、一二三句カ行３Ｃが穏やか。結句「居てか鳴くらむ」の「カ」に意識が集中します。

鑑賞 長く苦しかった日向の旅の最後の夜の脱力感。コオロギの聞こえ方が、一三日夜の(183)「しめら」、(184)「おのれ健やか」、一四日昼(186)「疲れてたゆき」と、歌人の心を写す鏡となってきました。(188)ではコオロギがあるじ、自分は一介の旅人です。

翌日も外海は荒れて船は出ず、ここで三日待たされました。九月半ばといえば、『アララギ』10月号の原稿締め切りの頃ですが、一四七頁で述べたように、節は「鍼の如く」の連載を休みます。

十八日、昨日別府の港につきてけふは大分の郊外に石佛《せきぶつ》を探り
汗流して歸れるに、夕近くなりて慌《あわただ》しく肌衣《はだぎ》とりいだす

(189) こころよき刺身の皿の紫蘇《しそ》の實《み》に　秋は俄《には》かに冷《ひ》えいでにけり

訳 (詞書) (九月) 一八日、昨日別府の港について、今日は大分の郊外に石仏を探しに行き、汗を流して帰ると、夕方近くなって急に冷え込んだので、慌てて肌着を取り出して着込んだ。

（189）見た目にも気持よい刺身の皿に添えられた紫蘇の実の色の鮮やかさ。まるで秋の涼気がそこに凝縮しているようだ。

語釈 「石仏」、有名な臼杵《うすき》ではなく、別府から汽車で大分に行き、元町と高瀬の石仏を人力車で訪ねました。車代一円五〇銭、（伊藤昌治、一九七九、二二三〜六頁）。「こころよき」は調理と盛り付けなどの見栄えの良さ。一七日から四泊の宿代四円四〇銭に含まれていたと思われます。

音韻と句法 ＡＢＢ・ＣＤ。Ｂ＝刺身＋紫蘇。サ行1Ｐ、三句切れ。二三句「サシミ・サラ・シソのミ」。結句母音イエイエイエイ。

鑑賞 視覚と温度感覚が溶け合い、印象鮮明な歌です。微小なものに季節を読みとる俳句の視点。

二　博多の秋（190〜200）一一首、九月二二日〜一〇月一八日

二十二日、博多なる千代の松原にもどりて、また日ごとに病院にかよふ

（190）此《こ》のごろは浅蜊《あさり》浅蜊と呼ぶ聲も　すずしく　朝の嗽《うが》ひせりけり

訳 （詞書）（九月）二二日、博多にある千代の松原に戻って、また毎日病院に通う。

（190）この頃は「アサリ、アサリ」と売り歩く呼び声までも涼しく聞こえる。そう感じながら、朝のう

がいをした。

音韻と句切れ　ＡＢＣＤＢ。Ｂ＝浅利＋嗽ひ、ア行１Ｐ、切れ目なし。「アサリアサリ・アサ・セリけり」。

鑑賞　「浅蜊浅蜊」の呼び声と、「嗽せりけり」の緊密な響き合い。新たな季節や風物に意識を集中し、これからの療養生活を立て直そうとしています。（094）蚤取り粉の売り声を聞いたのは夏至前（六月一四日）の浅夜でした。今は秋の彼岸。やがて（225）一二月八日の松葉の売り声が最後の投稿歌となります。

三十日、雨つめたし、百穂《ひゃくすい》氏の秋海棠を描きたる葉書とりいだしてみる、庭にはじめてさけりとあり

（191）うなだれし秋海棠《しゅうかいどう》にふる雨は　いたくはふらず　只《ただ》白くあれな

（192）いささかは肌《はだ》はひゆとも　單衣《ひとへ》きて秋海棠は　みるべかるらし

訳　（詞書）（九月）三〇日、雨が冷たい。平福百穂氏から送られたシュウカイドウの絵葉書を取り出してみる。そこには庭に初めて咲いたと書いてあった。

（191）うなだれて咲くシュウカイドウに降る雨は、あまり激しくなく、ただ白くあってほしいものだ。

（192）少しばかり肌が冷えても単衣を着てシュウカイドウの花は見るべきなのだろう。

語釈　「雨は・白くあれな」、参考〇落葉せるさくらがもとにい添《そ》ひたつ木槿《むくげ》の花の白き秋雨（一九〇五「羇旅雑咏」詩仙堂）。

音韻と句切れ　(191)ＡＢＣＡ・Ｄ。Ａ＝うなだれし＋いたくは、ア行１Ｐ、四句切れ。(192)ＡＢ・ＢＣ・Ｄ。Ｂ＝肌＋単衣、ハ行１Ｐ、二四句切れ。肌と単衣の頭韻は(084)にもありましたが、ここではその間に「冷ゆ」が加わっています。

鑑賞　平福百穂宛て一〇月一日付絵葉書で、次のように書いています。「どうも秋海棠といふ花は暑い内に少し冷かな處のある季節にしつくりと合つて居るやうに思はれます、今日は少し冷える位な雨の日に、白地の浴衣でも着て居て見るのが何ともいはれずいゝと思ひます、昨日はこちらは雨でもう袷羽織《あわせはをり》を引つかけましたが、あなたの秋海棠を見てふと其心地になつて一首作りました、

　うなだれし秋海棠にふる雨はいたくはふらず只白くあれな

まだ発表する歌ではありません。」(全集7・711)

同じ絵葉書の裏に、(181)「とこしへに慰ぐさもる人もあらなくに」の歌が引用されていました。

(193)ゆくりなくも宿のせまき庭なる朝顔の垣をのぞきみて

秋雨《あきさめ》のひねもすふりて　夕《ゆふ》されば朝顔《あさがほ》の花　しぼまざりけり

訳　(詞書)なんとなく気になり、宿の狭い庭にあるアサガオの垣をのぞいて見ると、

(193)秋雨が一日中降っているせいで、夕方になってもアサガオの花が萎まずにいるではないか。

語釈　「ゆくりなく」(053)参照。「ひねもす」、一日中。

音韻と句切れ　ＡＢ・ＣＡ・Ｄ。Ａ＝秋雨＋朝顔、ア行１Ｐ、二四句切れ。

鑑賞　終日薄暗いためにアサガオが「昼」を感知できぬまま、夕方を迎えました。(158)日陰の「朝顔の赤は萎まず」と似た現象ですが、季節外れの朝顔を見る節の目は冷ややかで、もう色などどうでもよくなっています。

十月一日、庭のあさがほけさは一つも花をつけず

(194)朝顔《あさがほ》の垣《かき》はむなしき秋雨《あきさめ》を　わびつつ　けふもまた　いねてあらむ

訳　(詞書)一〇月一日、庭のアサガオは今朝は一つも花をつけていない、

(194)アサガオの垣は花がなく、降る秋雨をわびしく思いつつ、今日もまた寝ていよう。

語釈　「むなし」は「花がない」の意。「わぶ・侘ぶ」は「侘しく思う」。

音韻と句切れ　ABA・CD。A＝朝顔＋秋雨、ア行1P、三句切れ。(193)「秋雨・朝顔」の順を反転しました。下二句の三分割(4＋5＋6＝15)の字余りから、気だるさが伝わってきます。

鑑賞　何をする気にもならない気分を歌にしましたが、寝てばかりもおれず、百穂宛ての絵葉書に(181)「とこしへに」の歌を書き添えています。

病院の門を入りて懐《なつか》しきは、只《ただ》鶏頭の花のみなり

(195)鶏頭《けいとう》は冷《つめ》たき秋の日にはえて　いよいよ赤く冴《さ》えにけるかも

訳　（詞書）通院を再開して病院の門を入るとき懐かしく思うのは、ただケイトウの花だけだ。
（195）ケイトウは冷たい秋の日に映えて、いよいよ赤く冴えているではないか。
語釈　「冴え」、（144）桔梗の「冴え」は涼を感じさせる青紫でしたが、鶏頭の色は、赤・橙・黄・緑・青・赤紫を含み、形も炎のようにねじれて複雑です。
音韻と句切れ　ＡＢＣ・ＤＥ。頭韻なし、三句切れ。二四句「アキ・アカ」と三五句「ハエ・サエ」がそれぞれ響きあいます。
鑑賞　鶏頭は病床の子規がことのほか愛したことから、根岸派歌人にとって特別の花となりました。
○鶏頭のやや立ち亂れ　今朝や露のつめたきまでに園《その》さびにけり（左千夫、一九一二「ほろびの光」）
○鶏頭の紅《べに》ふりて来《こ》し秋の末や　われ四十九《しじゅうく》の年行かんとす（同）
節の「冴え」と左千夫の「さび・古り」。表現こそ違え、鶏頭の猛々しさと孤高をよく表しています。
茂吉は岩波文庫『長塚節歌集』の巻末解説で、節の歌に洋画の影響を見ています。（195）はさしずめゴッホでしょうか。

　　十日、再び秋草のたよりいたる、萎《しな》えたるこころしばらくは慰む
（196）刈萱《かるかや》と秋海棠《しゅうかいだう》とまじりぬと　未《いま》だはみねど　かなひたるべし
（197）わびしくも痩《や》せたる草の刈萱は　秋海棠の雨ながらみむ
訳　（詞書）（一〇月）一〇日、再び百穂氏から秋草の便りがあった。しょんぼりと萎《しお》れていた心がしばら

くは慰められた。
(196)刈萱とシュウカイドウが混じって生えたと便りにある。その取り合わせを自分は見たことがないが、なるほど、私たち二人の美意識にかなうのだろう。
(197)わびしく痩せた草である刈萱なら、シュウカイドウが似合う雨の中で見たいものだ。

語釈 「萎《しな》えたる」の訓みは、万葉集「石見《いはみ》の海《うみ》…夏草の思ひ萎《しな》えて」(二・一三一)と、「病中雑詠」○打ち萎《しな》えわれにも似たる山茶花の凍れる花は見る人もなし」(一九一二)に拠りました。国語辞典類には「萎《な》ゆ」と「撓《しな》ふ」を載せ、「萎《しな》ゆ」を載せないものもあります。「刈萱」、『牧野日本植物図鑑』(一九四〇)にオガルカヤとメガルカヤの二種があり、葺き材としてはメガルカヤが主だとのこと。「秋海棠の雨」、(191)の白い雨。「雨ながら」、雨の中で。(001)語釈参照。

音韻と句切れ (196)ABC・DA。A=刈萱+かなひ、カ行カ音1P、三句切れ。(197)ABC・DE。頭韻なし、三句切れ。

鑑賞 (191)から続く、百穂の画文と節の歌による美の合作。個性をぶつけ合うよりむしろ、東洋的無我を共有する、文人風の交遊です。かつてわびしい風景には母がよく登場しました。
○さびしらに母とふたりし見る庭の雨に向伏《むかぶ》すやまぶきの花(一九〇八「暮春の歌」)、
○耬斗菜《おだまき》を母と二人が見てし日は障子はいまだ白かりしかど(一九一二「病中雑詠」)。
北住敏夫:可憐な草花を思ひ描いてひそかな慰みを得てゐる(一九七四、一五九頁)。

日ごろは熱たかければ、日ねもす蒲團《ふとん》引き被《かぶ》りてのみ苦しみける程に、もとより入浴することもなかりけるが、たまたま十八日の朝まだき、まださくやらむと朝顔のあはれに小さくふふみたる裏戸をあけていでゆく

(198) 浴《ゆあ》みして手拭《てぬぐひ》ひゆる朝寒《あささむ》み　まだつぼみなり　そのあさがほは

訳　(詞書) このところずっと熱が高くて一日中布団をひっかぶって苦しんでいて、とても入浴するどころではなかったが、たまたま一八日の早朝、(入浴を思い立ったついでに) まだ咲いているだろうかと思い、アサガオがひっそり小さく蕾をつけている裏戸を開けて浴室へ行った。

(198) 風呂上がりの手ぬぐいが冷えるほどの寒い朝、そのアサガオはまだ蕾だった。

音韻と句切れ　ABC・D・E。頭韻なし、三四句切れ、四五句倒置。一三四句「ゆあミ・さむミ・つぼミ」の脚韻が、寒さで縮む体のリズムを刻んでいます。

解説　色の不明な朝顔の歌もこれが最後となりました。『土』1章でお品が湯冷めして病気をこじらせる場面を思い出させます。

小さき蚊帳のうちに獨りさびしく身を横たふるは常のならはしにして、また我が好むところなるに、ましてここは藪蚊《やぶか》のおほきところなれば只いつまでも吊らせてありけるが

(199) 幾夜《いくよ》さを蚊帳《かや》に別れて　ながき夜《よ》のほのかに愁《かな》し　雨のふる夜《よ》は

（200）古蚊帳《ふるがや》のひさしく吊りし綻《ほころ》びも　なかなかいまは懐《なつか》しみこそ

訳　（詞書）小さい蚊帳の中で一人寂しく寝ているのはいつものことで、また自分はそうしているのが好きだし、ましてここはヤブカの多いところなので、いつまでも蚊帳を吊らせていたのだが、（199）（ついに蚊帳が取り払われ、）いく晩かを蚊帳なしで寝てみると、秋の夜長はほのかにかなしい。とくに雨の降る夜は。

（200）古蚊帳を長く吊りっぱなしにしていた、その綻びすら、今となってはかえって懐かしいものだ。

語釈　「懐かしみこそ」、「こそ」は詠嘆の終助詞。万葉集〇小里《をさと》なる花橘を引き攀《よ》ぢて折らむとすれどうら若みこそ（一四・三五七四）参照。

音韻と句切れ　（199）AB・CD・A。A＝幾夜さ＋雨、ア行1P、二四句切れ。第四句「カニカナ」。一三五句でくりかえされる「夜」が、蚊帳のない夜が続いたことを暗示します。（200）AAA・BB。A＝古蚊帳＋ひさしく＋綻び、B＝なかなか＋懐かしみ、ハ行ナ行FH、三句切れ。

鑑賞　旅先でなじんだ蚊帳が取り払われた喪失感を、深いため息とともに吐き出した一連。詞書末の逆接の接続助詞「が」を挟んで、（詞書）蚊帳のあった過去と、（199）蚊帳のない現在を対立させ、（200）であらためて、上三句（ハ行）過去の情景と、下二句（ナ行）懐かしむ自分を示す重層構造。

「一二」はここで終わり、節は高熱を出して一ヶ月近く寝込みます。

三　博多の冬と最後の外出（201～226）二六首、一一月一一日～一二月八日

「鍼の如く」もいよいよ大詰めです。二六首のうち七首で「こぼす・こぼる・こぼれ」を繰り返して気の弱りを見せますが、二度の外出で秀歌も得ています。

吸入室の窓のもとに、一坪ばかり庭の砂掻きよせて苗を插してありけるが、夏の日にも枯れず、秋もたけて漸《やうや》く一尺餘りになりたればいまは日ごとに目につくやうになりけるを、十一月十一日、折から時雨《しぐれ》の空掻きくもりて騒がしきに

（201）はらはらと松葉《まつば》吹きこぼす狹庭《さには》には　皆白菊《みなしらぎく》の花さきにけり

次の日、庭は熊手もてくまもなく掻きはらはれたれど

（202）白菊《しらぎく》のまばらまばらはおもしろく　こぼれ松葉を砂のへに敷く

訳（詞書）吸入室の窓の下に、一坪ほどの庭の砂を掻きよせて苗を挿してあったのが、夏の日にも枯れることなく、秋も長《た》けてようやく三〇センチほどの高さに伸びたので、近頃では日ごとに目立つようになっていたところ、一一月一一日、折から時雨模様の空が急に曇り、風も出て騒がしく、

（201）はらはらと松葉を吹きこぼす狭い庭には、白菊の花ばかりが咲いた。

（詞書）次の日、庭は熊手で端から端まで掻き清められたが、

（202）白菊がまばらまばらに生えている様子は面白く、またこぼれてきた松葉が砂の上に敷き詰められている。

語釈　「砂のへ」を「砂の上」、「砂の辺」のどちらに解するかで、情景が変わります。詞書に「掻きははらはれたれど」とあるので、一度は綺麗に掃き清められた、その「上」にまた散ったと解しました。

音韻と句切れ　（201）ABC・BA。A＝はらはら＋花、B＝松葉＋皆、ハ行マ行2P、三句切れ。（202）ABC・DA。A＝白菊＋砂、サ行1P、三句切れ。（201）松葉の「ハラハラ」と（202）白菊「まバラまバラ」「こボレ」が響きあう二首一連。（201）第三句「さニワニワ」や、（202）詞書「クマでもてクマもなく」の畳音で、地味な景色を飾っています。

鑑賞　同じ株から得た枝を挿した結果、「皆白菊」となったのでしょう。看護婦らの落胆と苦笑、それを見守る節の好意的な眼差しが感じられます。

十四日、夜にいりて雨やまざれど俄《にはか》に思ひ立つことありて久保博士をおとなふ

（203）しめやかに雨の浅夜《あさよ》を　籠《かご》ながら山茶花《さざんくわ》のはな　こぼれ居にけり

訳　（詞書）一四日、夜に入っても雨が止まないが、急に思い立つことがあり、久保博士の家を訪ねた。

（203）しめやかに雨が降る宵の口、籠に活けられた山茶花の花弁がこぼれ落ちていた。

語釈　「思ひ立つこと」は咽喉の電気焼灼手術の依頼で、一一月二〇日手術と決定。「籠ながら」は「籠の中にあって」。「山茶花」、一一月一八日付け、寺田憲宛て絵葉書に「此間《このかん》の日曜日に二ヶ月ぶりにて外出致候《いたしそろ》故《ゆえ》　山茶花のさきたるをも知らずに打過《うちすご》し申候《まうしそろ》　いつの間にかざぼんなども黄に染《そ》み申候　既に冬の季節ながら此地にて晩秋の氣漂《ただよ》ひ申候」と書いています。

音韻と句切れ　AB・CA・C。A＝しめやか＋山茶花、C＝籠＋こぼれ。カ行サ行2P、二四句切れ。

鑑賞　久保家の玄関か床の間の光景でしょう。久保博士に直談判《じかだんぱん》して手術日程が決まりましたが、結核菌はすでに肺を冒していて、喉頭部の手術が気休めに過ぎないことに、節も気づいていたはずです。前の二首につづく「こぼれ」が、自虐的に聞こえます。

俄《にはか》に九度近くのぼりたる熱さむることもなく、三十日ばかりの間は只引きこもりてありければ、常に《（イは）》季節に疎しともおもはざりける身の山茶花の花をみることは《（イとも）》はじめてなればいま更のごとく驚かれぬるに

(204) 吸物《すひもの》にいささか泛《う》けし柚子《ゆず》の皮《かは》の黄《き》に染《そ》みたるも久しかりけり

訳　〈詞書〉（一〇月中旬）にわかに体温が三九度近くに昇ったまま、その熱が下がらなかったため、それから三〇日近く（一一月中旬まで）ただ引きこもっていた。いつもなら季節の推移には鈍感だとは思わない（むしろ敏感だと自負していた）身なのに、山茶花をみるのが今季初めてとは、今更ながら驚いてしまっ

たのだが、
（204）吸い物にほんのすこし浮いている柚子の皮が黄色く染まっているのをみるのも、何と久しぶりのことだろう。
語釈　「驚かれぬるに」＝「驚く」未然形＋自発の助詞「れ」＋完了の助動詞「ぬ」の連体形＋譲歩の助詞「に」。「黄に染む」、（203）で挙げた手紙文ではザボンに用いられています。
音韻と句切れ　ＡＢＣＤＥ。頭韻なし切れ目なし。二五句「イササ・ヒサシ」の音が近い。
鑑賞　秋の歌を得意とする節が、一〇月中旬からの一ヶ月間高熱で寝込み、秋の深まりを味わえませんでした。九月一八日（189）で刺身のシソの実を詠んでから、約二ヶ月が経っています。「久しかりけり」に不覚を悔やむ気持ちが混じっているのでしょう。
北住評：俳諧の印象詩的な性格は蕪村によって極められたもの（一九七四、一六二頁）。

幾時なるらむ、めざめて雨のはげしきおとをきく
（205）松の葉は復《ま》たこぼるらし　小夜《さよ》ふけて廂《ひさし》に雨の當るをきけば

訳　（詞書）何時頃だろうか、ふと目が覚めると、激しい雨の音が聞こえた。
（205）松の葉はまたこぼれているようだ。夜が更けてから屋根の庇に雨が激しく当たる音で、そう思われる。
語釈　「当る」、松葉が当たる音を聞き分けているのか、それとも雨音の激しさで、松葉のこぼれる様子

を想像しているのか、不明。

音韻と句切れ AA・BCD。A＝松の葉＋復た、マ行1P、二句切れ。動詞＋推量の助詞で二句止め。三句以降で推量の根拠を示しています。

鑑賞 初二句1Pの断定と、三句以下の理由説明からなる、新聞の二行見出しのような明快な構造で、孤独な夜を描いています。

十五日、ふと彼十坪《かのとつぼ》に足《た》らぬ裏の庭を見下《みおろ》すに、そこにも若き木の一本《ひともと》はありて

(206) ひそやかに下枝《しづえ》ばかりにひらきたる　山茶花《さざんくわ》白くこぼれたり見ゆ

(207) 山茶花はさけばすなはちこぼれつつ　幾《いく》ばく久《ひさ》にあらむとすらむ

訳 (詞書) 一五日、ふと例の十坪足らずの裏庭を見下ろすと、そこにも若い木が一本あって、

(206) ひっそりと下枝にばかりについて開いたサザンカの花が、白くこぼれ落ちているのが見える。

(207) サザンカは咲くとすぐにこぼれてしまい、どれほど咲いたままでいるつもりなのだろう。せわしないことだ。

語釈 「彼十坪に足らぬ裏の庭」、(193) 詞書「宿のせまき庭」のことか?

音韻と句切れ (206) ABA・BC、A＝ひそやか＋ひらき、B＝下枝＋山茶花、ハ行サ行2P、三句切れ。(207) AAB・CC、A＝山茶花＋さけば、C＝幾ばく＋あらむ、サ行ア行2P、三句切れ。「あラ

ンとすラン」の脚韻。

鑑賞「こぼれ山茶花」の二首一連。「病中雑詠」では山茶花に、てる子や自分を託しましたが（『節の歳時記』二三三〜二三八頁参照）、ここではそうした擬人的詠嘆はなく、静かに花と向き合っています。二首とも2Pですが、(206)はABABC、(207)はAABCCと変化をつけています。

梶木剛は、この山茶花を、「蝕まれた『赤』として作歌にいそしまねばならない」節の象徴だと解し、「『幾ばく久にあらむとすらむ』に、節の悲しみが類稀《たぐいまれ》に声調化されてある」と断言しています（一九八〇、二二七頁）が、そこまで結びつけなくても良いと思います。


十六日、このごろ熱低くなりたれば、始めて人をたづねていづ、空晴れて快し
(208)不知火《しらぬひ》の國のさかひに　うるはしき背振《せぶり》の山は　暖かに見ゆ

訳（詞書）（一一月）一六日、このところ熱が低くなっているので、（日向旅行から帰って以来）初めて人を訪ねて外出する。空は晴れて気持ちが良い。
(208)筑紫と肥前の国境にそびえる美しい背振山は、いかにも暖かそうに見える。かつて沙弥満誓《しゃみまんぜい》が褒めた筑紫の綿を偲ばせる。
語釈「十六日」、「病床日記」では一六日に外出の記録がなく、一五日「午前眠りて、午後西公園に中山博士を訪い五時ごろまで話してかえる。午後晴る。秋色皆珍し。発熱なきを喜ぶ」とあります。「不

知火」は「筑紫」の枕詞。「背振山（せぶりやま・せふりさん）」は筑紫（福岡県）と肥前（佐賀県）の境にあり、標高一〇五四・六メートル。花崗岩からなる山で、当時はアカマツの疎林越しに白い露岩や「まさ」が見えていたでしょう。「暖かにみゆ」、本歌は万葉集〇不知火《しらぬひ》筑紫の綿は　身につけていまだは着ねど　暖《あたた》けく見ゆ（三・三三六沙弥満誓《しゃみまんぜい》）。筑紫の綿（真綿）は質がよく、「調綿」として奈良の都に送られていました（倉住、一九七九、八三頁）。観世音寺建設の責任者・満誓でも、おいそれと身に纏うことができなかったようです。

音韻と句切れ　AB・CA・C。A＝不知火＋背振、C＝うるはし＋暖か。サ行ア行2P、二四句切れ。三句で切っても読めますが、本歌の二四句切れを踏襲しました。

鑑賞　ひさしぶりの大らかな風景。「南の国境の山は暖かそうだなあ」とあこがれる気持ちを、沙弥満誓の歌の調べに載せました。満誓ゆかりの観世音寺の鐘の歌（214）が詠われるのは、この六日後です。

『合評』茂吉：のんびりした聲調で、おのづから體の具合の好いことをあらはしてゐる。

ひとの垣に添うてゆく

（209）山茶花はあまたも散れば　土《つち》にして白きをみむに　垣内《かきつ》には立つ

雀の好む木なればか必ずさへづりかはすをみる

（210）山茶花に雀《すずめ》はすだくときにだに　姿《すがた》うつくしくあれな　とぞおもふ

訳　（詞書）他人の家の垣根に沿って歩いた。

（209）サザンカの花が多く散っているので、土の上に白く散っているのを見ようと、垣根の内側（他人の敷地）に立ってみた。

（詞書）サザンカはスズメが好きな木であるせいか、必ず囀り交わしているのが見える

（210）サザンカは、スズメが集まって囀りあっている時でも、その美しい姿を保っていてほしいものだ、と思う。

語釈　「さへずりかはす」と「すだく」は同義。

音韻と句切れ　（209）AB・CA・D。A＝山茶花＋白き。サ行1P、二四句切れ。（210）AAB・AC。A＝山茶花＋雀＋姿。サ行3C、三句切れ。一二句「サザ、スズ」。

鑑賞　「山茶花」で始まり動詞で終わる二首一連。美しくあってほしいのがサザンカなのかスズメなのか、それとも自分か、評者によって意見の分かれるところですが、サザンカと見るのがいちばん素直でしょう。集《すだ》くスズメらによって乱されず、むしろその「動」によってサザンカの「静」が引き立つようであってほしい、と解しました。

わかき女のさげもてゆくものを

（211）手に持てる茶の木の枝《えだ》に括《くく》られて黄《き》に凝《こご》りたる草の花　何《なに》

訳　（詞書）若い女が手に下げてゆくのを見て

（211）手に持っているチャの木の枝といっしょに括られて、黄色くかたまっている草の花は、一体何の

花だろう。
音韻と句切れ　ＡＡＢＢ。Ａ＝手＋茶、Ｂ＝括られ＋黄＋草。カ行タ行ＦＨ、切れ目なし。結句を「何」で止める句法は、若い頃ときどき使っていました。
鑑賞　無造作に扱われている花は売り物でなく、墓か仏壇に供えるためのものでしょう。チャの花の白い花弁と黄色い花粉。そこに加わる別の黄色に、思わず目が行きました。「病床日記」一一月一八日に「昨夜おそくまで歌に筆をとる。眠られぬ故なり、今朝ねむし」とあり、推敲に頭を使っていたようです。

十九日、復《ま》たいでありく、朱欒《ざぼん》の青きがそこここの店に置かれてまだ一つ二つは残りたらむとおもふに、梢に垂れたるは皆既《すで》にいろづきたるにおどろく
(212)　竿《さを》に釣りて朱欒《ざぼん》のうへの白足袋《しろたび》は　乾きたるらし　動きつつみゆ

訳　（詞書）一九日、また外出した。あちこちの店に青いザボンの実が置かれてまだ一つ二つは残っているころだろうと思っていたが、梢から垂れている実はみなすでに黄色く色づいているのに驚いた。
(212)　竿に釣ってザボンの木より高く干してある白足袋は、もう乾いたようだ。風に動いて見える。
語釈　「残りたらむ」は店先か木の上か不明。「見ゆ」は受け身・自発で、「見える」の意。
音韻と句切れ　ＡＢＡＣ・Ｄ。Ａ＝竿＋白足袋。サ行１Ｐ、四句切れ。四句で推量し、結句でその根拠を述べています。

鑑賞 ミカン科特有の錆色がかった濃緑の茂み、黄色いザボンの実の重量感、乾いて風に揺れる竿の先の白足袋。同じ足袋を干した歌でも、(003)の雨の慌ただしさはなく静かです。秋を味わいつくさぬうちに冬を迎えてしまった無念も感じられます。

二十二日、観世音寺にまうでんと宰府《ざいふ》より間道《かんだう》をつたふ

(213) 稲扱《いねこ》くとすてたる藁《わら》に霜ふりて　梢《こずゑ》の柿は赤くなりにけり

訳 (詞書)(一一月)二二日、観世音寺に参詣しようと思い、太宰府からの近道をゆく。

(213)(地上には)稲を脱穀したあと捨てられた藁に霜が降り、(頭上には)梢の柿の実が赤くなっている。

語釈 「二十二日」、「病床日記」では二三日「ふと思い立って観世音寺へ行く、晴れて心地よき筈なるに何としたるか倦怠を覚ゆ」とあります。「観世音寺」は沙弥満誓《しゃみまんぜい》(七二三)、僧玄昉《げんぼう》(七四五)による造営を経て、七四六年完成。節は一九一二年五月七日、佐賀から鳥栖経由で初めて訪れ、仏像の立派なのに感激して絵葉書二組を二四銭で求め、寺への喜捨二六銭を含めて、五〇銭を払い、五日後の一二日にも再訪しています。平福百穂宛て(1912.5.9)に「表面で見て見すぼらしい観世音寺が立派な佛像でぎつしりだ、二十體も國寶だ、奈良京都を除いては日本に類がない」(全集7・451)と書き送りました。「国宝」はその後「重要文化財」に格下げされましたが、平安時代初期の丈六の仏像は名品揃いで、今では本堂に隣接する宝物館に収められています。「間道」、伊藤昌治(一九七九)によると、風邪でだるいた

め国鉄二日市駅から太宰府軌道で太宰府まで行き、間道を歩いた由。

音韻と句切れ　ＡＢＢ・ＣＡ。Ａ＝稲＋赤く、Ｂ＝すてたる＋霜、ア行サ行２Ｐ、三句切れ。「コク、カキ、あカク」とカ行の２連音が繰り返されます。

鑑賞　季節感の乏しい市中を出て、初冬の田園風景を見た衝撃と、静かな諦め。地面の藁の黄色から視線が上がるにつれて、霜の白、柿の赤が加わます。

彼《か》の蒼然たる古鐘をあふぐ、ことしはまだはじめてなり

(214) 手を當《あ》てて鐘はたふとき冷《つめ》たさに　爪叩《つまたた》き聴《き》く　其《そ》のかそけきを

訳　(詞書) 例の (観世音寺の) 蒼然と古びた鐘を見上げた。一昨年以来何度か来たが、今年では初めてだ。

(214) 鐘に手を当ててみると、ひんやりした冷たさに尊とさが感じられ、爪先で叩いて聴いた。その微かな音を。

Kawamura 英訳 (1986)

Cold to my hand　　　手を当てて　冷たさに
Was the venerable old bell　　　鐘はたふとき
With my finger I tapped it　　　爪叩き
And heard it faintly sing.　　　聴くそのかそけきを

語釈　「彼の」は、太宰府に流された菅原道眞が不遇を嘆いて詠んだ詩句「観世音寺は唯《ただ》鐘聲を聴く」

でよく知られた、という意味。観世音寺は平安時代に何度も火災に遭い、この鐘だけが創建当時の物として残っています。現在では九州国立博物館に展示され、鐘の音も録音で繰り返し聴くことができます。「あふぐ・仰ぐ」の読みは「あおぐ」。「かそけし」は（011）参照。

音韻と句切れ　ＡＢＡ・Ａ・Ｃ。Ａ＝手＋冷たさ＋爪叩き。タ行３Ｃ、三四句切れ。初四句途中の「爪叩き」までタ行優勢で触覚中心。「聴く」からカ行優勢の聴覚世界。音韻的によく統合されています。

鑑賞　日向旅行初日の（163）とは、初句「手を当てて」だけでなく、第二句末「き」、第三句末「に」も共通。第四句も（163）「ツメタ」に対する（214）「ツマタ」。ただしテーマと結句は異なり、（163）「にじみいにけり・イーーーーエイ」の不安な響きに対して、（214）「そのかそけきを・オーアオエイオ」には憧れと心の鎮もりが感じられ、ほとんど辞世のようです。

『合評』茂吉：その頃作者はしきりと本邦古美術のことを云つてゐたから、その感激はこの一首にも出て居るのである。

節が古い梵鐘に興味を持ち始めたのはこの二年前で、一九一三年四月一三日付け橋詰浩一郎宛て「昨年より掛けて朝鮮製の古鐘を見ること十三口《く》、内十二口は國寶」、同一七日付け出雲杵築《きづき》より伊藤左千

太宰府観世音寺・梵鐘の竜頭（りゅうず）。著者による鉛筆画

夫宛て「出雲へ來てはまた日本第一だらうと思ふ朝鮮鐘を見た」と書き送っています。夏目漱石も「釣鐘の好きな人」（一九一五）という追悼文を残しています。（042）で紹介した島木赤彦「憶故人」九首に、鐘を詠んだ二首があります

長塚節氏の出雲に旅せしは喉頭結核の宣告を受けし後なり

○白雲の出雲の寺の鐘一つ恋ひて行きけむ命をぞ思ふ

○釣鐘の爪だたきつつ聞きにけむ音も命もかへることなし（一九二五、斎藤・久保田編、一九三六所収）

（215）朱欒《ざぼん》植ゑて　庭暖《あたたか》き冬の日の　障子《しやうじ》に足らず　いまは傾《かたむ》きぬ

住持《ぢゆうぢ》は知れる人なり、かりのすまひにひとしき庫裏《くり》なれども猶《な》ほ且《かつ》かの縁《えん》のひろきを憾《うら》む

訳　（詞書）観世音寺の住職とはすでに面識があり、仮の住まいに等しい狭くて簡素な庫裏に招かれたのだが、小さい建物の割に縁側が広く、軒も深いのが残念だ。

（215）ザボンが植わった暖かな庭に冬の日がさして、縁側の途中までは届いたものの、障子には届かぬまま、今は西の方に傾き始めた。だから室内はひんやりと寒いままだ。

語釈　詞書にある「縁のひろき」は一九〇五年「羇旅雑咏」の旅で故・天田愚庵のいおりを訪れた時の詞書と歌を思い出させます。

愚庵和尚の遺蹟を訪ふ、庵室の檐《えん》の高きは遠望に佳ならむがためなり（略）

○巨椋《おほくら》の池のつつみも遠山も淀曳く船も見ゆるこの庵《いほ》

磐城平藩の藩士だった愚庵が、庵からの遠望にこだわったのは、戊辰戦争で生き別れになった父母や妹の消息を探し続けていたためでしょう。桃山にあったその庵は現在、ＪＲ磐城平駅近くの松ヶ丘公園に移築されています（拙著『長塚節「羇旅雑詠」』一二七頁挿絵参照）。「冬の日」は夏の日より低いので、庇が深すぎなければ障子に届いたはずなのに、という気持ち。

音韻と句切れ　ＡＢＣＤ・Ｅ。頭韻なし。四句切れ。一五句字余りに去りがたい気持ちが汲み取れます。

鑑賞　南国の冬らしい暖かさと、室内のひんやりした寒さ。何かまだやり残したような、だがそれも、もうどうでもいいような、心がこの世から遊離しつつあります。子規晩年の歌○瓶《かめ》にさす藤の花ぶさ短かければたゝみの上にとゞかざりけり（一九〇一）を思わせます。

二十五日、氣候激變《きこうげきへん》してけさもはげしき北《きた》吹きてやまず、ささやかなる店に蔬菜《そさい》のうれのこりたるも哀《あは》れなり

（216）うるほへば只《ただ》うつくしき人参《にんじん》の肌《はだ》さへ寒くかわきけるかも

訳　（詞書）（一二月）二五日、天気が激変して、今朝も激しい北風が吹いて止まない。小さな店に野菜が売れ残っている様子が哀れっぽい。

（216）水で濡れればひたすら美しいはずのニンジンの肌でさえ、乾いて寒々としている。

音韻と句切れ　ＡＢＣＤＥ。無頭韻、切れ目なし。四五句「ク・カ」。

解説　「うるほへば只うつくしき」が実景でなく記憶と想像であることが、この歌の眼目です。瑞々しさを失った自分の肌や唇を思いあわせていたかもしれません。

二十六日、百穂《ひやくすい》氏の來状《らいじやう》に接す、寒雲《かんうん》低く垂れて庭に落葉を焚《た》くなどあり

（217）幾《いく》ばくの落葉《おちば》にかあらむ　掃《は》きよせて竈《くど》には焚《た》かず　庭にして焚く

（218）落葉焚《た》きて寒き一夜《ひとよ》の曉《あかつき》は灰に霜置《お》かむ　庭の土白《つちしろ》く

訳　（詞書）（十二月）二十六日、平福百穂氏から手紙がきた。その中に、冬の雲が低く垂れ込め、庭で落ち葉を焚いた、などと書いてある。

（217）どれほどの量の落ち葉なのだろうか。掃き寄せて竈《かまど》にくべず、庭で炊き捨てたというのだから、あまり多くはないのだろうが。

（218）落ち葉を炊いたあとの寒い一夜の夜明けごろには、その灰に霜が降りていることだろう。庭の土も白くなって。

語釈　「くど」はかまど。「竈には焚かず」は、燃料にできるのに無駄遣いをして、という軽い非難。「灰に霜置かむ」も、肥料として使えなくなるではないか、という含み。

音韻と句切れ　（217）ＡＡ・ＢＣ・Ｄ。Ａ＝幾ばく＋落葉、ア行1Ｐ、二四句切れ、（218）ＡＢＡＣ・Ｄ。Ａ＝落葉＋暁、ア行1Ｐ、四句切れ。「シモ・シロ」。

鑑賞　画家・平福百穂は、庭で焚き火をするのが趣味でした。農家育ちの節には燃料や肥料の無駄遣いが気になって仕方がありません。軽い非難をこめて揶揄する節の心に、望郷も感じられます。

『合評』（218）茂吉：身に透《とほ》るやうな歌である（一九四四）。

二十九日、筑後國《ちくごのくに》なる松崎といふところに人をたづぬることありて（朝）つとめて立つ、おもはぬ霜ふかくおりたるに此の如きは冬にいりてはじめてなりといふ

（219）芒《すすき》の穂《ほ》ほけたれば白し　おしなべて霜は小笹《をざさ》にいたくふりにけり

訳　（詞書）（十一月）二九日、筑後の国（福岡県南部）の松崎という所に知人を訪ねる要件があったので、頑張って出かけた。思いがけず深い霜が降りていたが、（地元の人に聞くと）こんなことはこの冬に入って初めてだそうだ。

（219）ススキの穂がほうけて白くなっている。霜は一面に降りているが、中でもササの葉に多く降っている。

語釈　「松崎」、〒838-0122。伊藤昌治（一九七九）の詳しい考証により、九大病院で知り合った女性患者・三原久刀の縁者に、日露戦争で壮絶な戦死をした三原佐忠が居たことを知り、その遺族を訪ねたと

推測されます（二六八頁）。（朝）は初出による。「つとめて・努めて」、観世音寺訪問で引いた風邪がようやく抜けたので、思い切って（朝早くから）の外出。「ほける」は（042）「ほうける」と同じで、ススキの冠毛が開いて白く光るさま。「おしなべて」に暴力性が感じられます。『土』15章：恐ろしく潔癖な霜はその見窄《すぼ》らしい草木の葉を地上に躙《にじ》りつけた（一九一〇）。（151）参照。「いたく」は「とても・大変」の意ですが、笹の葉の表面の剛毛が霜で強調され、ヤスリのように痛そうな印象も与えます。

音韻と句切れ　AB・CAC。A＝芒＋霜、C＝おしなべて＋いたく、サ行ア行2P、二句形容詞止め。

鑑賞　形容詞終止形による二句切れですが、第三句「おしなべて」を境に風景が上下二層に切り分けられ、「童心歌」の甘さはありません。上層（初二句）は霜を逃れたススキの穂のぬくぬくとした白。下層（四五句）は霜に押さえつけられた笹原の寒々とした白。放射冷却と気温の逆転によるありきたりの景色が、厳粛な風景画となりました。

馬場あき子談：この歌は淡々としていながら格調で読ませる。（略）こうした枯淡な境地は、生命力がなくなっていくこととか、絶望感を鎮《しず》めているとか、達観ができて自分の命が冬枯れと同じように枯れていくのだろうとか、さまざまな自然観照があってのことであろう。／思えば節の死が二月であったことも自然のように感じられる。立春を迎えたとは言いながら、冬の真中《まなか》に死んでゆく。自分の存在が自然のなかの一つのものと思えば、自分が枯れていくことにもある見極めがつく。自分の命も自然が枯れると同じように、冬枯れとともに死んでゆく。新しい死によって新しく生まれようとする気持ちが、この歌には感じられるのである（「『郎女《いらつめ》ぶり』を取り入れた観照の深さ」『アサヒグラフ』1996.11.29、一三頁）。

此《こ》の日或《あ》る禪寺の庭に立ちて

(220) 枳椇《けんぽなし》ともしく庭に落ちたるを　ひらひてあれど　咎《とが》めても聞かず

(221) たまたまは榾《ほた》の楔《くさび》をうちこみて　樅《もみ》の板挽《いたひ》く人も　かへりみず

訳 （詞書）この日、ある禅寺の庭に立って、

(220) ケンポナシの花序が少しばかり庭に落ちているのを見つけて、拾ってみたけれど、寺の人は叱りもしない。

(221) 同じ庭ではモミの木に、ときおり切れ端を楔に打ち込んで、のこぎりで板を挽いている人も、私のことを気にかけていない。

語釈 「ある禅寺」、伊藤昌治（一九七九）の調査により、臨済宗南禅寺派の瑞松山霊鷲寺と判明（二八九頁）。(220)「ケンポナシ」は（014）に書いたように、花茎が甘く熟します。(221)「榾」、赤城（一九　一）に、「ホダ」①荒挽《あらび》きした木材、②端材など、とあります。「炭焼きのむすめ」で「榾は五尺（一・五メートル）ほどの長さである」とあるのは①。「楔」は、大鋸《おが》の動きを止めないよう、左右の材の隙間を広げるためのもの。「榾の楔」が、榾①を挽くための（別材の）楔なのか、榾②を用いた楔なのか、二つの解釈が成り立ちますが、どちらにしても風景は変わりません。

音韻と句切れ (220) ＡＢＣＤ・Ｂ。Ｂ＝ともしく＋咎めて、タ行1Ｐ、四句切れ。(221) ＡＢＣ・ＤＢ。Ｂ＝榾＋人、ハ行1Ｐ、三句切れ。

鑑賞 動詞否定形で終わる二首一連。禅寺らしい脱俗を奥ゆかしく思う反面、全く相手にされないこと

に不満を感じています。死に近い自分の影の薄さを描いたのだとすれば、究極のブラックユーモアです。

十二月七日、程ちかく槭《もみぢ》をおほく植ゑたるあり、けふは塀の外に散り敷ける落葉を掃きて、松葉のまじりたるままに火をつけて焼く

(222) そこらくにこぼれ松葉のかかりゐる　枯枝《かれえ》も寒し　落葉《おちば》焚《た》く日は

(223) いささかの落葉が焼くるいぶり火に　烟《けぶり》は白くひろごりにけり

訳　（詞書）一二月七日、（宿の）すぐ近くにカエデを多く植えている所があり、今日は塀の外に散り敷いた落ち葉を掃いて、松葉も混じっているまま、火をつけて焼いた。

(222) カエデの枝に松葉が意外に多く引っかかっている姿も、寒々として見える。とくに今日のように落ち葉を焚く日には。

(223) わずかばかりの落ち葉が焼ける火はブスブスと燻《くすぶ》り、白い煙が重く広がってゆく。

語釈　(222)「そこらく」は「その程度、かなりの数量」の意。水平に延びるカエデの枝に「人」字形にまたがる「こぼれ松葉」が思いのほか多いのに目を留めました。(223)「いささか」は、わざわざ焚くには少ない量。「いぶり火」は初出「いぶりひ」。「煙」、松葉の脂《やに》が燃えきらず白い煙になっています。

音韻と句切れ　(222) ＡＢＢＢ・Ｃ。Ｂ＝こぼれ松葉＋かかりゐる＋枯枝、カ行３Ｃ、四句切れ。(223)

ＡＡＡ・ＢＣ。Ａ＝いささか＋落葉＋いぶりひ、ア行３Ｃ、三句切れ。「こボレ、いブリ、けブリ、ひろゴリ」の「濁音＋ラ行」が、重くわだかまります。「ひロゴりにけり・イオーイーエイ」のオ段二音が重しになっていることは、「ひろがりにけり」と比べるとわかります。

鑑賞　初句を「程度」の副詞でそろえた３Ｃ二首一連。百穂の便りに（217）（218）で応えたあと、近所の実景を歌で写生しました。松葉は枝に引っかかり、煙は低く地をはう。貧家のヘチマと煙を詠んだ（171）（172）と読み比べて、視線が低く、死の不可避と生への未練が感じられます。

（224）夜にいりて空俄《にはか》に凄《すさま》じくなりたれば、戸ははやく立てさせて

時雨《しぐれ》來るけはひ遥《はる》かなり　焚《た》き捨《す》てし落葉の灰はかたまりぬべし

訳　（詞書）夜になって空が急に凄まじく荒れ模様になったので、雨戸は早目に閉めさせて、

（224）遠くから時雨がやってくる気配がする。焚き捨てた落ち葉の灰は、雨に濡れて固まってしまうことだろう。

音韻と句切れ　ＡＢ・ＣＤＢ。Ｂ＝けはひ＋かたまりぬ、カ行１Ｐ、二句切れ。

鑑賞　迫り来る天候悪化に身構える、緊迫感に満ちた一首。

『合評』茂吉：灰が寒々とした時雨のためにかたまるありさまで、きはめて暗指的である。この暗指は常識的な概念を以て律し難いものである（上六一頁）。

作歌手帳に残された歌の中に、一二月二八日付けで焚き火を詠った歌が二首あります。

○宵に焚きあけのまだきの灰寒き　まかまど山は石白く見ゆ
○落葉焚きてさりたるあとに　栗のいが獨り燻《くす》びて　朝の霜寒し（全集5・438～39）

八日

(225)松の葉を縄《なは》に括《くく》りて賣《う》りありく　聲《こゑ》さへ寒く　雨はふりいでぬ
(226)朝まだき　車ながらにぬれて行く　菜《な》は皆《みな》白き莖《くき》　さむく見ゆ

訳　（詞書）（一二月）八日
(225)松の葉を縄で縛って燃料として売り歩いている、その声までもが寒々と聞こえ、雨までふり出してきた。
(226)夜明け前、車ごと雨に濡れてゆく売り物の菜の茎がどれも白く、その濡れた色が寒々として見える。

語釈　(225)「松の葉」は燃料として売られる中で最も安い品。「ありく」は歩く、節が好んだ用語です。
(226)「車」は、木製の大八車でしょう。

音韻と句切れ　(225)ABCD・C。C＝売りありく＋雨、ア行1P、四句切れ。「くクリ、ウリアリく、フリ」と「ウ段＋リ」の韻。(226)ABC・CB。B＝車＋茎、C＝ぬれて＋菜は、カ行ナ行2P、三句切れ。一二句「キ・ク」と、四五句の「キ・クキ」のカ行句またがりが車軸の軋みのように、歌のリズムを重くし、ナ行頭韻も歌に粘りを加えています。

鑑賞　死のちょうど二ヶ月前、発表された歌としては最後の日付です。寒々と心に沁みる行商風景。

（225）の「ウリアリ・フリ」は（017）「ルリ・フリ」や（060）「タラ・ツリタル・タル・タレ」と遠く響き合います。（226）「車ながら」では、言外に車を挽く行商人が見え、ついで車に積まれた菜の茎の白さが見えてきます。

『合評』土屋文明：芭蕉「塩鯛の歯茎も寒し魚の店《たな》」を連想する（一九四四）。

加藤楸邨：（「塩鯛」の）句が平素（節の）心にあって、この歌（225）の生まれる時、陰微の間、発想に響いてきたのであろう。同じ筆法でいうと、（226）の歌には芭蕉の「葱白く洗ひたてたる寒さかな」が響いていているということになる（一九六九）。

岡井隆：（略）（190）あさり売りの声も（226）冬野菜の茎も、ふと耳にし眼にしたものだろうが、ひきしまった語調のなかに歌いあげられている。解釈を要しないほど、平易な表現であるが、（190）では〈すゞしく〉の一句が上下にかかっているところ、後の歌（226）では上下句の接合の具合に間然するところのない（引用者注：非の打ちようのない）技のたしかさを見るのである（二〇〇〇）。

四　旅の歌・拾遺（227〜231）五首

「鍼の如く　其五　四」に録された五首は、比較的最近の歌稿から拾われた旅の歌です。初めの二首は東京から博多に向かう車窓風景で、本来なら「鍼の如く　其三」の冒頭に置かれるべきものですが、当時は歌稿が固まっていなかったのか、それとも「其三」を旅の不安で統一するために、調子の軽いこの二首を外しておいたのか、いずれかでしょう。

大正三年六月八日、山崎をすぎて雨おほいに到る

（227）天霧《あまぎ》らふ吹田《すぃた》茨木《いばらき》雨しぶき　津《つ》の國《くに》遠く暮れにけるかも

九日、三たび播州《ばんしう》を過ぐ

（228）播磨野《はりまの》は朝《あした》すがしき浅霧《あさぎり》の　松のうへなる白鷺《しらさぎ》の城

訳（詞書）一九一四年六月八日、（山城国の南の境である）山崎を過ぎると、雨が激しくなった。

（227）雨にけむる吹田、茨木は吹降りで、（入ったばかりの）摂津の国はまだまだ続くのに、もう暮れてしまった。

九日、播磨の国を過ぎるのは、これが三度目だが、

（228）播磨平野は薄い朝霧の清々しい朝を迎え、松の上に姫路の白鷺城がそびえている。

語釈（227）「天霧らふ」万葉集〇一目見し人に恋ふらく　天霧らし降りくる雪の　消ぬべく思ほゆ（一〇・二三四〇）。**訳**　一目見ただけの人に恋するのは、空を曇らせて降ってきた雪のように、消えてしまいそうに思われます、（佐竹ら、二〇一四）。吹田、全集ルビ「すゐだ」は誤植。初出「すゐた」。「津の国遠く」、節はこの日、摂津の西端に近い神戸で泊まっています。「三たび播州を過ぐ」、関東人の節にとって、同じ兵庫県でも畿内の摂津は身近、山陽道の播磨は遠国だったのでしょう。「羇旅雑詠」（一九〇五）で明石まで来てはいますがそれは勘定に入れず、一九一一年四月・八月、一三年三月に次ぐ三度目。

音韻と句切れ　(227) ＡＢＡ・ＣＤ。Ａ＝天霧らふ＋雨。ア行1P、三句切れ。(228) ＡＢＢ・ＣＤ。Ｂ＝あした＋浅霧。ア行1P、三句切れ。(227)「吹田茨木」、『鉄道唱歌』(一九〇〇) 東海道線56番では駅順にしたがい「茨木吹田うちすぎて」ですが、ここで逆順にしたのは、①第二句末「すいた」(三音) のあとに休拍が入るのを避けるためと、②キ音脚韻「すいたいばらキ・あめしぶキ」でスピード感を出すためでしょう。

鑑賞　山陽新幹線はトンネルばかりでほとんど景色が見えませんが、在来線からは播州平野に点在する花崗岩の低山が見えます。薪炭用の伐採が盛んだった当時、白い岩山に赤い幹と緑の葉の赤松が生え、その上に聳える白鷺城はまさに威容だったことでしょう。

　次の三首は前年の旅の歌です。

同二年四月十五日夕、空には朝来《てうらい》の雨なごりもなく、汽車はこころよく伯耆《はうき》の海岸に添うて走る

(229) そがひには伯耆嶺《はうきね》白く晴れたれば　はららに泛《う》ける隠岐《おき》の國《くに》見ゆ

訳　(詞書) 一九一三年四月一五日夕方、朝から降っていた雨の名残りもなくスッキリ晴れて、汽車は快適に伯耆国 (鳥取県) の日本海岸に沿って走る。

(229) 鉄路の背後には伯耆の大山が白く晴れていて、正面には海にパラパラと浮く隠岐の国が見える。

語釈　「そがひ・背向」は背中・背後の意。万葉集巻十四の常陸国の歌があります。◯筑波嶺《ね》に背向《そがひ》に

見ゆる葦穂山《あしほやま》　悪《あ》しかる咎《とが》もさね見えなくに（一四・三三九一）。葦穂山は現在の足尾山。「はらら」は、空間的に散らばるさまをあらわすオノマトペ。先行歌、○真白帆《ましらほ》のはららに泛《う》ける与謝《よさ》の海や　天の橋立ゆほびかに見ゆ（一九〇五「羇旅雑咏」）。「隠岐国」は中ノ島、西ノ島、知夫里島などが集まってできた島国。本州から海を隔ててみると、高い峰々だけが海上に浮いて見えたのでしょう。

音韻と句切れ　ABB・BC。B＝伯耆嶺＋晴れ＋はらら、ハ行3C、三句切れ。「ハレ・ハララ」の開放感。

鑑賞　大山を擁する伯耆国と、島々からなる隠岐国を一首に収めた、おおらかな国褒め歌。常陸の万葉語「そがひ」を復活させる意図も感じられます。

十七日、出雲の杵築《きづき》にいたり大社に賽《さい》す、其《そ》の本殿の構造、簡易にして素朴なれどもしかもこれを仰ぐに彼《か》の大國主の天《あま》の瓊《ぬ》鉾《ほこ》を杖《つえつ》いて草昧《さうまい》の民の上に君臨せる俤《おもかげ》を只今目前《ただいまもくぜん》にみるのおもひあり

（230）久方《ひさかた》の天《あめ》が下《した》には言絶《ことた》えて　嘆《なげ》き　たふとび　誰《たれ》かあふがざらむ

十九日、よべはおそく香住《かすみ》といふところにやどりて、應擧《おうきよ》の大作をみむとつとめて大乗寺《だいじょうじ》を訪《おとな》ふ

（231）菜《な》の花《はな》をそびらに立てる低山《ひくやま》は　櫟《くぬぎ》がしたに雪はだらなり

訳　（詞書）（一九一三年四月）一七日、出雲の杵築（現・大社町）に到着して出雲大社をお参りした。その本殿の構造は簡易で素朴だが、これを仰いでいると、大国主が天の瓊矛《ぬほこ》を杖にして未開な民衆の上に君臨しておられた面影を、今この目の前に見るような気がする。

（230）天の下すなわちこの地上にいる私たちは口に出す言葉も失い、あるいは嘆き、あるいは尊び、誰一人として仰がずにおられようか。

（詞書）一九日、昨夜は遅く香住というところに宿泊して、円山応挙の多くの作品を見るために頑張って大乗寺を訪れた。

（231）菜の花を背後に背負って立つ低山では、クヌギ林の下に雪がまだらに残っている。

語釈　「杵築」は島根県出雲市大社町の古地名。杵築の宮はタカミムスビがオオナムチ（大国主）のために建てた宮殿。「賽す」はお礼に参詣することで、「賽銭」はそのときに捧げる銭。（230）「誰か」以下は反語で、仰がずにいることなど誰にもできぬほど、尊さを感じさせるという意味。（231）「香住・応挙・大作」、兵庫県（但馬国）大乗寺に円山応挙（一七三三〜九五）の障壁画など一六五点があります。「そびら」は（006）参照。低山の背景に菜の花畑が「立てる」が難解ですが、「背中合わせ」と解しました（本橋一九七二、四四八頁補注参照）。「はだら」は「はだれ」とも言い、雪が所々に積もっている状態。

音韻と句切れ　（230）ABC・DE。頭韻なし、三句切れ。（231）ABC・DE。頭韻なし、三句切れ。二五句「そびら・はだら」の脚韻。

鑑賞　二首の内容は、亡くなる三ヶ月前の左千夫に絵葉書で知らせていました。一九一三年四月一七日付け「我々の祖先が有した雄大の氣象をまのあたりに見ようとならば、大社の本殿を仰がねば駄目である」。「出雲の春は今菜の花の田圃道」（全集7・560）。左千夫風を真似たこの歌調は、一九〇七・五・二五「早春の歌」と「左千夫に寄す」以来のものです。

伊藤左千夫は一九〇七年三月八日発行『馬酔木』4・1の巻頭に「一國の元氣を現顕せる歌ありや」という文を載せました。主旨は、万葉集〇御民吾《みたみわれ》生ける験《しるし》あり　天地の栄ゆる時にあへらく念《おも》へば（六・九九六）の詞調の勁健、句法の荘重は、いかにも聖武天皇天平六年の国の元気を表している。我が明治の聖代《みよ》はロシアとの戦に勝ち、天平時代より栄えているのに、その元気を表す歌がどうして世に出ないのか、というもの。つまり「時局詠」への誘いですが、節は次号4・2に左千夫風の「荘重」に東語《あずまことば》の「雄健」をまじえ、「根岸派の元気」を示しました。二首ずつ引用します。

〇蒼雲のそぐへを見れば　立ち渡る春はまどかに　いや遥かなり（一九〇七・五・二五「早春の歌」）

〇そこらくの冬を潜めて　雪のこる山の高嶺は　浮き遠ぞきぬ（同）

〇蒼雲を天のほがらに戴きて　大き歌よまば　生ける験あり（一九〇七・五・二五「左千夫に寄す」）

〇大空は高く遥《はろ》けく限りなくおほろかにして人に知れずけり（同）

節は左千夫のために挽歌を詠いませんでしたが、晩年の左千夫に伝えた内容を左千夫調で詠った（230）と（231）は、美しい相聞歌として味わえます。

「鍼の如く」の詩学《プロソディー》

適当な用語が見つからず、「詩学《プロソディー》」などと大風呂敷を広げましたが、内容は本文で述べた音韻と句切れの分析、ついで連作、詞書、俳味、ユーモアについての考察です。

頭韻

そもそも詩において韻を踏むことの意義には、①音楽性（響きの良さ）、②記憶性（覚えやすさ）、③遊戯性（音の類似を介した文脈上の飛躍）の三つが考えられます。短歌の歴史では平安時代に掛詞《かけことば》や縁語など③遊戯性が極度に発達した反動から、近代になって、①②への関心もおとろえました。長塚節は近代歌人にはめずらしく音韻を好みましたが、それが軽々しく聞こえないのは、写実で裏打ちされているからでしょう。①音楽性と②記憶性は、節の洗練された（尾山に言わせれば「気取った」）語彙や語法を読者に受け入れさせる助けにもなっています。

音韻には、母音・子音・抑揚・強弱・長短などさまざまな要素が含まれますが、本書では主として句頭で同じ行を繰り返す「頭韻」に注目しました。ポーカーの手になぞらえた分類結果を集計すると、次の表のようになります。比較のために「羇旅雑咏」（一九〇五）のデータも並べてみました。

意外なのは、「役なし」（無頭韻）が二割を切り、八割以上の歌が何らかの頭韻を踏んでいることです。配られた手札が二度に一度は1P、四度に一度は2Pか3Cというのは、ポーカーの経験に比べて高率ですが、驚くには当たりません。アイウエオは「五十音」と呼ばれますが、ヤ行は3音、ワ行1音で、五段揃った行はアカサタナハマラの8行四十音しかありません。しかもラ行はやまと言葉の語頭に立たず、歌の句頭に立つのは主としてアカサタナハマの7行です。その各行がアイウエオ五段からなる、7行×5段＝35枚のカードでプレイすれば、標準のトランプ13数×4記号＝52枚より「役」ができやすいのです。

「鍼の如く」の役の頻度分布が「羇旅雑咏」のそれとよく似ていることから、両者が同じ確率の法則に従っているのだろうと推察されます。ただし細かく見れば「鍼の如く」では5Cがなく、4Cと3Cの割合も減ったかわりに、2PとFHが増えていて、節が一つの行による単純な韻に飽き、二つの行による駆け引きに興味を移したことがうかがえます。

以下、事例の多い「手」から順に眺めてみます。

つつましいワンペア（1P）＝120首

1Pが全歌の過半数を占めます。その数を押韻する行ごとに集計すると、ア行＝34首、カ行＝28首、

表：「羇旅雑咏」136首と「鍼の如く」231首を頭韻の数で分類し、ポーカーの手に見立てた集計結果

ポーカーの手	羇旅雑咏	（%）	鍼の如く	（%）
役なし	21	15	41	18
ワンペア（1P）	63	46	120	52
ツーペア（2P）	20	15	32	14
スリーカード（3C）	22	16	27	12
フォーカード（4C）	5	3.9	3	1.3
フルハウス（FH）	3	2.2	8	3.5
ファイブカード（5C）	2	1.47	0	0.00
計	136	100	231	100

サ行＝16首、タ行＝12首、ナ行＝5首、ハ行＝14首、マ行＝8首、ヤ行＝2首、その他1首と、五十音図の頭の方ほど多く韻を踏んでいることがわかります。ア行では、「雨」10首、「朝顔」「思ふ」各4首が目立ち、「いたまし・恐ろし・おもしろ」などの主観語も注目されます。「幾ばく、いささか、いづべ」などの疑問詞は「軽い初句」（二二三頁参照）として活躍。カ行では「桔梗」3首、「蚊帳釣草」「この」が各2首で繰り返されています。個性的なペアとして（039）「こころぐき・かたへに」、（169）「噛みさ噛み・衣《きぬ》も」、（085）「くつろぐと・ころぶせば」があり、できた歌も印象的です。サ行では「白」6首のほか「小夜・涼し」のような「ほそみ」の語が見られます。タ行12首は「手」3首、「冷た」「茅花《つばな》」各2首を含みます。「羇旅雑咏」では京都の秋を「ひややか」と表現しましたが、「鍼の如く」では病中吟らしく、より肉感的な「冷たし」が好まれました。ナ行1Pはわずか5首ですが、不眠にかかわる「眠れぬ・夏・蚤くひ」が印象的です。ハ行1Pは14首と多く、「単衣」3首。「一つ・二つ」が計3首、「はげて、ほころび、減り」のような衰えの語も目立ち、脱力感に一役買っています。マ行8首のうち「松」が3首。相方として「また・まだ」が重宝されています。（118）「ゆ

るやか・ゆれて」のヤ行＋ラ行と、(060)垂乳根の夕行＋ラ行が心を落ち着かせます。歌語の少ないワ行、濁音の頭韻例はありませんが、半濁音「ぽぷらあ」を一首中で二度繰り返したのはご愛嬌です。

1Pの押韻句の位置を見ると、ABCDB＝20首、ABCDA＝14首、ABCDC＝13首と、「ABCD」型がもっとも多く、結句の手前まで押韻のそぶりを見せない「しらばっくれ」ないし「はにかみ」の傾向が見られます。1Pごときで大騒ぎしたくない節の、潔癖感の表れでしょう。逆に二句連続で押韻する型は、AABCD＝8首、ABBCD＝12首、ABCCD＝10首と控えめで、なかでも初二句から韻をふむAABCDが初めの百首には全く見られず、当初タブー視されていたことがうかがえます。後述のように3Cでは逆に、三句連続頭韻AAA、BBB、CCCの歌が比較的多く、「地味な1P」に対する「派手な3C」という役割分担が見られます。

「はにかみ」が1Pの一般的傾向だとして、そこからはみ出た「でしゃばり1P」にも目を向けて見ましょう。タブーを破って登場したAABCD(101)「いづべゆか雨洩りたゆく」は、その前のABCCA(2P)の三四句「帯・をとめ」とア行が続いた勢いに便乗した感があります。そのあとのAA例では(173)「手枕に畳のあとの」、(205)「松の葉は復たこぼるらし」、(207)「山茶花はさけばすなはち」、(217)「幾ばくの落葉にかあらむ」と、初二句で「多さ・繰り返し」を示していることが注目されます。

ABBCD型12首のうち7首が「其二」に集まっています。(001)「瓶こそよけれ・霧ながら」、(007)「雨過ぎしかば・市の灯は」、(045)「おほにな引きそ・梧桐《あをギリ》」と二句切れAB・BCDの歌では、二三句の断絶をBB頭韻で緩和しています。三句切れの歌ABB・CD(037)「厭ひし窓もあけたれば」、(044)

「なまめきわたる庭の内に」では、二三句がまとまって物語的効果を見せます。このように連続1Pには、切れ目があればその前後をつなぎ、切れ目がなければ畳み掛ける効果が見られます。

以上の観察から、1Pがすべて偶然の産物なのではなく、節の美意識により調整されたことが伺えます。

時に流される無頭韻＝41首

頭韻なしの歌の計205句の分布は、ア行＝32、カ行＝28、サ行＝24、タ行＝23、ナ行＝22、ハ行＝26、マ行＝22、ヤ行＝12、ラ行＝2、ワ行＝5、濁音＝9と、ここでもア行カ行の優位は崩れませんが、1Pの時ほどは偏らず、タ・ナ・ハ・マ行の頻度が比較的高くなっています。つまり句頭の行を五十音図の後半に寄せることで、押韻の機会を減らしたのでしょう。その端的な例が、ヤ行（204）「柚子」、ラ行（017）「るり」、ワ行（008）「藁船」、そして濁音（103）（104）「ベコニヤ」です。

頻繁に用いられた語に以下があります：6首＝水。5首＝雨。3首＝庭、花、春。2首＝汗、悉《ことごと》く、その、そびら、只《ただ》、冷たき、鳴く、嘆き、夏、なでしこ、咽喉《のど》、肌、松、病み、我、ベコニア。

「無頭韻」歌の約三分の一が、季節、気象、時刻、体調などの推移を詠っていることが注目されます。季節の変化では（012）「春はいにけり」、（042）「春行かむとす」、（038）「夏來にけりと」。より短時間の推移では、（216）「かわきけるかも」、（127）「水減りにけり」、（050）「小夜ふけにけり」、（083）「雨晴れむとす」、（124）「たそがれにけり」、（215）「いまは傾きぬ」。体調について（040）「眠り藥の利きごころ」、（047）「ねなむと思ふ」、（061）「やがて眠らむ」など寝入りばなの表現が目につきます。このような時の流れに身をまかせる表現に、頭韻は邪魔になると節は判断したようです。

「頭韻なし」＝「音韻なし」、ということにはなりません。むしろ句頭から外れた場所での「隠れ頭韻」がしばしば見られます。以下の例で「・」は句の境を、「〜」は句頭が押韻しないことを示します。（029）「あをぎり・〜青き、涙・〜ながれて」、（138）「〜みつつ・水」、（195）「〜秋・〜赤く」。（040）では初句「うツツ」と結句「ツツまれ」が響きあいます。また一首ずつは無頭韻だが、連作の二首間で押韻することも、珍しくありません。連作中でＡＢＣ記号を共有すると（046）と（047）ではＡＢ・ＡＣＢ／ＡＤＥＢ・Ｃと、無頭韻歌（047）のＡＢＣが前の一首と共通されていることがわかります。

燻《いぶ》し銀のツーペア（２Ｐ）＝32首

ツーペア（２Ｐ）の押韻二行の組み合わせを例数の多い順に列挙すると、以下のようになります。６首＝アカ行、アサ行。３首＝カタ行。２首＝アナ行、アマ行、カサ行、カナ行。１首＝アタ行、アハ行、カマ行、サタ行、サハ行、サマ行、タハ行、タマ行、ハマ行。１Ｐで多かったア行、カ行、サ行だけの組み合わせで13例と、全体の三分の一を超えますが、その他の組み合わせは比較的均一に分布していま す。カ行で「蚊、蛙、コオロギ」と夜行性動物が多いのは、不眠と結びつくからでしょう。桔梗の歌に出てくるア行頭韻が「明け、活け（2首）、桶」とカ行ケ音で脚韻を踏んでいるのは、興味深い現象です。（206）山茶花の歌の「シ・ヒ」の組み合わせは手慣れた感じがします。複数回登場する語に、３首＝桔梗、松・松葉・松の葉。２首＝梧桐《あをぎり》、足、活け、蚊、蚊帳釣草、蛙、山茶花、霜、花があります。

２Ｐは押韻しない一句を含むので、ＦＨほど窮屈ではなく、節にとって腕を振いやすかったのか、魅力的な歌がいくつもあります。(055)ＡＢＡＢＣでは「咳《せ》き」と同じサカ行が二度くりかえされたあと、結句「單衣《ひとへ》欲しけど」で解放されます。(100)ＡＢＣＣＡでは二〜四句「絣・帯・をとめ」の外見を、一五句「たまたまは・つつましさ」の心情で優しくくるんでいます。(109)ＡＡＢＣＢではＡ＝「ただひとり南瓜畑《たうなすばた》」の広々とした風景に、Ｂ＝花・鼻の点景が響きあっています。(168)ＡＢＢＣＡではＢ＝「手枕《たまくら》解《と》きて外《と》を見れば」で視線が広がり、Ａ＝「痺《しび》れたる・潮《しほ》の霧」で触覚・味覚と組み合わされます。(208)ＡＢＣＡＣではＡ＝「不知火《しらぬひ》・背振《せぶり》」の地名と、Ｃ＝「うるはし・暖か」の主観が融合。(226)ＡＢＣＣＢでは第二句「車ナがら」を受けてＣＣ＝「ヌれて・ナはみナ」のナ行が粘ります。

目立ちたがるスリーカード（３Ｃ）＝27首

スリーカード（３Ｃ）の歌27首の押韻行は、例数の多い順にア行＝13首、カ行＝7首、サ行、ハ行＝3首、タ行＝1首。三句を同一行で揃えるには、歌語を多くもつ行でないとむずかしいことがわかります。

３Ｃの押韻型は10通り考えられますが、「鍼の如く」27首中で例数の多いものからあげると、ＡＡＡＢＣ＝6首、ＡＢＢＢＣ＝4首、ＡＢＣＣＣ＝3首で、三句連続押韻が全体の半数近くを占め、これらのうち六首が、二首ずつの連作を構成し、また三種連作中二首が３Ｐとなる例も二連あり、３Ｃの「目立ちたがり」傾向が顕著です。

３Ｃ連作のテーマは①秋季逍遥歌(023)「落栗《おちぐり》」と(024)「枝々洩《えだえだも》りて」、②病中滑稽歌(056)「頬《ほほ》の肉《しし》・落ちけるかも」と(057)「髭《ひげ》の剃杭《そりぐひ》」、③人力車から見た光景(081)「みやこぐさ」と(082)「薊《あざみ》」、

④平福百穂からの来状に応える落ち葉焚きの歌（222）と（223）です。この他⑤流し元のカエルの歌（063）と（065）は間に2Pの（064）をはさむ形で並んでいます。2Pが情緒的であるのに対して、3Cは勢いづいた歌に向いているのでしょう。このように、長塚節の詩学研究には複数の要素間の相互作用も考慮せねばならず、今後の研究が待たれます。

珠玉のフルハウス（FH）＝8首

フルハウス（FH）は全体のわずか3・5％ですが、「羇旅雑咏」での2・2％に比べて約6割増えています。「鍼の如く」の中でも珠玉と呼べる歌が多く、節が丹精込めて作ったと思われます。発表できなかった「日照雨《そばえ》」の歌を加えた9首の押韻に関与した行はアカサタナハマの七行で、カ行4首、ア行・ハ行各3首、タ行・ナ行各2首、サ行・マ行各1首です。組み合わせは1首ずつ8通りで、できるだけ多くの組み合わせを試したように見えます。

本文でも示しましたが、それぞれまとまった世界を背負う二つの行の間の駆け引きが、FHのひとつの魅力です。（018）AB・AA・BのA＝草臥れ・肩・子猫、B＝母・春では、A＝カ行の子猫の重みが肉感的です。（200）AAA・BBでは、初句「古蚊帳」の「古」の字が「ひさしく・綻び」と押韻。対するB＝「なかなか・懐《なつか》しみ」の粘るナ行に主観を托しました。（062）AAB・ABでは「蚊帳・蚊」のカ行世界から「眠り」のナ行世界へ落ちる途中、第四句「けうとく」で一度引き戻されます。（084）ABA・BAでは、A＝とりいで・たまゆら・つくづくと、B＝肌・ひとへが交互に表れます。豆の生命力を表す（068）ABB・A・Aでは、A＝麦・萩・皆と、B＝うね間・打ちならびを仏像の「吽形《うんぎょう》」

と「阿形《あぎょう》」で置きかえると、「吽阿阿吽吽」となります。

義理で詠んだか、フォーカード（4C）＝3首

「鍼の如く」一三二首中、フォーカード（4C）はたった3首。「羇旅雑咏」の一三六首中5首に比べて少なく、5Cもなく、「羇旅雑咏」の「まさやかにみゆる長山美濃の山　青き山遠し　峰重なりて」のような弾みは見られません。（137）朝顔、（153）きりぎりす、（026）山茶花にそれぞれア行、カ行、サ行を代表させて、最低限の義理を果たした感じです。（026）と（137）は静謐を表し、「冴え」の歌の典型と見て良いでしょう。（153）について本文で触れたように、カ行一色でほぼ塗り込められた隙間に二三句「シばシ・シりスえて」のサ行が光っています。

句切れと構文

短歌の起源について、長歌の短縮、片歌二首による問答、旋頭歌の短縮、など諸説があり、それぞれの痕跡が短歌の句切れに見られます。長塚節は上古の歌人、なかでも万葉集巻十四に残された「東歌《あずまうた》」の歌人らの息遣いや発想を深く学び、「鍼の如く」を詠んだと思われます。しかしその議論を始める前に、節が子規から叩き込まれた「軽い初句」の原則について、述べておきましょう。

軽い初句

一九〇〇（明治三三）年三月末、長塚節が正岡子規に入門してまず教わったのは、短歌の「尻（結句）を据わらせる」ことでした。その方法は、①言いたいことをできるだけ後に回す、②初句をできるだけ軽くする、の二点です（一九〇三年五月発表「萬葉集巻の十四」全集４・９）。節は生涯この教えを守り、後輩たちにも伝えました。

「鍼の如く」の歌の初句を見ると、次のような実体のない品詞が多く見られ、初句を軽くするための工夫だと思われます。**疑問詞**：（079）「いくたびか」、（101）いづべゆか、（217）「幾ばくの」、（199）「幾夜さを」など、ア行で始まるものが主。**程度の語句**：（034）（058）（071）（192）（223）「いささかの／は／も」、（151）「おしなべて」、（161）「かつかつも」、（012）（222）「そこらくに」、（100）（221）「たまたまは」、（073）「つくづくと」。**指示詞**：（119）「かかるとき」（114）「かくのごと」、（166）「かくしつつ」、（190）「此のごろは」、（188）「此の宵は」など、カ行で始まるものが主。**大まかな時間帯**：（067）「小夜ふけて」（137）（172）（226）「朝まだき」、（099）「すみやけく」、（181）「とこしへに」。**不特定の場所**：（164）「草深き」、（186）「草むらに」、（094）「ちまたには」（097）「はろばろに」。**オノマトペ**：（088）「うつらうつら」、（118）「さやさやに」、（201）「はらはらと」。

指示詞を「軽い初句」に用いた場合、指示される対象が読者に了解されていなければなりません。そこで活躍するのが連作の先行歌、そして詞書です。（114）「かくのごと」は（113）から「松かげの蚊帳釣草にころぶして」いる状況だと理解できます。（166）「かくしつつ我は痩せむと」は詞書から、漁村で時化にあったため食糧が底をついたのだとわかります。

「軽い初句」は記憶に残りにくいため、暗誦のさまたげとなりますが、音韻に助けられることがあります。たとえば（051）「すべもなく」は意味の似た（053）「ゆくりなく」でもよさそうですが、（051）第三句「さらさらと」と同じサ行の「すべもなく」がしっくりおさまります。

古風で悠長な二四句切れ「五七・五七・七」

長歌の「五七・五七・五七……七」を踏襲した、おっとりと懐かしいリズム。「鍼の如く」では「其二」の「三」と「四」の田園叙景歌に多く、無頭韻、もしくはABCDで始まる「しらばくれ」1Pで、さらりと詠われます。内容も「五七・五七・七」の三段組みで、（020）胡麻を炒る音・コガラの声・霧晴れる。（022）ナラの木の灰色・コブシの白・空の青。（029）アオギリの幹・涙のようなしずく・春雨、など、初心者もまねできなそうな、わかりやすい構造です。

叙情歌では2PやFHのような濃密な押韻が採用され、（018）AB・AA・BではA（くたびれ・肩・子猫）の肉感とB（母・春の宵）の情緒のように、二つ要素が対立します。（055）AB・AB・Cでは「病苦・自戒・本音」の内容ですが、A＝サ行、B＝カ行の繰り返しが「セ・キ」と響き合います。「其三」の（108）「月見草萎まぬほどと」は動詞「ゆく」が省かれ、同じ二四句切れでも短い息遣いが感じられます。「其四」では（136）「板のごと糊つけ衣」と、（138）「蚤くひの趾などみつつ」が、猛暑の中でホッと一息ついた心の余裕を表しています。（159）では初二句で朝顔の色、三四句でその少なさが述べられ、結句「小雨さへふり」でさびしさが強調されます。

「其五」にいたって、状況を小出しに述べる二四句切れのリズムが、謎解きのように用いられます。

それぞれの結句の性質に注目すると、（193）「しぼまざりけり」（発見）、（199）「雨のふる夜は」（状況の特定）、（203）「こぼれ居にけり」（発見）、（217）「庭にして焚く」（驚き・非難）、と多彩です。

以上述べた「二四句切れ」は、二句と四句の切れ目がほぼ均等で、それぞれ読点「、」を打つのが適当ですが、次に紹介する「二句切れ」と「四句切れ」ではそれぞれ句点「。」にふさわしい文法的断絶があり、起源も詩想も「二四句切れ」とは異なります。

歯切れの良い二句切れ　「五七・五七七」

旋頭歌《せどうか》「五七七・五七七」の第三句が脱落したと考えられる形式。初二句の明快さが魅力です。「鍼の如く　其二」ではとくに第二句を「うれし・あまし」など形容詞終止形で止める歌が目立ち、その内容がしばしば幼少期の野遊びとむすびついているところから、「童心歌」と呼んできました。二句切れのたどたどしさが読者の幼少期の記憶を呼びさます、既視感《デジャヴュー》効果もあるのでしょう。

二句切れの特殊な用例に、「二五句反復型」があります。片歌「五七七」二首の問答形式を思わせ、茂吉が好んで用いました。節の「羇旅雑咏」にその典型例が二首あり、○糺《ただす》の森　神のみたらし。秋澄みて　桧皮《ひわだ》はひてぬ　神のみたらし。○由良川《ゆらがは》は　霧飛びわたる。あかときの　山の峡《かひ》より　霧飛びわたる（一九〇五）と、宗教的感動や自然の荘厳の表現に用いられました。「鍼の如く」では（010）「西瓜割れば赤きがうれし。ゆがまへず二つに割れば矜らくもうれし」、（023）「落栗は一つもうれし。思はぬにあまたもあれば　尚更にうれし」と、二五句各七音のうち末尾三音だけがくり返され、内容にも張り詰めたものがありません。他人にはどうでも良いことを重大視する幼さが狙いのようです。

二句切れの初句には名詞が置かれることが多く、軽くはなりません。代わって「軽い三句」が置かれます。

同じ形容詞による二句切れでも、ブツ切れ感の少ない歌が何首かあります。（015）「楢の木の若葉は白し」は第三句「やはらかに」の淡さ、軽さで断絶感が薄められ、単衣と肌の白に引き継がれます。（139）「糊つけし浴衣はうれし」では第三句「蚕くひの」が初句と頭韻を踏むことで二三句が繋がります。（001）「白埴の瓶こそよけれ」では、係り結びの余韻が尾を引き、二区切れの断絶が緩和されます。他の花器と比べて白磁の瓶が、という含みが感じられ、**Kawamura** による"How fitting"は適訳です。

動詞（＋助動詞）で止める二句切れの例に、（078）「笊もていゆく」、（097）「茅花《つばな》おもほゆ」、（030）「つれなく入りぬ」、（158）「赤は萎まず」などがあります。動詞の否定命令形による例として、（045）「おほにな引きそ」があり、土屋文明と岡麓が『合評』で三句以下の細かい感じを褒めています。間投詞による二句切れの例に、（039）「こころぐき鉄砲百合か」があります。

節が九州に移った「其三」から「童心歌」は（130）などわずかになり、二句切れの歌は（188）「こほろぎ近し」、（205）「復たこぼるらし」、（224）「けはひ遥かなり」などの沈んだ表現にかわります。（162）「蔓もて偃《は》へれ」は接続助詞「ども・ばか」が省略されてできた間《ま》が生きています。

最晩年の（219）「芒《すすき》の穂ほけたれば白し」では、第三句「おしなべて」で風景が上下に二分され、白二色の不思議な絵となりました。

最後につけ足す四句切れ「五七五七・七」

節が模範とした万葉集巻十四の巻頭二首の四五句は、「舟は留めむ。さ夜更けにけり。」(三三四八)、「舟人騒ぐ。波立つらしも。」(三三四九)と第四句で長文が完結した後、結句(短文)が加わります。このように「四句切れ」のあと独立した結句が置かれる詩形は「鍼の如く」にも多く、結句の内容によって、推量型・覚醒型・追加型の三型に分けることができます。

「結句推量型」では、長文で事実を述べ、短文でその原因をおしはかります。原型に舒明天皇の「今《こ》夜《よひ》は鳴かず　寝《い》ねにけらしも」(八・一五一一)があり、「鍼の如く」でも(067)「蛙は遠し・水足りぬらむ」、(170)「萎《しな》へてさきぬ・痛みたるらむ」など、動植物への共感《エンパシー》が特徴です。

長文で想像世界にふけり、結句でハッと我にかえる「結句覚醒型」の原型、「舟は留めむ・小夜ふけにけり」(一四・三三四八)は、水手《かこ》への呼びかけとも取れますが、「鍼の如く」の(102)「明けづきぬらし・雨衰へぬ」、(124)「したたりぬらむ・たそがれにけり」、(127)「幾日へぬらむ・水減りにけり」、(174)「かへる舟かも・沖に帆は満つ」、(176)「芋洗ふ子もが・月白くうけり」、(212)「乾きたるらし・動きつつみゆ」はすべて独り言で、茫然としていた自分の孤独が自覚されます。変異型に、朦朧と眠りに落ちる(065)「ひとつまた止みぬ・我も眠くなりぬ」があります。

「結句追加型」ではポロリと一言付け足します。「其一」の(007)「みながら涼し・枇杷うづたかし」には唐突感がありますが、「其三」以降の叙情を絡めた叙景歌(119)「おもひてもみつ・今は外に出でず」、(151)「顔は憂へず・皆たそがれぬ」、(159)「縋りてさびし・小雨さへふり」では逆に、一呼吸を置いた余韻が感じられます。中でも印象的なのが、(166)「硬《こは》き飯はむ・豈うまからず」で、もはや体裁など気にしてはおれぬ、と言った居直りが感じられます。(215)「障子に足らず・いまは傾きぬ」は淡々と事実を並べていますが、ついに陽が射さなかった心残りを歌っています。以上が、長文に短文を添えた「結句独立型」の三型です。

「鍼の如く」の四句切れには、このほかに「四五句倒置型」があり、原型として、万葉集〇筑波嶺にかか鳴く鷲の音《ね》のみをか泣きわたりなむ・逢ふとはなしに（一四・三三九〇）が挙げられます。倒置によって歌の末尾に回った助詞が余韻を生み、試しに四五句を入れ替えてみると、がっかりするほど平凡な歌になります。この型は「其二」冒頭の不眠憤悶歌で矢継ぎ早に歌われました。(049)「おもひうかべぬ・眠られぬ夜は」、(052)「耳にはきしむ・身じろぐたびに」、(053)「あな煩わし・我が手なれども」（三四句切れ）。逆接の「ど・ども」はこの後も、(055)「襲ねて居らむ・単衣欲しけど」の我慢、(060)「すがしといねつ・たるみたれども」の甘えなどで活躍します。

「其三」で(090)「松葉は散りぬ・このしづけきに」（三四句切れ）、(095)「我がつりかへぬ・よひよひ毎に」、(098)「茅花や撓む・このあめのふるに」などの孤愁を詠ったあと、しばらく四五句倒置型は鳴りをひそめますが、「其五」に至って(178)「松蟲きこゆ・海の鳴る夜に」、(214)「爪叩き聴く・そのかそけきを」、(222)「枯枝も寒し・落葉焚く日は」と鎮もり、晩年の諦観を感じさせます。

序歌から脱皮した三句切れ「五七五・七七」

「三句切れ」と言えばただちに古今・新古今調や小倉百人一首が連想されますが、万葉集にも三句切れは少なくありません。その一つの型に、初三句（序句）で地名・風景・植物などを読み込み、音の類似や連想で四句の頭の語を導く「序歌」が有ります。節は子規に師事して二年目に、連作「ゆく春」九首で○おもふこと楢の小枝《さえだ》の垂花《たれはな》の　かゆれかくゆれ心は止《や》まず（一九〇二年）などの序歌を詠み、尻が座っていると子規から褒められました。「鍼の如く」にも（135）「粥汁を袋に入れて糊とると・絞るがごとく汗はにじめり」、があります。

万葉集でよく目にするもう一つの型は、三句末に逆接の接続助詞「ど・ども」を置いて上下の句を対立させ、恋の苦しさを訴えるものです。三句末の「ども」は「鍼の如く」の7首で用いられ、うち4首が「其二」にあります。「不眠煩悶歌」（050）「水には足はひたせども」では、不眠解消に効くと言われたけど効かないじゃないか、という不満。（054）「病癒えなとおもへども」では、治りたいのは山々だが、気持ちが沈んでいるときは食欲が出ず体力がつかない、という嘆きを詠っています。（072）「蚊帳を透《すか》してみえねども」は、蚊帳の裾をめくる手間を惜しむ病人の懶惰を暗示し、「ども」の「逆接」は重層的です。「其三」の病床詠（091）「瞼《まなぶた》とぢてこやれども」では蚊と暑さを嘆き、「其五」（184）「ひたすら物に怖《お》づれども」はコオロギ（と、おそらく茂吉）への嫉妬を寂しく詠います。端座して桔梗の花の清々しさを詠った「其四」（149）「汗は衣を透せども」を除けば、「ども」は病気による不如意と結びついています。

「鍼の如く」で目立つのは、逆接の「ども」よりむしろ、順接の「ば」と、順逆どちらにも使える「に」です。

順接の確定条件「ば」は「こうすればこうなった」と因果関係に用いられるのが普通ですが、「鍼の如く」の叙景歌ではむしろ、共時性に用いられます。（013）ヌルデの実が塩を噴くころ、果たして初霜が降りた。(229)背後の伯耆大山だけでなく、正面の隠岐の島々も晴れ渡った。(156)月見草が咲くころ、月が低く見えた。

叙情まじりの叙景歌には、自分の共感に自然が応える、円満な一群があります。(012)季節遅れのアカザを食って、春の終わりに気付いた。(085)縁側に足をつきだしたら、足に風を感じた。(133)風が吹いて涼しいと思ったら、カヤツリグサの髭がそよいだ。(114)カヤツリグサに頬を擦りつけたら、懐かしく感じられた。(144)キキョウを活けてみたら、蕾に秋が潜んでいた。(168)外をみると激しい風雨だった。(187)漁師らが天候の変化に敏感に反応して船を動かしたので、海が広くなったように見えた。

病人の心と体の関係は、つねに円満とはかぎりません。「不眠煩悶歌」のうち(048)は、不眠が原因で翌日は眠るだろう、と比較的単純ですが、(053)「手もておもてを掩へれば」ではその手が気になり、やり場のない怒りを「我が手なれども」で吐き出します。「其三」では(106)蚊を打って手が痺れている間だけは気がしずまる刹那的な安寧で、残りの長い時間の苦痛を暗示しています。

このように、「鍼の如く」の三句切れで「ば」が公式どおり因果関係に用いられることは稀で、歌人も予想しなかった喜怒哀楽へと発展します。その緊張は後述のように、詞書の末尾の「ば」にも見られ、また「其一　五」冒頭の二首の第二句末(032)「ぬれてとどけば」、(033)「さがしもてれば」に何かしら不穏なものを感じるのも、「ば」のあとに何が出るかわからない不気味さゆえでしょう。

用言の連体形につく接続助詞「に」は、順接・逆接・単純接続にも用いられ、さらにつかみ所がありません。「鍼の如く」では(035)「減り行くに」、(042)「わびしきに」、(056)「驚くに」、(150)「ゆゆしきに」と、「に」の前の状況にまず驚いています。飛び石連作「うたた寝」三首は、三句末を(173)「こちたきに」、（175）「涼しきに」、（177）「冷たきに」と「に」で揃え、さりげなく不摂生を白状しています。

「鍼の如く」の第三句末の助詞はこのほか二四種類を数えますが、紙面の都合で割愛します。

折衷型：二三句切れと三四句切れ

以上四種類の句切れに収まらない折衷型として、「二三句切れ」と「三四句切れ」があります。

二三句切れは二句切れの変異型で、二句で深く切れたあと三句でも切れる形。原型として東歌◯筑波嶺に雪かも降らる・否をかも・かなしき児ろが布《にの》乾さるかも（一四・三三五一）があり、「鍼の如く」では、（182）「むらぎもの心はもとな・遮莫《さもあらばあれ》・をとめのことは暫《しば》し語らず」が異彩をはなっています。

三四句切れは序歌（三句切れ）に四句切れが加わった形で、東歌では結句「児《こ》ろせ手枕」（私の腕を枕になさい。三三六九）、「さ寝ざらなくに」（寝ることはなかったのに、三三九六）など露骨な求愛表現が目立ちます。「鍼の如く」の三四句切れは序歌に似た譬喩《ひゆ》歌（064）、（068）や、逡巡歌（019）「挿すにこちたし・棄てまくも惜し」もありますが、大半は東歌「目こそ離《か》るらめ・心は思《も》へど」（三三六七）を原型とする、三句切れと四五句倒置の組み合わせです。晩年の孤愁を反映して、結句は（047）「疲れごころに」、（053）「我が手なれども」、（090）「このしづけきに」、（098）「このあめのふるに」、（198）「そのあさがほは」、（214）「其のかそけきを」と鎮《しず》もり、余韻を引きます。句頭に置かれた指示詞「この・その」は、倒置による断絶を和らげるためのものでしょうか。

連作

「鍼の如く」に見られる連作の構造は、①空間展開型、②時間経過型、③折衷型に大別できます。共通項×（対立項Ａ＋対立項Ｂ）のように因数分解すると、構造が見やすくなります。

①「空間展開型」では複数の歌に共通の部分と、歌ごとに違う要素とがあり、

(041)＋(042)＝行く春　×（病室内・壁紙の埃＋窓外・ニガナの「ほうけ」）

(054)＋(055)＝病気による生活の不自由　×（食欲不振＋衣替えの遅れ）

(138)＋(139)＝蚤くいのあと　×（早朝・清拭・肌に残る＋夕方・沐浴・浴衣から洗われた）

②「時間経過型」では、状況の変化による心理の動きがテーマです。夏の衣替え三首では、視点が(084)納戸から居間、(085)縁側、(086)戸外へと移動し、旅立ちを暗示します。音韻的には(084)結句「つくづく」から(085)「くつろぐ・そよそよ」、(086)「さやげども」と尻取りでつながり、ふん切りのつかない気持ちが感じられます。松林散策の五首では歌人の姿勢が(110)歩行、(111)立膝、(112)ころぶす、(113)足をのばす、の順に低くなり、最後は(114)カヤツリグサに頬を擦り付け、病室をはなれた病人の心の解放を示しています。雨漏りと呻き声で眠りを妨げられる二首(101)(102)では、ア行頭韻を二首一連の最初と最後に置いて、不眠のしつこさを表しています。青島で台風にあった二首(168)(169)では、視点が手枕から、嵐の海、神話的幻想世界へと移動し、夢から覚めて室内の惨めさに気づ

くという趣向。キリギリスと月見草の五首一連では、三首目（154）で月見草の咲く夜になったあと、（155）「幾夜はへなば」と架空の夜でキリギリスを再登場させています。

③折衷型の例として、人力車上から見た鬼怒川土手の写生歌三首があげられます。

（081）＋（082）＋（083）＝　土手の霧雨　×（ミヤコグサ・葉・黄緑・水平面＋アザミ・花・赤紫・球体＋トクサ・茎・濃緑・細長い円柱の束）、という展開型の要素に、霧雨が晴れてゆく時間経過も含むので「折衷型」としました。興味の中心は三種の植物の色や形それぞれの描写にありますが、節の歌としては植物との共感《エンパシー》が希薄です。婚約解消という辛い仕事から意識をそらすための作歌だったからでしょう。

「其一　五」の冒頭に置かれた恋の歌二首に、本書では「プライバシーを覗かれる危うさ」を想定して、次のように解釈しました。二句末でくりかえされる「ば」に引きずられての深読みかもしれません。

（032）＋（033）＝看護婦らの意地悪×（手紙・盗み見の可能性＋生け花・冷笑）

「其二」冒頭の不眠煩悶歌六首では、（048）で「不眠」という主題を提示したあと、煩悶する自分の姿を（049）視覚、（050）冷水の触感、（051）（052）聴覚、（053）顔と手の触感と、多角的に分析しつつ、苛立ちがつのって（053）「あな煩《わずら》はし」で爆発するまでの心の経過を追っています。

以上、連作の典型例を示しましたが、「鍼の如く」の中にはこれほど緊密ではない「準連作」も見られます。（119）扁蒲畑《ゆふがほばた》の歌の初句「かかるとき」は、先行する三首で詠まれたように、蚊帳越しに月をめでたことを踏まえています。（122）蚊帳の中の蚊では、その前の蚊帳を詠う二首一連を踏まえています。

「其一　五」以降はもっぱら歌日記の形をとるため、一つのモチーフが間を置いて詠われる「飛び石連作」も少なくありません。朝顔や蛙の歌を拾い読みすることで、節の体調や気分の推移がたどれます。ナデシコの自生地を探す（151）の背景は、（126）の詞書によって理解でき、（183）から（186）までのコオロギとホオズキの一連は、（181）「とこしへに」、（182）「むらぎもの」に暗示された斎藤茂吉・輝子夫妻への嫉妬を考慮すると味わいが深まります。（163）病中滑稽歌「手を当てて・冷たき」が、三ヶ月後の芸術憧憬歌（214）で繰り返されたことについて、子規が生きていたら大いに喜んだことでしょう。

「濫作」の反省を経て発表された「其五」で、三首以上の連作が見られないことは、注目に値します。代わりに増えた二首連作でも「共通項×対立項」の構造は目立たず、山茶花、焚き火、雨中の行商などの題を二首ずつ詠む「歌合《うたあわせ》」（二首競作）のような自由が見られます。中でも（220）（221）では「聞かず」「かへりみず」と動詞否定形で結句を揃え、歌人晩年の影の薄さをユーモラスに表現しました。

土屋文明は『短歌小径』（一九四三）の中で、短歌連作についての評価が「鍼の如く」のころは高かったのに、「合評」作業（一九三四〜四〇）のころには下落していたことを、次のように回想しています。

現在ではいろいろの事情に加へて、一つは反動もあつて、連作といふものに對しては寧ろ消極的な考へが一般的であると言へるかも知れない。いろいろの事情といふのは、一首なり、せいぜい二三首で纏《まとま》つた感銘を得たいといふ短歌作品に對する要求のごときが一つである。反動的といふのは、一時連作連作と無反省に連作に走つたため、一首一首の獨立が非常に希薄になり、極端なものになると、一つの記事文を三十一音づつの段落を以て書き列ねたやうなものさへ出て来、それに對する非難、蔑視の高まつたことを私は念頭に置いて言ふのである。しかし、連作といふものが勿論短歌の全部ではないとしても、短歌の非常に有力なる要件であることは、再び顧みらるべきではあるまいかと思ふ（一一九頁）。

詞書《ことばがき》

正岡子規は「芭蕉雑談《ぞう》」（一八九三〜九四）で、『奥の細道』の「俳文」を、元禄期文学運動の成果の一つに挙げています。同じ元禄文学でも、町人文化を代表する井原西鶴の文体は、尾崎紅葉ら硯友社の手本となりましたが、地方士族出身の子規には、漢語まじりの芭蕉の俳文の方が身近に感じられたのでしょう。短歌・俳句を交えた子規の紀行文「かけはしの記」（一八九二）や「はて知らずの記」（一八九三）は、新聞読者に歓迎されました。

節は「萬葉口舌［一］（巻の十六の研究）」で「有由縁歌《ゆうゆえんか》」の詞書を研究していますが（全集4・32〜41）、それ以前から芭蕉の俳文に憧れていたことは、「奥の秋風　東京巡遊当時之雑咏」（一八九六年一〇月、全集5・270〜76）の草稿から確認できます。斎藤茂吉：奥の細道の文章と挿入されてゐる俳句との密接なる關係融合についても（長塚さんは）話された。『鍼の如く』にある歌の詞書が、芭蕉のものなどからの悟入であることが極めて明かである（一九三三『長塚節歌集』「解説」二〇六頁）。

このように節は芭蕉と子規の影響を受けて詞書を活用しましたが、二人にはない工夫もしています。

例えば芭蕉や子規の俳文の末尾（俳句に続く部分）は動詞・形容詞の終止形、あるいは動詞連用形＋助詞「て」など、比較的単純な形であるのに対して、節の詞書の文末は多様です。山根（一九六六）は「鍼の如く」を含む節の「病床詠」の詞書の末尾を19種に分類しましたが、なかでも目につくのが、「〜ば、〜ども」などの確定条件です。

　このうち逆説の「ども」の方が比較的単純で、たとえば（100）の詞書では制服姿の看護婦姿を「男性的に化せられたるが如く見ゆれども」と書き、歌にある絣の乙女の慎ましさと対比しています。

　順接の「ば」の多様な使われ方について三句切れで述べたことが、詞書にも当てはまり、（158）夕方になってもアサガオの花が萎まない理由を「餘りに日に疎ければ」と科学的に説明したのは、むしろ例外に属します。歴史的には（176）で引用した西行伝説のように、歌の応答に用いられてきました。「其四」（125）（126）の看護婦の言動「撫子の手折りたるをくれたれば」「野にあるなでしこを第一に好めるよしいひければ」はその応用で、艶《えん》が感じられます。ところが彼女に言われた場所に行ってみると、涼み客から（151）詞書「このあたり嘗て撫子をみずといひにければ」と軽く否定され、その反感が（151）「皆たそがれぬ」に収斂します。

　「其五」では（166）の初二句「かくしつつ我は痩せむと」の原因を、連日の時化で「漁村のならはし食料の蓄もなければ」と詞書で示しています。暖かい海のそばで新鮮な魚を食って健康を回復する、という日向旅行の目的が果たせなかった悔しさが、歌の結句「豈うまからず」で爆発。そのひと月後、同じ折生迫で（181）「枕に潮のをらぶ夜は憂し」、（182）「むらぎもの心はもとな」が詠われますが、私の推測どおり斎藤茂吉から「三浦海岸で新妻と魚を食って命永らえた」という内容の私信を受け取った結果だとすれば、まことに気の毒です。

長塚節の詞書への評価も、連作への評価と同じように、時代の変遷がありました。『合評』で柴生田《しばうた》稔は（100）「たまたまは絣《かすり》のひとへ」の歌に関して、「詞書ともたれあつたやうな行き方も、歌の本道ではないと思ふ。この作者の詞書を賞讃する評者が多いやうであるが、かういふ點までも含めてであるとすれば私は反對である（一九四四、一九三八発言、二〇八頁）」と批判しています。その半世紀後になると、清水房雄：「恐らく近代に限らず、日本の歌の歴史に於《おい》て、詞書の駆使・活用につき節ほどの名手は数少いのではなかろうか。節をこそ詞書の歌人と称しても無理でない（一九九三、『長塚節歌集』短歌新聞社、「あとがき」、一四二頁）。岡井隆：大作『鍼の如く』は、散文と韻文の交響をよそにしては語ることができない所以がここにある（二〇〇〇、一二七頁）と好意的です。

これらに先立ち佐佐木幸綱は、著書『現代短歌』（一九八三）で、連作と詞書を近代短歌の本質に関わる要素と見て、根岸派における発展を以下のようにまとめています。①新聞コラムを主な発表の場にした子規にとって、連作が手頃な形式であった。②左千夫の九十九里浜の連作が「不在」を追求して「虚無」に向かっている。③節にも同じ危険があったが、詞書と連作の活用で虚無に陥らずに済んだ。一例として（127）「なでしこの花はみながらさきかへて」について、

この一首だけをとり出せば、「なでしこ」の花の存在感は稀薄であり、過ぎ行く時間の向こうにある〈虚無〉だけが浮かび上がる。しかし、見たような形で、詞書と連作の構造の妙によって、「なでしこ」は存在感を与えられているのである。

「鍼の如く」一連は基本的に一首と全体のこうしたダイナミズムによって成立していると見る。その意味で、近代連作史上の屈指の成果として「鍼の如く」が挙げられるのである（一九八三）。

「虚無」の問題は私の理解を超えるので、紹介するにとどめますが、節自身は後輩の中村憲吉らに、散文向きの内容を無理やり短歌連作にせず、詞書で表すことを勧めています。底に流れているのは、子規から叩き込まれた「尻をすわらせる」原則なのでしょう。

俳味

長塚節が子規の指導で俳句に造詣深く、それが歌作にも影響したことは、「合評」でもしばしば指摘されていますが、歌人が指摘する「俳味」には全幅の信用が置けません。そこでまず俳人・加藤楸邨（一九九六）が「鍼の如く」で指摘した「俳味」の例と評（カッコ内）をおさらいしてみます。

（003）無花果に干したる足袋や（日常茶飯事の中から新鮮な驚きを発見する心の動き）。（007）枇杷うづたかし（一眼目を強調する心の動き）。（085）唯そよそよと（節の肌で感じたものをそのまま感ずることができる）。（052）くくり枕の蕎麦殻も耳にはきしむ（俳句的な把握）。（074）ものものしくも擡げたる（生気が脈々とする）。（158）むき捨てし瓜の皮など乾く夕日に（俳句にありそうな現実感）。（216）肌さへ寒くかわきけるかも（人参《にんじん》の肌の寒く乾いたところに凝集して行くところ、俳句的な発想と言ってよい)。(225)声さへ寒く雨はふりいでぬ(「合評」で土屋文明がいう「俳句的な悟入」はあたっている。芭蕉の「塩鯛の歯茎も寒し魚の店《たな》」などが平素心にあって、陰微の間、発想に響いている)。(226)菜はみな白き茎寒く見ゆ(前と同様に、芭蕉の「葱白く洗ひたてたる寒さかな」が響いている)。以上の事例から「俳味」についておおよその輪郭が見えてきます。

楸邨は一方で「俳句とは異なる短歌の特徴」にも言及しています。(137)朝まだき涼しき程の朝顔は藍など濃くてあれな　とぞおもふ(季の物のとらえ方は、俳人とは異なった繊細な、ゆらぐような感触をさえ示している)。(195)鶏頭は冷たき秋の日にはえていよいよ赤く冴えにけるかも(短歌の声調を通して、冴えた冷たい一団の赤を感じさせる)。(227)天霧ふ吹田茨木雨しぶき　津の国遠く暮れにけるかも(畳みかけていく声調には、俳句にはない短歌的なものを感ずる)。(229)そがひには伯耆嶺白く晴れたれば　はららにうける隠岐の国見ゆ(永年俳句をやってきた者からみると、実に大きな、胸から吐いた息で詠んだという寛濶の感を受ける)。

これらを総合すると、節は俳句の特徴である日常の一角への凝視や、感覚の鋭さを短歌に取り入れつつ、短歌本来の声調を生かして俳句では表せない揺らぎや広がりを表現した、ということになります。

漱石は「俳味」を「禅味から来た余裕」ととらえ、高浜虚子の写生文『鶏頭』(一九〇八)の「低徊趣味」と結びつけて奨励しました。節への追悼文「つり鐘が好きな人」(一九一五)で漱石は、節が自然主義のように「セッパ詰まった」書き方でなく、紀行文「佐渡が島」で見せたような「軽い筆致」で『土』を書けばよかった、とも評しています。漱石が期待した俳味が『土』には欠けていた、ということでしょう。『土』に含まれる方言による悪口・からかいは、俳味とは無縁なものとされたわけですが、この追悼文を掲載した雑誌『俳味』の編集者・沼波瓊音《ぬなみけいおん》は、平福百穂、香取秀真とともに節の故郷で葬式に参列したほどの長塚節崇拝者で、漱石とは違った意見を持っていたと思われます。

北住敏夫（一九七四）は、節の歌における俳句の影響を、①蕪村の印象詩（印象の直感的な鮮やかさ）と、②和歌の叙情性を俳諧化した芭蕉の造化《ぞうか》へ随順、の二点に整理しますが、芭蕉の造化に帰入しようとする求道的、隠者的、中世的幽玄の余影を引く「さび」に対して、節の「冴え」の境地は知性の白光に輝いて晶明である、としています。「冴え」に近縁の「さやかな美」と「をかしみの風情」とが、「晴明な気分を基調とする点においては一つであつた（一五五～六頁）」として、和歌的な「あはれ」と俳諧の「をかし」を融合した芭蕉の境地が、節の歌にも存するという指摘は、節の歌のユーモアを理解する上で参考になります（一六二～六四頁）。

「俳味」についてもう一つ忘れてならないのは、下世話な光景を示して懐古・詠嘆を頓挫させる反古典趣味で、(169)「衣も畳もぬれにけるかも」はその好例です。

滑稽《こっけい》と鄙《ひな》ぶり

節は元来剽軽な性格だったが、子供のころ目尻が垂れているのを「すけべい」とからかわれたことがあり、冗談を控えてきたと、久保より江に語ったそうです（アララギ8・6）。節の又従弟である伊藤貞助が脚色した舞台劇『土』（一九三七初演、一九五三シナリオ刊行）では、「高志《たかし》」という名の地主の長男が登場して百姓らをからかいます。アララギ派が神格化したストイックな歌人に比べて、ずいぶん軽々しく描かれていますが、ある程度実像を反映していたと思われます。しかし長塚節の文学におけるユーモアについて考えるとき、やはり正岡子規の指導と影響を起点とすべきでしょう。

子規は結核を宣告された時点から、病苦と短命を笑いに転化しようと努めました。「啼いて血を吐くホトトギス」にちなんで「子規」と号したのが始まりで、閻魔《えんま》の取り調べに対してそれまでの不摂生を告白する被告弁論「啼血始末記《ていけつしまつき》」（一八八九）、自分の遺体の処理法を比較検討して、どれもいやだと駄々をこねる「死後」（一九〇一）など、擬古文と言文一致体を駆使して、残酷な運命に一矢報い、残された命に精彩をもたらそうとしました（坪内・中沢、二〇〇一）。

「歌よみに与ふる書」（一八九八）で短歌改革の狼煙《のろし》を上げたあと、子規は「足たたば」で始まる法螺《ほら》ふき歌七首を一気に吐き出しました。〇足たたば　不尽《ふじ》の高嶺のいただきをいかづちなして踏《ふ》み鳴らさましを。この他、エヴェレストの雪を食ってみせるとか、新高山の麓でバナナを植えるとか、機知と胆力で病苦を笑いにかえてみせました。

翌一八九九年には「万葉集巻十六」を書き、滑稽が真面目とともに万葉調短歌の基礎となるべきことを主張しました。万葉の真面目を高価な鯛に、巻十六の滑稽を日常的な味噌にたとえ、鯛も美味いが、味噌も美味い、と、わかりやすくたとえたついでに、味噌（巻十六）と糞《くそ》（狂歌）を一緒にしてはならぬ、と、悪のりしてみせます（講談社『正岡子規集』二五〇～五二頁）。

節が入門して半年目の一九〇〇年一〇月二九日、子規は『日本週報』の文芸欄に「鬼の巻抄」を載せ、節の長歌「戯詠鬼歌」を紹介しました。長いので抄訳すると、「ネギのぬたが好きな「ぬた人」たちがひり出した「ぬた糞」を肥料に、カキの木がどっさり実をみのらせたのを、夜が更けると鬼たちが登って食い、食いきれないのを褌《ふんどし》に包もうとして落とすと、犬が驚いて吠えたて、木の上で震えている鬼たちをぬた人たちが捕まえ、角を叩くと頭にめり込み、手も足も打たれてなくなり、世にも珍しい真っ赤な柿の実となって、高い枝の先にさがりましたとさ」（全集3・23～24）。

同じ「鬼の巻抄」の短歌に選ばれたのは、○天地《あめつち》の物皆いねしま夜中に　鬼あらはれて吾《わが》歌を乞ふ（左千夫）、でした。子規評：「余は此一首を選ぶ。句法緊密にして結句力ある處氣に入りしなり」（左千夫全集1・68～69）。弟子二人の競争心を煽《あお》る子規の得意が伝わってきます。

半年後の『日本週報』（一九〇一年五月六日）では、節の短歌「滑稽」二首が選ばれました。

○萱《かや》刈りて畑《はた》な開きそ　麻田比古《またひこ》が額《ぬか》の片へに麥蒔《むぎま》かば足り

○君によりなごむ心は　にひ藁に包む海鼠《なまこ》の　しかとくるごと

一首目は万葉集巻十六の、他人の身体的特徴を嗤《わら》う「滑稽歌」を、二首目は巻十四「東歌《あづまうた》」などに見る、日常風景に即した序歌を、それぞれ真似ています。ちなみに「嗤」は「あざわらう」の意で、その旁《つくり》「蚩《シ》」は、「シシシ」とせせら笑う声を真似たオノマトペだそうです。節はこの他にも多くの歌を投稿したと思われますが、子規はこの二首を抜き、紙上に並べることで、節が今後精進すべき道を示したのでしょう。この日の『日本週報』には左千夫の長歌「奉祝皇孫御降誕歌」も載りました。「皇孫」とはのちの昭和天皇です。

一九〇二年九月一九日に子規が没し、翌〇三年六月に「根岸短歌会」の機関紙『馬酔木《あしび》』が刊行されると、節は「萬葉集巻の十四」とその続編、「東歌餘談」の［一］と［二］をひと月おきに発表します。

「東国」生まれの歌人として、東歌の技法やセンスを自家薬籠中の物にしようとの意気込みが、そこに感じられます。さらに〇四年二月から〇五年二月にかけて、「萬葉口舌・巻十六の研究」を三回に分けて発表し、万葉風「滑稽」の技術だけでなく、詞書の意義についても分析しました。

これらの研究に先立って、節は「狂體十首」（一九〇三年一月）を発表しています。「狂体」とは五音・七音に囚われない、古代の自由律歌謡形式をさし、神楽《かぐら》・催馬楽《さいばら》を真似たものです。その伸びやかさとおどけは万葉集の東歌をしのぐほどです。狂体十首のうち、次の二首に引用された諺《ことわざ》や呪《まじな》いは、のちに歌友を「嗤《わら》う」歌にも用いられているので、合わせて紹介します。

「その一」穭田《ひつじだ》におり居の鴫《しぎ》、しぎつき人《と》つき網もち、とほめぐりいや近めぐり、めぐれども羽叩きもせず、鴫はをらずや、鴫は居れどかくれて居りと、おのれ見ゆらくを知らに、稲莖に嘴をさしいれ、さし入れてかくれて居りと、網でとられきや、（全集3・88）（注「ひつじ」は刈り株から出たひこばえに実った稲。「鴫突き」は竿網を投げてシギを捕る猟法）。

秀真子《ほずまし》一人居の煩《わずらは》しきをかこつと……　八首中第四首

〇鷸《しぎ》の嘴《はし》かくすとにあらじ　妻覓《ま》ぐとつげぬは蓋《けだ》し忘れたりこそ（一九〇四年、全集3・146）

訳　くちばしを隠せば体全体が隠れたつもりでいる、愚かなシギの真似ではあるまい。香取秀真が妻を得たと告げてこないのは、うっかり忘れただけに違いない。

「その六」芋の子の小芋こそ、九つも十もよけれ、としごとに子もたるおみな、子はもたせこそ

盥《たらひ》のそこを、一つうち二つうち、三つ四つや五つ六つうち、七つうたばとしの七とせ、へだててぞ
子はもつらむや、八つうたば八とせや、（全集3・90）。

潮音《ちょうおん》に寄す　八首中第七首。

○東國《あづま》には　しかぞ尻打つ　盥打つ　然《し》かする時は　子をうむは遠し（一九〇八　全集3・311）。

訳　東国ではこんな風に尻を盥で打つ、そうすると、盥＝足らひ＝もう十分、の呪文で、打った数だけ子を産む間隔が伸びるのだ。

節の神楽《かぐら》・催馬楽《さいばら》調はその後あまり発展しませんでしたが、万葉時代の「東国」という時空を超えて、より普遍的な「鄙振《ひなぶ》り」（田舎風）に視野を拡げたことの意義は大きく、一九〇五「羇旅雑咏」では、滋賀の京跡で詠った催馬楽調の「麁朶《そだ》の荒垣」、由良で柴を集める子供の写生に用いた中世の説経節「山椒太夫」の「陸《くが》ゆはやらず」、明石で同宿の行商人から教わった民謡の一節「彌《いや》水の潮の明石」が、具体的な成果です。しかしこの年を頂点に、節は歌作から離れ、散文活動に熱中します。

散文という新領域で、鄙振りと滑稽はさらなる飛躍を遂げます。初期の写生文「月見の夕」（一九〇三・一二）では、祭りから帰る村人の胸中を、「おらゆんべら、あたまおツこはしちや仕やうねえと思つて夜ツぴてうつぶになツて寝て居たんで、けさら目ぶちが腫れぼツたかツた」。**簡訳**　自分は昨夜（結った）髪を壊さぬよう一晩中うつ伏せで寝たので、瞼が腫れぼったくなった（全集2・276）のような方言による独白で示し、人物造形を試みています。短篇小説「芋掘り」（一九〇八）では「若い衆」の自由恋愛、大人との駆け引きが描かれます。『土』（一九一〇）では、若い衆に加えて、宴会の大人たち、台所の女

房たち、念仏寮の老人たちと、さまざまな集団内で交わされる野卑な冗談、悪口雑言《あっこうぞうげん》などが描かれます。「芋掘り」の「四ツ又」や、『土』の博労「兼さん」、小柄な爺さんといったトリックスターの活躍には、地主の跡継ぎとして言動が制約されていた節の憧れすら感じられます。

一九一一年、喉頭結核の発病で、節は歌の世界に戻り、久保田正文は「長塚節の文学」（一九五五）で、節の歌境は「病中雑詠」でパセティッシュ（深刻）なものに変わり、初期の短歌で試みた「フモール」は中絶した、と結論しています。それでは「鍼の如く」にユーモアの生まれる余地がなくなりますが、参考までに「正岡子規におけるフモールの問題」（一九五八）を読むと、久保田は歌の主題が悲劇的なら、たとえ表現がユーモラスでも、「パセティッシュ（悲劇的）な抒情」歌に分類しています。たとえば○吉原の太鼓聞こえて更くる夜に　ひとり俳句を分類す　われは（子規）。貧しく短命な「われ」が俳句分類という大業に挑むのは、たしかに悲劇かもしれないが、それを嘲笑うがごとき吉原の太鼓を詠みこむことで、子規は世間を笑い返しています。そのアイロニーを見落とした久保田のユーモア論に、本書が縛られる必要はないでしょう。

「其二」に多い「童心歌」は、「鄙振り」の一変種と見て良いでしょう。北住（一九七四）は（009）の「やさしき」「をかし」きものに対する心の動きには少女的な感じがある、と指摘します。節は「其一」の推敲をはじめたころ、茂吉の処女歌集『赤光《しゃっこう》』の批評にも取り掛かっていたと思われますが、その中の二首について、幼さの表現がユーモアを生むことを指摘しています。

○杵《きね》あまた馬のかうべの形《かたち》せりつぼの白米に落ちにけるかも（「おひろ」）。

節評：幼い處に面白味がある。かういふことは他人には不可能であらう（『長塚節全集』4・181）。

○汝兄《なえ》よ汝兄たまごが鳴くといふゆゑに見に行きければ卵が鳴くも（「梅の雨」）。

節評：甚だ滑稽に聞えて来る。然しまた其點《そのてん》が無邪気でおもしろいともいへる（『長塚節全集』４・216）。

「其二」に多い譬喩歌も、とぼけた鄙振り（北住の言う「をかしみ」）で彩られています。古泉千樫は節の真面目、品位、純真、冴えと裏腹な、「おのづからなる餘裕と笑ひ」に着目し、「素朴で懐かしい野趣のある譬喩」の例として（064）などを指摘しています（一九二六年、二五〜八頁）。「不眠煩悶歌」ではまた、病と失恋でうろたえる自分を、詩人である別の自分が冷静に観察し、音と連作構造の「美」を紡ぎました。「病中滑稽歌」の誕生。万葉集の滑稽語「剃杭《そりぐい》」も用いられました。

「其三」で「羇旅滑稽歌」が詠われます。（093）「尻のあたりがふくだみし」、（109）「花みつつ・鼻ほりて居つ」と、何でもない風景に「弛《たル》み」を効かせた、独特の歌が生まれました。

「其四」では暑さに負けて打ち萎れた中にも、（135）「粥汁を袋に入れて糊とると」、（136）「板のごと糊つけ衣」の序詞や、（139）「糊つけし浴衣」と「蚤くひのこちたき跡」の対比など、汗と暑さの隙を突いて「美」を歌おうとする抵抗が感じられます。しかしその成果も、病院の構内から足を伸ばした（150）〜（156）の叙景に比べれば、小細工にしか見えません。やはり旅に出なくては歌が枯れると思ったことでしょう。

「其五」では日向へ旅に出ます。病者の振る舞いとしては愚の骨頂。新人作家時代の藤沢周平が言う「狂」ですが、その「狂」が詩神の好むところとなったようで、冒頭近くから（163）「腋草《わきくさ》」ににじむ汗、（169）「噛みさ噛み」など、益荒男《ますらを》振りの秀歌が生まれました。

子規晩年の枕元で、人麻呂の体格について節と左千夫が論争したことがありました。「太っていたに違いない」という左千夫に対して、「痩せてはいても筋骨逞しかったはずだ」と節は主張。二人とも自分の体格を標準にしていると、子規はおかしがっています（「病床六尺」七、1902.5.13）。「鍼の如く」の歌風は一般に大伴家持の細みに近いと評されてきましたが、「其五」にある骨太のユーモアは、「痩せて筋骨逞しい人麻呂」の歌風と見るのが、節の本意にかなうのかもしれません。

博多に戻ってからの「其五　二」や、高熱で寝込んだあとの「三」になると、諦観も見えてきます。童心に帰ってケンポナシを拾う二首（220）（221）を「咎めても聞かず」「人もかへりみず」と動詞否定形で閉じたことが、自分の影の薄さを意味するのだとすれば、究極のユーモアといえましょう。そして最後に録した（230）（231）を痩せた人麻呂（節）から「太った人麻呂」（左千夫）への追悼歌として読むと、ほのかな親しみが湧いてきます。その一首前の（229）では、常陸ゆかりの万葉語「そがひ」を用いて、古今の東国方言を使いこなす鄙振り詩人をアピールしました。

標語「鍼の如く」は、鉄槌《てっつい》のごとき茂吉の歌風への反旗でしたが、旗揚げから半年の間に、節の歌風も変わります。たとえて言うなら鍼だけでなく、灸・按摩・湿布と、多方面に腕を磨きました。しかるに世間は古い「鍼」の看板しか見ず、もっぱら「冴え・気品・哀韻」で二三一首を理解しようとしてきた。それでは節の歌を味わい尽くせまい、というのが、本書による一つの問題提起です。

面白いことに、節の「鍼」論の矢面に立たされた古泉千樫（五五頁）が、（155）「白銀の鍼打つ如ききりぎりす」の野趣を懐かしみ、そこにユーモアを見出だしています（一九二六）。千樫がもしアララギ派を離脱することなく、長寿を得て『合評』に加わっていたら、「鍼の如く」の読まれ方も「冴え・気品」一辺倒ではない広がりを見せていたことでしょう。

ところで長塚節は万葉集巻十四の歌数二三〇首を間違えて二三一首と記憶し、「鍼の如く」の歌数をそれに合わせた、という説があります。なかなか魅力的な説ですが、もしそうだったとして、つぎの連作の題は何とつけるつもりだったのでしょうか。

そこで気になるのが、○痛矢串《いたやぐし》白きが鹿の胸に立てし峰の杉むら霧吹き止まず　に始まる、瀕死の鹿を詠った四首の歌稿（1914.12.23）です。拙著『節の歳時記』（二〇一四）二三九〜四四頁に紹介しましたので、興味のある方は覗いてみてください。

参考文献

赤城毅彦『茨城方言民俗語辞典』東京堂出版、一九九一年。

『アララギ』第6巻第5号～第8巻第12号、一九一三年五月～一九一五年一二月。復刻版。教育出版センター、一九八二年。

『アララギ』第8巻第6号「長塚節追悼号」一九一五年六月。アララギ精選セット復刻版。教育出版センター、一九八五年。

伊藤貞助『土』青木文庫、一九五三年（一九三九年再演の演劇シナリオ）。

伊藤昌治『長塚節　謎めく九州の旅・追跡記』日月書店、一九七九年。

臼井吉見「解説」、新潮社『日本詩人全集5 伊藤左千夫・長塚節・島木赤彦・古泉千樫』一九六八年。

遠藤展子『藤沢周平　遺された手帳』文藝春秋社、二〇一七年。

大戸三千枝『歌人長塚節の研究』笠間書院、一九七九年。

岡井隆「長塚節」、浅井清ら編『新研究資料　現代日本文学　第5巻　短歌』明治書院、二〇〇〇年。

尾山篤二郎『鑑賞　長塚節歌集』素人社書屋、一九二九年。

折口信夫『折口信夫全集第六巻　萬葉集辭典』中央公論社、一九五六年（初版一九一九年）。

梶木剛『斎藤茂吉』紀伊国屋新書、一九七〇年。

梶木剛『長塚節　自然の味解の光芒』芦澤出版、一九八〇年。

加藤楸邨「鑑賞」、中央公論社『日本の詩歌3　正岡子規　伊藤左千夫　長塚節　高浜虚子　河東碧梧桐』中央公論社、一九六九年 脚注。

北住敏夫『近代短歌・人と作品9　長塚節』一九六七年。

北住敏夫『写生派歌人の研究　増訂版』一九七四年。

久保田正文「長塚節の文学」『新日本文学』一九五五年。久保田正文『近代短歌の構造』永田書房、一九七〇年に再録、一七九〜九一頁。

久保田正文「正岡子規におけるフモールの問題」『日本文学』、一九五八年九月号。久保田正文『近代短歌の構造』永田書房、一九七〇年に再録、一四六〜七一頁。

久保田正文「正岡子規入門」、『日本現代文學全集16 正岡子規集』講談社、一九六八年。

倉住靖彦『大宰府』教育社歴史新書〈歴史〉25、教育社、一九七九年。

古泉千樫編『長塚節歌集』春陽堂、一九一七年。

古泉千樫「長塚節の歌に就て」。古泉千樫編『アルス名歌選 第十四編 長塚節選集』春陽堂、一九二六年。古泉千樫『随縁鈔』改造社、一九三〇年に再録。

近藤啓太郎『大観伝』中公文庫、一九七六年。

近藤芳美「節とうた」。長塚節研究会編『論集長塚節（一） 節と茂吉』教育出版センター、一九七一年。

小馬《こんま》徹『ユーミンとマクベス 日照り雨＝狐の嫁入りの文化人類学』世織書房、一九九六年。

『斎藤茂吉全集』第五十二巻。書簡、一九五六年。

斎藤茂吉選『長塚節歌集』岩波文庫、一九三三、一九五六年。

斎藤茂吉「長塚さんの歌」『新小説』一九一五年十二月号。斎藤茂吉『續 明治大正短歌史』一九五一に再録。

斎藤茂吉「短歌道一家言」一九二五年。柴生田稔編『斎藤茂吉歌論集』（岩波文庫、一九七七に再録）一五八〜五九頁。

斎藤茂吉「アララギ二十五年回顧」、土屋文明編『アララギ二十五周年記念號』一九三三年。

斎藤茂吉編『長塚節研究』上下、筑摩書房、一九四四年。斉藤茂吉「長塚節の歌」（上巻前半）と、岡麓、土屋文明らによる「合評」（一九三四〜四〇）を収録。

斎藤茂吉・久保田不二子選『赤彦歌集』岩波文庫、一九三六年、一九四八年。

斎藤茂吉・土屋文明選『増補 左千夫歌集』岩波文庫、一九二八、一九五六年。

佐佐木幸綱編『鑑賞　日本文学　第32巻　現代短歌』角川書店、一九八三年。

佐竹昭広ら校注『万葉集』一～五、岩波文庫、二〇一三～四年。

佐藤佐太郎『短歌文學讀本――長塚節――』雄雞社、一九五九年。

柴田宵曲『評伝　正岡子規』岩波文庫、一九八六年。

柴生田稔「長塚節」。久松潜一・實方清編『日本歌人講座6　近代の歌人I』弘文堂、一九六一年。

島木赤彦『歌道小見』岩波書店、一九二四年。

清水房雄『現代短歌鑑賞シリーズ　鑑賞　長塚節の秀歌』短歌新聞社、一九八四年。

清水房雄『長塚節歌集』短歌新聞社、一九九三年。

高橋英夫『西行』岩波新書、一九九三年。

田中順二「長塚節のユーモア」『同志社女子大学研究年報18』一九六七年、田中順二『アララギ歌風の研究』桜楓社、一九八六年に再録。

土屋文明『短歌小徑』開成館、一九四四年所収。

坪内祐三・中沢新一編『明治の文学　第20巻　正岡子規』筑摩書房、二〇〇一年。

出久根達郎『漱石センセと私』潮出版社、二〇一八年。

長塚節「斎藤君と古泉君」一九一四・八・一、『アララギ』七・七。『長塚節全集』四、春陽堂、一九七七（一二〇～三九頁）。

長塚節『長塚節全集』春陽堂、一九二七年。

長塚節『長塚節全集』春陽堂、全七巻と別巻一、一九七六～七八年。

夏目漱石「釣鐘の好きな人」、『俳味』一九一一五・三。『漱石全集』第二十五巻、岩波書店、一九九六年。

馬場あき子「『郎女《いらつめ》ぶり』を取り入れた観照の深さ」『アサヒグラフ』一九九六年十一月二十九日。

平福百穂『歌集　寒竹』古今書院、一九二七年。

藤沢周平『白き瓶　小説　長塚節』別冊文藝春秋連載一九八二～八三年、文藝春秋一九八五年。文春文庫新装版、二〇一〇年。

藤沢周平『霧の果て　神谷玄次郎捕物控』文春文庫、一九八五年、二〇一〇年。

本林勝夫「長塚節歌集（抄）」頭注・補注。角川書店『日本近代文学大系44　伊藤左千夫　長塚節　島木赤彦集』一九七二年。

牧野富太郎『牧野日本植物図鑑』北隆館、一九四〇年。

正岡子規『日本現代文學全集16　正岡子規集』講談社、一九六八年。

松田修『花の文化史』東京書籍、東京選書9、一九八八年。

山形洋一『長塚節「土」の世界　写生派歌人の長篇小説による明治農村百科』未知谷、二〇一〇年。

山形洋一『「土」の言霊　歌人節のオノマトペ』未知谷、二〇一二年。

山形洋一『節の歳時記　農村歌人長塚節の自然観』未知谷、二〇一四年。

山形洋一『長塚節「羇旅雑咏」　現場で味わう136首』未知谷、二〇一七年。

山形洋一『慕倣　みっしりずしり：長塚節と藤沢周平』未知谷、二〇一九年。

山根巴「節における詞書の基礎調査」一九六六。山根巴『長塚節研究』教育出版センター、一九六九年所収。

山本健吉「人と文学」、『筑摩現代文学大系7　正岡子規　高濱虚子　長塚節　石川啄木』巻末一九七八年。

山本太郎『言霊――明治・大正の歌人たち――』文化出版局、一九七三年。

Farr, Alan and Kawamura, Yasuhiro「長塚節の短歌十首とその英訳の試み」長塚節歌碑建立実行委員会発行『辛夷の花咲くころ　長塚節生誕百二十周年記念』一九九九年、二五四～五五頁。

Nagatsuka, T. Translated by Kawamura, Yasuhiro. "Earth". Liber Press, Tokyo. 1986.

あとがき

長塚節の文学活動は五年ずつの三期に分かれ、それぞれの頂点にあるのが、①短歌連作「羇旅雑詠《きりょざつえい》」（一九〇五年）、②長篇小説『土』（一九一〇年）、そして③短歌連作「鍼の如く」（一九一五年）。

そう『長塚節「羇旅雑詠」』（二〇一七）の「まえがき」に書いたのは、他の二作に比べて知名度の低い「羇旅雑詠」を読者に印象付けるためでした。書きながら思ったのは、『長塚節「土」の世界』（二〇一〇）で始めた長塚節文学作品論を、いずれ「鍼の如く」論で締めくくらねばなるまい。だが、できるだろうか、ということでした。二百首あまりの歌のうち、当時の私の心に響いたのはごくわずかで、残りは何度読みかえしてもすぐに忘れてしまう。これでは評釈などできるわけがなく、苦し紛れに思いついたのが、音韻法則をヒントに理詰めで歌を暗誦する方法でした。すると不思議、地味でつまらないと思っていた歌がそれぞれ光りだし、前後の歌と掛け合いを始め、連作が連作として読めてきたのです。

本書執筆の大半をインドで行いました。二〇二〇年一月末に入国し、人口六百人ほどの村に入ったところで、新型コロナウイルスが蔓延してロックダウン。小麦と豆と、水牛乳の入ったチャイで半年を過ごすという、貴重な体験をしました。寝苦しい夜は屋上に毛布を敷いて寝転び、星空の下で原稿の一節を反芻するうちに目が冴え、部屋に戻ってパソコンを開く、というようなこともありました。節もこんな風に歌を推敲していたのだろうか。それでは病気が良くならんだろう、などと思ったり、だからこそ歌を残せたのだと思ったり、何かにつけて節の意地と孤独をしのぶ日々でした。このまま節のように客死するかもしれない、と思いはじめたころ、さいわい東京に戻ることができました。

帰国して約半年後、急性骨髄性白血病（ＡＭＬ）と診断され、インドの山道で息が切れたのも、足の潰瘍のかさぶたが張らずじくじくしていたのも、下痢が民間薬で治らなかったのも、すべてそのせいだったと思い当たりました。放置すれば余命は半年。ただし化学治療で数年の延命が期待できると聞き、とりあえず本書は世に出せそうだと安堵して、一年が過ぎました。ここまでこぎつけたのは最新の治療法と度重なる輸血のおかげで、若いころもっと献血しておけばよかった、と悔やんでいます。

「詩学《プロソディー》」という大風呂敷を広げたため、字句の「校正」では間に合わない構造的な書き直しが繰り返されましたが、その度に視界がひろがりました。特に節の歌の骨格として万葉集、なかでも巻十四の歌が。

未知谷編集部の伊藤伸恵さんには度重なる校正にすばやくご対応いただきました。飯島徹編集長には「短歌論まで書くようになるとは思わなかった」とのご感想をいただきました。私も同感。このような研究に熱中する心の虫がいたんだ、と驚いています。みやこうせいさんと出会ったのが還暦の頃。飯島さんに紹介され、新たな分野で挑戦し続けてきました。お二人にあらためて深謝申し上げます。

二〇二二年六月　東京都吉祥寺　　山形洋一

やまがたよういち

1946年大阪生まれ。大阪府立天王寺高校、東京大学農学部卒、農学博士。世界保健機関（WHO）、国際協力機構（JICA）の熱帯病対策・保健分野専門家としてグアテマラ、ブルキナファソ、トーゴ、タンザニア、インド、ミャンマーなどで勤務。日・漢・英・独・西・仏・ネパール語・ヒンディー語などの詩歌に親しみ、2014年よりフリー。2005年ごろから長塚節の研究をはじめ、これまでに5冊刊行。

長塚節「鍼の如く」
旅する病歌人の滑稽と鄙振り

二〇二二年七月十五日印刷
二〇二二年七月二十五日発行

著者　山形洋一
発行者　飯島徹
発行所　未知谷
東京都千代田区神田猿楽町二 - 五 - 九
〒一〇一 - 〇〇六四
Tel.03-5281-3751 ／ Fax.03-5281-3752
[振替] 00130-4-653627

組版　柏木薫
印刷　モリモト印刷
製本　牧製本

Publisher Michitani Co. Ltd., Tokyo
ISBN978-4-89642-663-2　C0095